序曲文化Overture

壯闊思考・智慧演繹・文化傳唱

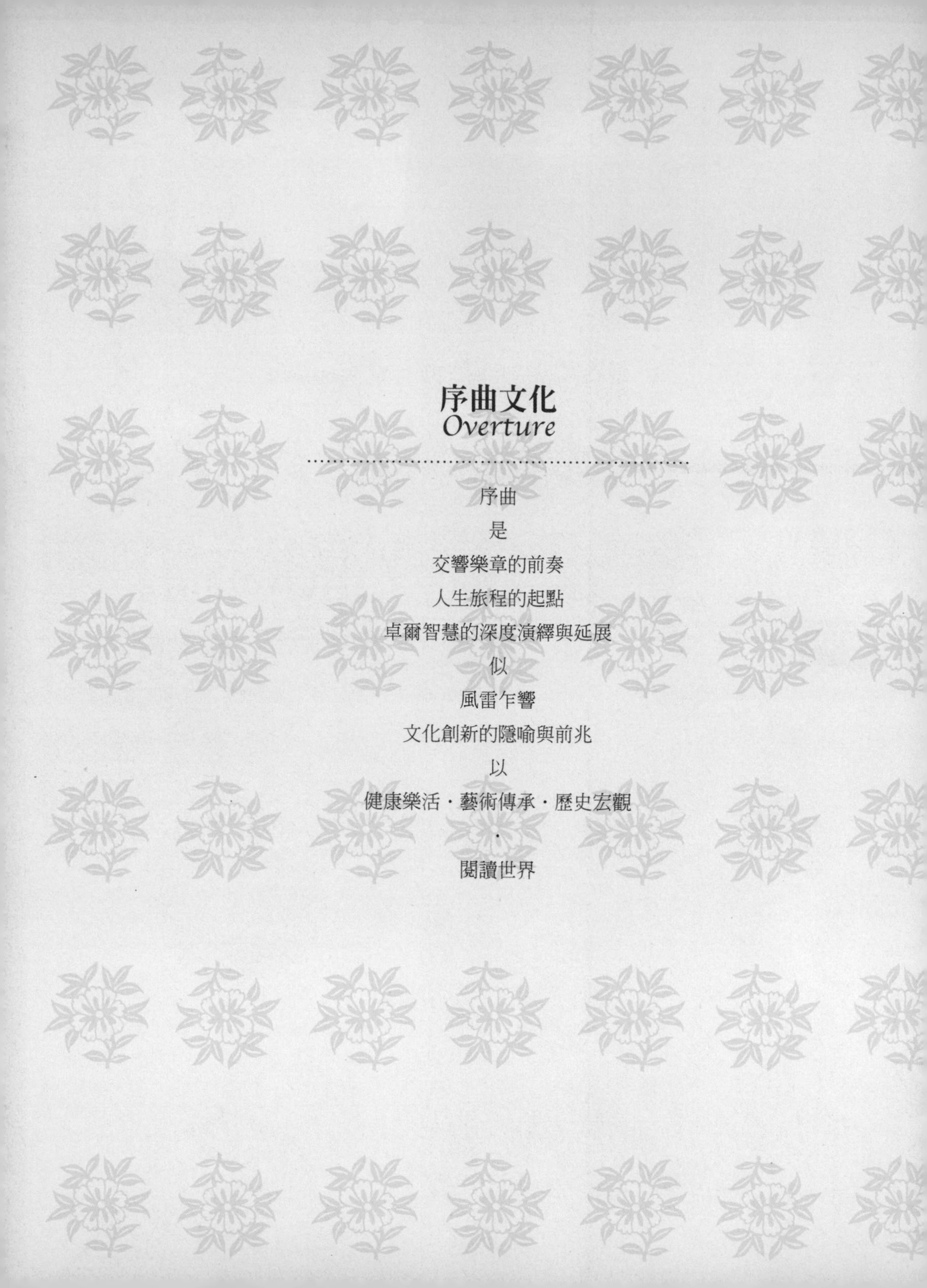

序曲文化
Overture

序曲

是

交響樂章的前奏

人生旅程的起點

卓爾智慧的深度演繹與延展

似

風雷乍響

文化創新的隱喻與前兆

以

健康樂活・藝術傳承・歷史宏觀

・

閱讀世界

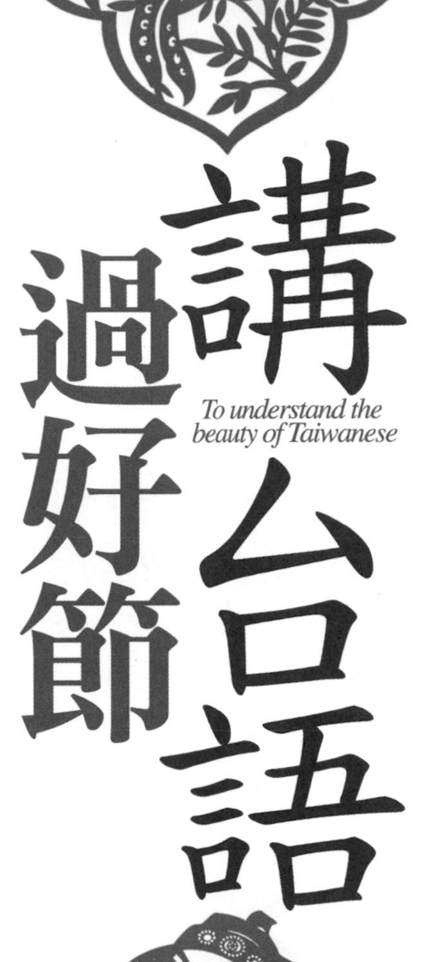

講台語 過好節

To understand the beauty of Taiwanese

台灣古早節慶與傳統美食

王華南——著

傳統民俗節慶與節氣，是古時候一般老百姓日常生活與農民耕作的最高指導原則。

其中的十大節日，延續至今，成為全球華人共同的節日慶典。每年都會碰到的節慶，每年都會吃的年糕、粽子、月餅……，你可知道，它們到底是怎麼來的？而台灣傳統年節與美食之間，又有哪些錯綜複雜、神秘又有趣的關係？探究民俗諺語的疑問、

出版序

獨特的聲音美學

「河洛語」有其獨特的聲音美學，在中國五千年歷史當中，傳承了中原文化的基因與風格。

我的祖先從唐山渡海來台，到我這一輩已經是第七代了，從小，我們就和長輩們用台語交談。上了大學，念的又是中文系，從大一修習「語音學」開始，我就理解，無論是聲韻、變調、切韻……，台語都比北京話要複雜得多。在學校上詩詞課時，操著濃濃河南鄉音的老教授，也總是在解釋押韻和平仄時，要求會說台語和客家語的同學們，試著用方言來吟唱詩詞給大家聽，並且提示同學，古代漢語和河洛語之間，有著血脈相連的文化情感。

也因此，在大學四年的求學期間，使用台語的機會反而比之前多很多。我永遠忘不了，大家用台語學習繞口令的快樂時光；也很難忘懷以台語吟詩作詞的青春歲月；更難忘記當時纏著父親，請他用「文雅」的台語讀古詩給我聽時，膩在他身邊的親密往事。

去年夏天，在一次和王老師的餐敘中，談到了中國古典文學之美，也很感嘆現在的孩子們國語文程度的低落。談著、談著，我記起父親一直要我去替他找一本「台語版」的《康熙字典》。我知道王老師對

台語素有研究，於是就問他：「如何才能找到一本『台語版』的《康熙字典》？」王老師問我：「為什麼指定要『台語版』？」於是，我說起一段父親的往事。

父親在當兵時，曾經非常想買一本《康熙字典》，當時他在軍中的薪水只有36元，但一本《康熙字典》就要賣120元。父親心想：雖然自己並非買不起，但想想要將三個半月的薪水都拿來買一本字典，實在有些說不過去。因此，強忍住內心的渴望，他放棄了買字典的念頭，但內心深處，他都忘不了那一本他心儀的、厚重的《康熙字典》，裡面的拼音是以台語發音為主。為了一償父親四十多年前的願望，我也很想替他找到一本，「台語版」的《康熙字典》。

經過王老師的解釋，我才明白，原來《康熙字典》當中的聲韻發音，均以古代漢語，也就是河洛語為準，而傳承河洛語，發音幾乎相同的，就是現在我們說的台語。因此，《康熙字典》中的拼音，根本沒有國、台語之分。頓時我才發現，王老師對於聲韻學研究之透徹、知識之豐富，加上他習於旁徵博引的研究精神，其研究成果恐怕更勝於許多大學教授。因而，萌發出我想出版關於「小學」（文字、聲韻、訓詁等學說）研究的系列書籍。希望藉由王老師的協助，能夠讓廣大的華文讀者，更能理解中國語言的發展脈絡與傳承關係，瞭解台語承繼了古中原河洛地區語言，其聲韻古樸、優美，充滿音樂旋律的卓絕特色，以及文字、訓詁等博大精深的中國文化內涵。讓「語言符號」得到正名、回復正統地位之後，「台語」不再受政治人物的刻意窄化、操弄，「台語」可以重新在中國五千年文化中，回復應有的地位與尊重。

如果我們能夠想像在宋朝以前，台語（河洛語）是中國正宗的官方語言，皇帝與朝廷百官都得會說台語；而孔子當時用的是台語為弟子們講學；唐明皇與楊貴妃也用台語談著流傳青史的纏綿戀情；而杜甫、李白也以台語歌頌著江山、美人的心情故事；許多大家耳熟能詳的台語字彙，其實都可以從古籍當中，找到原來對應的漢字；唐詩300首用台語念來，更是對仗工整、字字珠璣。清朝康熙皇帝有鑑於逐漸演化、分歧、不再純正的官話，於是令大學士們重新編修《康熙字典》，讓大家的發音統一、用字精準，而這部巨著，也成爲後人研究中國文學的重要典籍。

《愛說台語五千年》、《講台語．過好節》從規劃到成書，要非常感謝王老師對平時不常說台語的同事們的諄諄說明，讓我們更能掌握編輯的思維。當然，更期待一直以來對台語存著偏見的人，能夠從此對台語聲韻的特色給予欣賞與尊重，畢竟，是從二十世紀初的清末民初開始，拼音方式才重新被定義，讓過去中國文化獨有的聲音美學逐漸消失；而到了二十世紀中的文革時期，中國的文字更被無意義地簡化，完全失去了中國文字的獨特美感。

生活在台灣寶島的我們，何其有幸，能夠在生活中親身體會中國語言的聲韻之美；也能夠充分理解，並習慣於使用五千年來中國的正統文字。如果說中國文化的正統在台灣，實不爲過。

高談文化總編輯
許麗雯

作者序

拙著《愛說台語五千年》（台語聲韻之美）出版後趕上在2007年2月的台北國際書展，在書展期間承蒙不少讀者的肯定與愛顧，市場反應還不錯，對作者而言是莫大的鼓勵，同時更得到高談文化事業有限公司許社長的加倍支持，以及各位編輯同仁的配合協力，使得本書順利出版發行，作者在此先向諸位由衷感謝。

俗語說得好：「民以食爲天」，吃是人生最重要的一項，而台灣人的歷代祖先開啓和傳承精緻的美食文化和節慶有密切的關聯，所以作者將本書分成兩大部分。

第一部份「台灣節慶淵遠流長」以十二個最重要的節慶爲主軸，而「十二個節慶」中的清明、冬至就是太陽曆「二十四節氣」中的節氣，因此先將「二十四節氣」做簡要說明，然後依時順分別介紹「圍爐過新年」（包括除夕）、「連炮鬧元宵」、「潤餅䬾清明」、「粽香飄端午」、「少小拜七夕」、「衆生渡中元」、「圓月掛中秋」、「九九是重陽」、「湯圓補冬至」、「中西慶聖誕」、「辦桌吃尾牙」。

其中有兩篇的內容特別值得一提的是：

在「七夕」篇中介紹作者所編的四首台語詩歌（三首七言絕句、一首五言絕句），詩詞內容的緣起是先母所教唱日本有關七夕的童謠「棚織〈機〉たなばた」，有感於該首歌謠韻律和歌詞十分優美，於是將歌詞改編爲台語詩。作者自五年前至今都在國小擔任台語老師，於是將它作爲上台語課的補充教材，因爲歌詞只有四行，簡短又好唱，頗爲小朋友接受。

另外在「聖誕」篇中與諸位讀者分享作者曾經裝扮「聖旦老阿公」

的親身經驗，以及聖誕節中最具台灣本土性的食品「聖旦糕」。

第二部份「一口台語吃四方」，以台語介紹「台灣美食字詞」，內容包含「食與主食」、「米食與麵食」、「豆類食品以及糕餅糖」、「肉與蛋類食品」、「蔬菜與水果」、「煎、炸以及湯類料理」、「茶與酒」、「果汁、飲料以及冰品」、「香料與油」。

在「糕餅」篇中特別介紹台中市名產「太陽餅」名稱的由來；

在「茶與酒」篇中特別介紹「台灣茶葉之父——李春生」對台灣的偉大貢獻。

本書最後附錄「有趣的台灣諺語」，包含「時令篇」和「食物篇」，從「台灣諺語」可以了解台灣人祖先的智慧與經驗的傳承，進而體會台語字詞之優雅與其內涵深度，如果能將常聽到的台灣諺語說得溜，自然更加提升台語的聽講能力。

對於台語標音採取「新國際音標」和「ㄅㄆㄇ式注音符號」兩種並列，方便讀者對台語字詞發音的了解。

爲序結語，作者仍然再度向關心與支持台語文化的各界人士與親朋好友至最高敬意。

王華南

於2007年6月29日

台語母音表（韻母）

一、單母音

一般	a	ɔ	o	ə	ɯ	u	e	i
	ㄚ	ㆦ	ㄜ	ㄜ	ㄜㄨ	ㄨ	ㆤ	ㄧ
輕聲h	ah	—	oh	—	—	—	eh	ih
	·ㄚ	—	·ㄜ	—	—	—	·ㆤ	·ㄧ
鼻音ñ	añ	ɔñ	—	—	—	—	eñ	iñ
	ㄥㄚ	ㄥㆦ	—	—	—	—	ㄥㆤ	ㄥㄧ

二、雙母音

一般	au	ai	ua	ue	ui	ia	io	iu
	ㄠ	ㄞ	ㄨㄚ	ㄨㆤ	ㄨㄧ	ㄧㄚ	ㄧㄜ	ㄧㄨ
輕聲h	auh	—	uah	ueh	uih	iah	ioh	iuh
	·ㄠ	—	·ㄨㄚ	·ㄨㆤ	·ㄨㄧ	·ㄧㄚ	·ㄧㄜ	·ㄧㄨ
鼻音ñ	—	aiñ	uañ	—	uiñ	iañ	iñ	iuñ
	—	ㄥㄞ	ㄥㄨㄚ	—	ㄥㄨㄧ	ㄥㄧㄚ	ㄥㄧ	ㄥㄧㄨ

三、三母音

一般	—	—	uai	—	—	iau	—	—
	—	—	ㄨㄞ	—	—	一ㄠ	—	—
輕聲h	—	—	—	—	—	iauh	—	—
	—	—	—	—	—	·一ㄠ	—	—
鼻音ñ	—	—	uaiñ	—	—	—	—	—
	—	—	ㄥㄨㄞ	—	—	—	—	—

圖符說明：「h」、「·」—— 輕聲化；「ñ」—— 鼻音化。

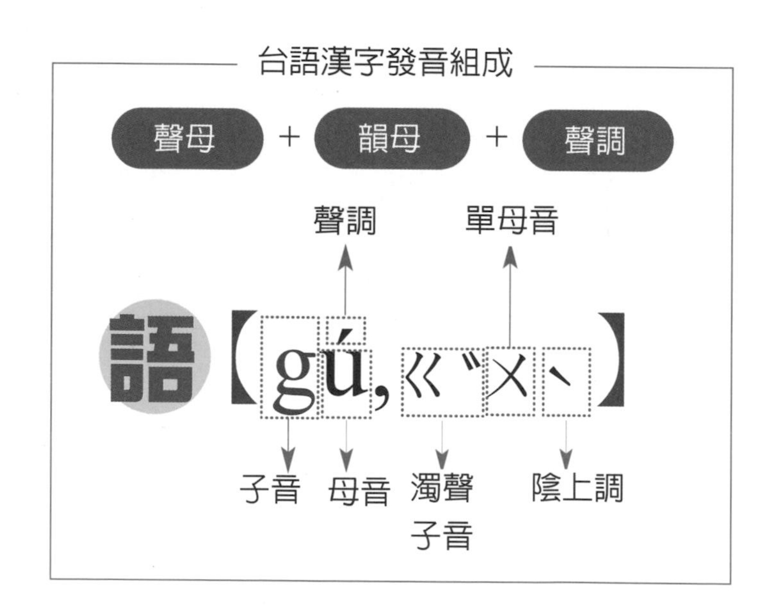

四、特殊收音之母音

基本音	a	ɔ	u	i	ua	ia	iɔ	ie
	ㄚ	ㆦ	ㄨ	一	ㄨㄚ	一ㄚ	一ㆦ	一ㄝ
唇鼻音	am	—	—	im	—	iam	—	—
	ㄚㄇ	—	—	一ㄇ	—	一ㄚㄇ	—	—
唇入聲 p（ㆴ）	ap	—	—	ip	—	iap	—	—
	ㄚㆴ	—	—	一ㆴ	—	一ㄚㆴ	—	—
舌鼻聲	an	—	—	in	uan	—	—	ien
	ㄢ	—	—	一ㄣ	ㄨㄢ	—	—	一ㄝㄣ
舌入聲 t（ㆵ）	at	—	ut	it	uat	—	—	iet
	ㄚㆵ	—	ㄨㆵ	一ㆵ	ㄨㄚㆵ	—	—	一ㄝㆵ
顎鼻聲	aŋ	ɔŋ	—	—	—	iaŋ	iɔŋ	ieŋ
	ㄤ	ㆦㄥ	—	—	—	一ㄤ	一ㆦㄥ	一ㄝㄥ
顎入聲 k（ㆶ）	ak	ɔk	—	—	—	—	iɔk	iek
	ㄚㆶ	ㆦㆶ	—	—	—	—	一ㆦㆶ	一ㄝㆶ
全鼻音	m（ㄇ）、ŋ(ㄥ)							

1. m（ㄇ）、n（ㄣ）、ŋ（ㄥ）──鼻聲收尾音。
2. p（ㆴ）、t（ㆵ）、k（ㆶ）──入聲收尾音。

台語子音表（聲母）

清音	ch	d	h	k	kh	l	m	n
	ㄗ	ㄉ	ㄏ	ㄍ	ㄎ	ㄌ	ㄇ	ㄋ
濁音	j	—	—	g	—	—	—	—
	ㄗ〃	—	—	ㄍ〃	—	—	—	—
濁鼻音	—	—	—	gn	—	—	—	—
	—	—	—	ㄍ〃ㄥ	—	—	—	—

清音	p	ph	s	t	ts			
	ㄅ	ㄆ	ㄊ	ㄊ	ㄘ			
濁音	b	—	—	—	—			
	ㄅ〃	—	—	—	—			
濁鼻音	—	—	—	—	—			
	—	—	—	—	—			

「〃」—濁聲子音符號。

第一部

台灣節慶淵遠流長

一般農民曆上都刊載有「二十四節氣」，是早年先民為了農耕需求，依照氣候變化所制定，為農作時序的重要準則。而二十四節氣加上傳統七大年節，包括新年、元宵、端午、七夕、中元、中秋、重陽等，就是早年一般漢人百姓日常生活的最高指導原則。這些重要的年節，成為世界各地華人共通節慶，就算語言不同，從這些節慶的舉行，仍可追溯到同一先祖與血緣。而身為台語文化圈的一環，更不可不知這些節慶的由來以及其正統的字辭和台語發音。

壹、有學問的二十四節氣

農作時序的重要準則

二十四節氣主要是依照地球環繞太陽所引起的氣候變化所編定。簡單地說，就是地球公轉軌道上的二十四個點，像是公轉軌道上的里程標誌，反應一年中各個時期的氣候變化。

壹之一 地球公轉的氣候變化與標誌

「二十四節氣」的涵義，是以黃河下游中原地區的氣候爲準，台灣在秋、冬時罕見霜雪，夏、秋卻有颱風豪雨，所以在台灣出現的節氣，其情形與原始涵義略有出入。

「二十四節氣」主要是地球環繞太陽所引起的氣候變化。

「二十四節氣」簡單地說，就是地球公轉軌道上的二十四個點，像是公轉軌道上的里程標誌，反應一年中各個時期的氣候變化。

如果以立竿見影的方法觀察，可以發現每天中午所見竿影會有長短不同的現象，而此種變化是有規律可循的——由最長變爲最短，再由最短變爲最長。

竿影最長和最短的那兩日，就是「夏至」和「冬至」；另外在春季和秋季各有一天的晝夜時間相同，就是「春分」和「秋分」。

隨著地球繞日，太陽照射的角度差異，每個季節就各自再區分成六個節氣，所以一年共有「二十四個節氣」。

二十四節氣的日期和意義

季節	節氣	太陽黃徑	陽曆	陰曆	意義
春	立春	315°	2月4日或5日	正月節	春季開始
90	雨水	330°	2月19日或20日	正月中	雨水增加
天	驚蟄	345°	3月5日或6日	二月節	春雷，冬眠動物驚醒
18	春分	0°	3月20日或21日	二月中	晝夜平均
小	清明	15°	4月4日或5日	三月節	天氣溫暖，景象新鮮
時	穀雨	30°	4月20日或21日	三月中	雨水增加
夏	立夏	45°	5月5日或6日	四月節	夏季開始
94	小滿	60°	5月21日或22日	四月中	農作物開始飽滿
天	芒種	75°	6月6日或7日	五月節	麥豐收、稻種植
1	夏至	90°	6月21日或22日	五月中	此日晝最長、夜最短
小	小暑	105°	7月7日或8日	六月節	天氣漸熱
時	大暑	120°	7月23日或24日	六月中	天氣悶熱
秋	立秋	135°	8月7日或8日	七月節	秋天開始
91	處暑	150°	8月23日或24日	七月中	天氣漸涼
天	白露	165°	9月8日或9日	八月節	天涼有露水
20	秋分	180°	9月23日或24日	八月中	晝夜平均
小	寒露	195°	10月8日或9日	九月節	天氣漸寒
時	霜降	210°	10月23日或24日	九月中	天氣轉冷開始有霜
冬	立冬	225°	11月7日或8日	十月節	冬天開始
88	小雪	240°	11月22日或23日	十月中	開始飄雪
天	大雪	255°	12月7日或8日	十一月節	開始下大雪
15	冬至	270°	12月22日或23日	十一月中	此日晝最短、夜最長
小	小寒	285°	1月5日或6日	十二月節	天氣寒冷
時	大寒	300°	1月20日或21日	十二月中	天氣酷寒

壹之二 從立春到大寒

二十四節氣分別爲：從春季第一天的「立春」開始，依序爲可準備耕種的「雨水」、春雷起震驚萬物的「驚蟄」、晝夜均分的「春分」、東南風吹起天清物明的「清明」、提醒農民時雨將降的「穀雨」。

接下來的「立夏」爲夏季的第一天、「小滿」爲穀類即將盈滿之際、「芒種」時稻穀已成穗、「夏至」的白晝最長，而夏天的熱氣要到「小暑」、「大暑」的時候才會漸漸發散出來。

夏天過後，就到了「立秋」，暑氣也在「處暑」這一天開始退去，再到水氣會凝成露水的「白露」，及晝夜等長的「秋分」，代表秋天眞正開始，「寒露」、「霜降」之後，天氣便愈來愈冷了。

「立冬」表示冬天就要開始，之後的「小

我來唸台語

二十四節氣

【jì-chàp-sí-chiet-khì】

ㄐ˘ㄧˇ ㄗㄚㄅˇ ㄙㄧˋ ㄐㄧㄝㄊ ㄎㄧˋ

立竿見影

【lìp-kan kién-iéŋ】

ㄌㄧㄅˇ ㄍㄢ ㄍㄧㄝㄣˋ ㄧㄝㄥˋ

日時上長

【jīt-sìh siɔ̄ŋ-dŋ̂】

ㄐㄧㄊㄧ ㄙㄧㄏˇ ㄙㄧㆲㄥˇ ㄉㄥˊ

暗時上長

【ám-sî siɔ̄ŋ-dŋ̂】

ㄚㄇˋ ㄙㄧˊ ㄙㄧㆲㄥˇ ㄉㄥˊ

雪」、「大雪」帶來了嚴冬，「冬至」是夜晚最長的一天，也是相當重要的日子，台灣人習慣在這一天吃湯圓（台語稱為「圓也」）補冬，「小寒」、「大寒」則進入冬季最嚴寒的時節。過了大寒，又到新的一年了。

壹之三 二十四節氣之人文與地理

立春

【lìp-tsun，ㄌㄧㆴˇ ㄘㄨㄣ】，是一年中的第一個節氣。揭開了春天的序幕，草木開始萌芽，農人也開始忙著播種。政府將立春定為農民節，可見這一天的重要性。

雨水

【u-súi，ㄨ ㄙㄨㄧˋ】，本來是指冰雪溶化成水。台灣的雨水時節，正是春雨綿綿的氣候。

農諺說：「雨水甘蔗節節長。」生動說明了這時節，正是萬物欣欣向榮、草木萌生的景象。

「雨水」的台語口語音讀為【hɔ̄-chúi，ㄏㆦˇ ㄗㄨㄧˋ】。

驚蟄

【kiēŋ-dīp，ㄍㄧㄝㄥㄧ ㄌㄧㆴㄧ】（廈門音【kĩñ-dīt，ㄍㆥㄧㄧ ㄌㄧㄊㄧ】），是指春雷初響，驚醒蟄伏中的昆蟲。這時節已經進入仲春，是百花齊放、百鳥齊鳴的時節；但因為春暖乍至、春雷初響，把冬

我來唸台語

雨水甘蔗節節長

【hɔ̄-chúi kām-chià chat-chat-dŋ̂】

ㄏㄛˇ ㄗㄨㄧˋ ㄍㄚㄇㄧ ㄐㄧㄚˇ ㄗㄚㄊ ㄗㄚㄊ ㄉㄥˊ

雨生百穀

【ú siēŋ-piek-kɔ̄k】

ㄨˋ ㄙㄧㄝㄥㄧ ㄅㄧㄝㄍ ㄍㄛㄍˋ

眠中的昆蟲都驚醒了，開始活躍於天地間。春雷，是這個節令最具代表性的自然現象。

春分

【tsūn-hun，ㄘㄨㄣㄧ ㄏㄨㄣ】，春分的「分」，是過了一半的意思。南北兩半球晝夜均分，又剛好是春季的一半，所以命名春分。這時正是農家最忙時節，也是春暖花開佳期。

清明

【tsiēŋ-biêŋ，ㄑㄧㄝㄥㄧ ㄅ˜ㄧㄝㄥˊ】，此時萬物潔顯而清明，因爲這時節正當氣清景明，萬物皆齊，所以名爲清明。在節氣上，代表天清地明的意義。自古以來，清明就是漢人祭祖掃墓的日子——人們所重視的如孔子所說：「祭之以禮」【ché-che i-lé，ㄘㄝˋ ㄗㄝ ㄧ ㄌㄝˋ】的追遠活動。

穀雨

【kɔk-ú , ㄍㄛㄍ ㄨˋ】，是指雨生百穀。天降雨，百穀滋長的意思。是春季最後的一個節氣。這個時節田中的秧苗初插，作物新種，最需要豐沛的雨水灌溉滋潤，也就是「雨生百穀」的意思。

立夏

【lìp-hā（hē）, ㄌㄧㄅˇ ㄏㄚ一（ㄏㄝ一）】，古代君王常在夏季初始的日子到京城外迎夏，這一天就是立夏。這是一個農作物繼續生長增高的時節。

小滿

【siau-buán , ㄙㄧㄠ ㄅ˘ㄨㄢˋ】，農諺說：「小滿麥滿仁。」指的是小滿時節，稻與麥都已經結穗盈滿。二十四節氣的神像中，只有「小滿神」全身「滿清人」打扮，大概是取「滿」字的意思吧！

芒種

【bōŋ -chiéŋ , ㄅ˘ㄛㄥ一 ㄐㄧㄝㄥˋ】，這一時節，已經進入典型的夏季，天氣相當炎熱。農事種作都以這一時節爲界，過了這一節氣，存活率就愈來愈小了。曆書說：「斗指已爲芒種，此時可種有芒之穀，過此即失敗。」

夏至

【hà（hè）-chì, ㄏㄚˇ（ㄏㄝˇ）ㄐㄧˇ】，此時夏天將至，所以名爲夏至。清代之前的夏至日，全國都放假，它是我國最早的節日。這一天，人人都回家與親友團聚。夏至，是陽氣最旺的時節，這一天白天最長，黑夜最短。

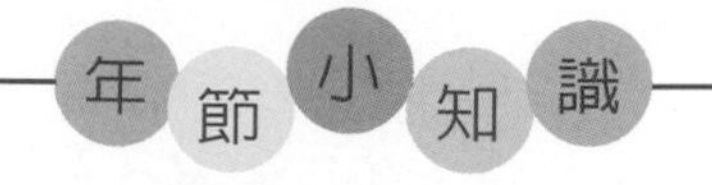

清代之前的夏至日，上至百官、下至平民都放假一天，它可說是漢人地區最早的國定假日。

小暑

【siau-sú，ㄙㄧㄠ ㄙㄨˋ】，此時天氣已熱，暑氣尚未達於極點，所以名爲小暑。小暑時節，也是螢火蟲（台語稱爲「火金蛄」）開始活躍的季節，只要有綠草、露水的地方，夜晚就可看到這種一閃一亮的昆蟲，在空中飛舞。

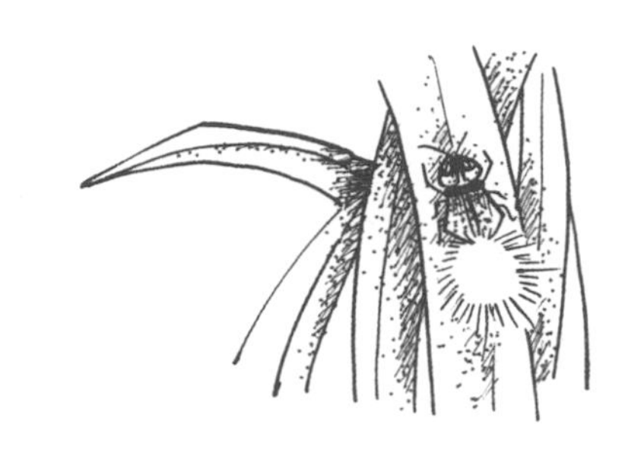

大暑

【dài-sú，ㄉㄞˇ ㄙㄨˋ】，此時天氣甚熱於小暑，所以名爲大暑。這是一年中最酷熱的節氣。在這酷熱難耐的季節，人們常利用登高山享受森林浴，或下水游泳（台語稱爲「泅水」）等方法避暑。現代人居家、辦公室，甚至坐車都吹冷氣，彷彿住在冰宮，根本無懼酷暑。

立秋

【lìp-tsiu，ㄌㄧㄅˇ ㄑㄧㄨ】，「秋」是個會意字，指穀物收割後，剩下乾枯的禾草，在田裡用火燒成灰，作爲天然肥料。封建社會時代，立秋有迎秋的習俗，由皇帝率文武百官到城郊設壇迎秋。台灣地區的立秋時節，是一期稻作收穫、米穀滿倉的時節。

處暑

【tsu-sú ,ㄘㄨ ㄙㄨˋ】，是暑氣結束的時節。明代郎瑛的《七修類稿》記載著：「處，止也，暑氣至此而止矣。」暑氣雖然逐漸消退，但是天候還未轉涼。所謂「秋老虎，毒如虎」，正提醒著人們：秋天還會有熱天氣。

台灣的處暑時節，正是虱目魚苗（台語稱為「虱目魚栽」）溯流北游的時候，常能看到海邊有許多捕魚苗的人。

我來唸台語

火金蛄（螢火蟲）

【hue-kīm-kɔ】

ㄏㄨㄝ ㄍㄧㄇㄧ ㄍㄛ

泅水（游泳）

【siū-chúi 】

ㄙㄧㄨㄧ ㄗㄨㄧˋ

虱目魚栽（虱目魚苗）

【sap-bàk-hī-chai 】

ㄙㄚㄅ ㄅ˝ㄚㄍˇ ㄏㄧㄧ ㄗㄞ

白露

【pèh-lɔ̄, ㄅㄝㄏˇ ㄌㄛㄧ】，陰氣漸重，露凝而白，所以名爲白露。白露是個典型的秋天節氣。從這天起，露水一天比一天凝重，露水成爲常見景象。台灣的白露節氣，明顯的是桂花盛開，「白露時分桂飄香」，文旦、柚子等水果，也開始上市。

秋分

【tsiū-hun , ㄑㄧㄨㄧ ㄏㄨㄣ】，南北兩半球晝夜均分，又剛好是秋日中旬，所以名爲秋分，是秋天過半的意思。這個節氣大約在中秋節前後。傳統社會的農諺說：「秋分天氣白雲來，處處欣歌好稻栽。」可以看出農民最愛的是秋高氣爽、白雲飄飄的日子。因爲這樣的天氣，可以預卜二期稻作能盈滿豐收。

寒露

【hān-lɔ̄ , ㄏㄢ一 ㄌㆦ一】，此時露水寒冷而將要凝結，所以名爲寒露。二十四節氣中，這一節氣最先提到「寒」字，這時節，天氣已經明顯出現秋霜。菊花爲寒露時節最具代表性的花卉，處處可見到它的蹤跡。由於接近重九時節，某些地區有飲「菊花酒」的習俗，所以這一天又稱「菊花節」。登高山、賞菊花，成了這個節令的雅事。

霜降

【sŋ̄-kàŋ , ㄙㆭ一 ㄍㄤˇ】，露凝結爲霜而下降，所以名爲霜降。是秋季的最後一個節氣。「氣肅而凝，露結爲霜」，是霜降節氣的命名由來。天氣逐漸寒冷，偶而夜露會凝結成霜。

台灣屬於海島型氣候，這時節的北部地區會颳起「九降風」。《台灣縣志》記載：「九月，北風凜冽，積日累月，名曰九降風。」

這種長時期颳不停的東北季風雖然令人生活不便，卻也是新竹人

霜降時節，颳不停的東北季風雖然令人生活不便，卻是新竹人的最愛。新竹地區盛產米粉，可以藉著風力迅速吹乾米粉，變得更好吃；在新竹縣的新埔、北埔盛產柿子的地方，東北季風也是吹乾柿餅的好幫手。

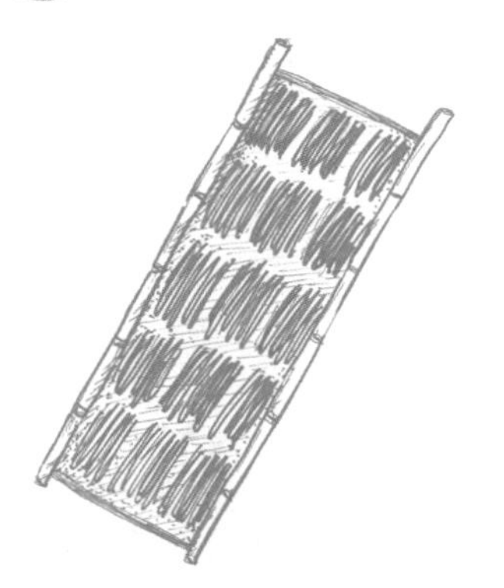

的最愛。新竹地區盛產米粉，可以藉著風力迅速吹乾米粉，變得更好吃；在新竹縣的新埔、北埔盛產柿子的地方，東北季風也是吹乾柿餅的好幫手。

立冬

【lìp-daŋ，ㄌㄧㄅˇ ㄉㄤ】，「冬者終也，立冬之時，萬物終成」，所以名爲立冬。是冬季的第一個節氣。傳統觀念中，冬是結束的意思。進入這一時節，天地萬物的活動都趨向休止，準備蟄伏過冬；人們沒有「冬眠」，就在立冬這一天「補冬」。民俗中，立冬當天要進補滋養食品，到了酷寒的冬天節氣裡，才不會怕冷。這個節氣，也正是毛蟹【mɔ̄-hē，ㄇㄛ一 ㄏㄝ一】肥美的時節，台灣西部的沿海地帶，正是盛產毛蟹的地區，肥碩黃澄的蟹黃，成了吸引饕客的美味佳餚。

小雪

【siau-suát，ㄙㄧㄠ ㄙㄨㄚˋ】，此時天一積陰，寒未探而雪未大，所以名爲小雪。是個望文生義的節氣。在亞熱帶的台灣，這景象是不明顯的；唯一讓人稍感寒意的，只不過是颼起陣陣的寒風罷了。此時草叢中菅芒花變成枯白。

您欣賞過台灣最偉大的音樂家「鄧雨賢」作曲、「許丙丁」作詞的「菅芒花」嗎？請用台語來唸歌詞。

大雪

【dài-suát，ㄉㄞˇ ㄙㄨㄚˋ】，此時積陰爲雪，至此凜冽而大，過於小雪，所以名爲大雪。是個比小雪嚴寒的節氣。

位於亞熱帶的台灣，也只有在高聳的玉山、合歡山上，偶然出現幾次大雪而已。大雪的口語音讀爲【dùa-séh，ㄉㄨㄚˇ ㄙㄝ˙】。落雪兮（下雪的）景色，在台灣地區是難得一見的，所以每次若有飄雪的氣象報導，好奇民衆總是會急著開車上合歡山欣賞雪景。

落雪兮（下雪的）景色

【lòh-séh ē-kieŋ-siék】

ㄌㄛㄏˇ ㄙㄝ˙ ㄝㄧ ㄍㄧㄝㄥ ㄙㄧㄝㄍˋ

菅芒花

菅　芒　花白　無　芳（香），

kuāñ- bāŋ- hue pēh bō- phaŋ

ㄍㄥㄨㄚ一 ㄅ˙ㄤ一 ㄏㄨㄝ ㄅㄝㄏ一 ㄅ˙ㄛ一 ㄆㄤ

冷　風來　搖　動；

lieŋ- hɔŋ lāi- iō- dāŋ

ㄌ一ㄝㄥ ㄏㄛㄥ ㄌㄞ一 一ㄛ一 ㄉㄤ一

無　虛　華　無　美　夢，

bō- hī- hûa bō- bi- bāŋ

ㄅ˙ㄛ一 ㄏ一一 ㄏㄨㄚˊ ㄅ˙ㄛ一 ㄅ˙一 ㄅ˙ㄤ一

啥　人　參　忝　痛（互相疼）？

sia- lâŋ sāñ- tiáñ- tàŋ

ㄙ一ㄚ ㄌㄤˊ ㄙㄥㄚ一 ㄊㄥ一ㄚˋ ㄊㄤˇ

世　間　佷（人）錦　上　添　花，

sé- kān- lâŋ gim- siɔ̄ŋ tiām- hua

ㄙㄝˋ ㄍㄢ一 ㄌㄤˊ ㄍ˙一ㄇ ㄙ一ㄛㄥ一 ㄊ一ㄚㄇ一 ㄏㄨㄚ

無　佷（人）來　探　望。

bō- lâŋ lāi- tám- bɔ̄ŋ

ㄅ˙ㄛ一 ㄌㄤˊ ㄌㄞ一 ㄊㄚㄇˋ ㄅ˙ㄛㄥ一

只　有　月　娘　清　白　光　明，

chi -ū guèh- niû tsiēŋ- piēk kɔ̄ŋ biêŋ

ㄐ一 ㄨ一 ㄍ˙ㄨㄝㄏˇ ㄋ一ㄨˊ ㄑ一ㄝㄥ一 ㄅ一ㄝㄍ一 ㄍㄛㄥ一 ㄅ˙一ㄝㄥˊ

照　我等　兮（我們的）迷　夢。

chiò- guan- ē- bē- bāŋ

ㄐ一ㄛˋ ㄍ˙ㄨㄢ ㄝ一 ㄅ˙ㄝ一 ㄅ˙ㄤ一

冬至

【dāŋ-chì，ㄉㄤ一 ㄐ一ˇ】，日行至北半球晝最短而夜最長的一天。是個很重要的節氣，也是個重要節日，台語以「冬節」稱呼它。台語有一句俗諺：「冬節大過年。」就是說這天與過年同樣重要。

在台灣過冬節，家家戶戶最要緊的就是搓湯圓。台語俗諺：「冬節嚼圓也加一歲。」。

在台灣冬至前是漁夫們捕捉烏魚的好時機，一直到冬至都可以有豐富的漁獲。此時，漁夫們還會利用烏魚的卵【nn̄，ㄋㄥ一】做成「烏魚子」。在寒冷的冬天裡，「烏魚子」是沿海漁民一項重要的收入。

冬節

【dāŋ-chéh】

ㄉㄤ一 ㄗㄝ˙

冬節大過年

【dāŋ-chéh dùa-kúe-nî】

ㄉㄤ一 ㄗㄝ˙

ㄉㄨㄚˇ ㄍㄨㄝˋ ㄋ一ˊ

冬節嚼圓也加一歲

【dāŋ-chéh chiàh-īñ-á kē-chìt-hùe】

ㄉㄤ一 ㄗㄝ˙ ㄐ一ㄚㄏˇ ㄥ一一

ㄚˋ ㄍㄝ一 ㄐ一ㄊˇ ㄏㄨㄝˇ

烏魚子

【ō-hī-chí】

ㄛ一 ㄏ一一 ㄐ一ˋ

台語俗諺「冬節嚼圓也加一歲」，這句話的意思是：冬至是古代的過年，所以說吃了湯圓就算是多了一歲。

小寒

【siau-hân，ㄙㄧㄠ ㄏㄢˊ】，這時天氣漸寒，尙未大冷，所以名爲小寒。此時，台灣的氣候雖然不會像大陸北方冷到下雪成冰團，但是從北方向南吹來的陣陣寒流，也能讓人感受到寒氣酷冷的威力。

大寒

【dài-hân，ㄉㄞˇ ㄏㄢˊ】，這時天氣凜冽已極，所以名爲大寒。大寒是一年中最後的一個節氣，氣候還是相當寒冷。從這個時節起，人們開始忙著除舊佈新、準備過年所需要的各項物品（即年貨）。以前要等到過年才買新衣服，有了壓歲錢才能享受吃喝玩樂的趣味；現在經濟發達、民生物資富裕，各種佳餚美食、山珍海味都可以在各地的超級市場、大賣場買得到，來台灣的大陸觀光客看到了此種場景都讚嘆不已：「在台灣天天都是過年！」

大寒的台語口語音【dùa-kuân，ㄉㄨㄚˇ ㄍㄥㄨㄚˊ】，是非常寒冷的意思。

二十四節氣歌

（立春 雨水 驚蟄 春分 清明 穀雨）

春雨驚春清穀天，

tsūn-ú kiēŋ-tsun tsiēŋ-kɔk-tien

ㄘㄨㄣ一 ㄨ丶 ㄍ一ㄝㄥ一 ㄘㄨㄣ ㄑ一ㄝㄥ一 ㄍㄛㄍ ㄊ一ㄝㄣ

（立夏 小滿 芒種 夏至 小暑 大暑）

夏滿芒夏暑相連；

hà-buán bɔ̄ŋ-hā sú siɔ̄ŋ-liên

ㄏㄚˇ ㄅ˝ㄨㄢ丶 ㄅ˝ㄛㄥ一 ㄏㄚ一 ㄙㄨ丶 ㄙ一ㄛㄥ一 ㄌ一ㄝㄣˊ

（立秋 處暑 白露 秋分 寒露 霜降）

秋處露秋寒霜降，

tsiū-tsú lɔ̄-tsiu hān-sŋ̄-kàŋ

ㄑ一ㄨ一 ㄘㄨ丶 ㄌㄛˇ ㄑ一ㄨ ㄏㄢ一 ㄙㄥ一 ㄍㄤˇ

（立冬 小雪 大雪 冬至 小寒 大寒）

冬雪雪冬小大寒。

dāŋ-suát suat-daŋ siau-dài-hân

ㄉㄤ一 ㄙㄨㄚ丶 ㄙㄨㄚ ㄉㄤ ㄙ一ㄠ ㄉㄞˇ ㄏㄢˊ

（前人為了便於記誦節氣名稱，編了這首「二十四節氣歌」，
每句含有六個節氣，四句則有二十四節氣。）

貳、圍爐過「新年」

陰曆正月初一

台語說的過年，是指從除夕（過年暗）、新年（新正）一直要到正月初五（初五隔開），也有一說是要到元宵節才算過完新年。台灣的「過年暗」傳統習俗，一家人圍在爐子邊，爐子上放一個大火鍋，全家人邊煮邊吃，所以吃年夜飯在台語稱為「圍爐」，「圍爐」一詞後來引申為「全家團圓過年」。

貳之一 團圓吉祥除夕夜

一、到底是三十暝還是二九暝？

除夕在台語文讀音為【dī-siēk，ㄉㄧ一　ㄙㄧㄝㄍㄧ】（廈門腔發音【dū-siēk，ㄉㄨ一　ㄙㄧㄝㄍㄧ】），但在口語多稱為「過年暗」【kúe-nī-àm，ㄍㄨㄝ丶　ㄋㄧ一　ㄚㄇˇ】（廈門腔【ké-nī-àm，ㄍㄝ丶　ㄋㄧ一　ㄚㄇˇ】）、「三十暝」或「二九暝」。

因為陰曆的最後一天，十二月如果遇到大月是三十日，除夕在台語稱為「三十暝」【sāñ-chàp-mê，ㄙㄥㄚ一　ㄗㄚㄅˇ　ㄇㄝˊ】，如果遇到小月是二十九日，除夕在台

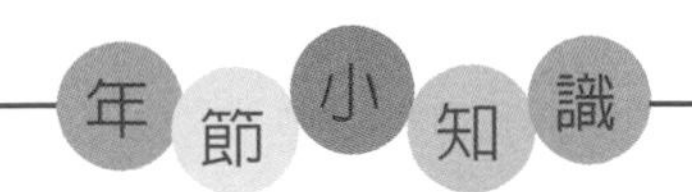

除夕在口語多稱作「過年暗」、「三十暝」或「二九暝」，一般人通常稱之為「二九暝」。

我來唸台語

過年暝

【kúe-nī-àm】

ㄍㄨㄝˋ ㄋㄧ— ㄚㄇˇ

圍爐

【ūi-lô】

ㄨㄧ— ㄌㄛˊ

豐沛

【phōŋ-phài】

ㄆㄛㄥ— ㄆㄞˇ

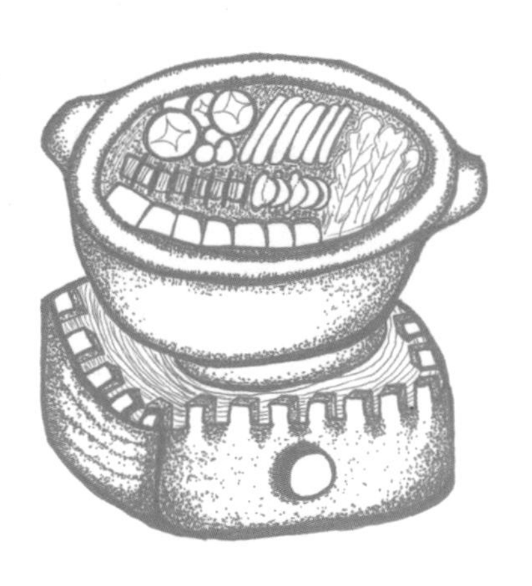

語則稱爲「二九暝」【jì-kau-mê，ㄐ˜ㄧˇ ㄍㄠ ㄇㄝˊ】（廈門腔發音爲【lì-kau-mî，ㄌㄧˇ ㄍㄠ ㄇㄧˊ】），但是一般人通常將除夕稱爲「二九暝」。台語的俗諺「天天二九暝」【tiēn-tien jì-kau-mê，ㄊㄧㄝㄣ— ㄊㄧㄝㄣ ㄐ˜ㄧˇ ㄍㄠ ㄇㄝˊ】，就是形容每天都像是過除夕一樣吃得非常豐盛（台語常用語稱爲「豐沛」），引申爲天天過好日子。

其實世間上除了少數人能一輩子都過著非常優裕的好日子，大部分人的一生總是有起有落，如果想要擁有較好的生活水準，就得努力工作，當然有時還得再加上一些機運。

二、過年夜，圍爐時

除夕，家家戶戶吃團圓飯，這是一年中最重要的一餐，因爲要準備豐盛的菜餚，所以當天成爲家庭主婦最忙碌（台語稱爲「上無容」[1]）的日子。

台灣的「過年暗」傳統習俗，一家人圍在爐子旁邊，爐子上放一個大火鍋，全家人邊煮邊吃（台語稱爲「ㄋ煮ㄋ嚼」），所以吃年夜飯在台語稱爲「圍爐」，「圍爐」一詞後來引申爲「全家團圓過年」。以前的火鍋是燒木炭（台語稱爲「熊火炭」），邊煮邊加木炭，看起來比較麻煩，但是老一輩的長者懷念舊式的木炭火鍋，都認爲這樣比較有過年的氣氛。

時代進步，現在都改用插電式的電子火鍋，似乎少了「圍爐」的年夜味（木炭「香味」台語稱爲「芳味」）。

三、長年菜，苦入喉

「長年菜」在以往是「過年暗」「圍爐」時不能少的年菜。而長年菜其實就是芥菜，吃起來略帶苦澀味道，是許多小朋友敬謝不敏的年菜，難怪以往過年時

我來唸台語

上無容（最忙碌）

【siɔ̄ŋ-bō-iêŋ】

ㄙㄧㆲㄥˇ ㄅ〃ㄛㄧ ㄧㄝㄥˊ

火鍋

【hue-ko】

ㄏㄨㄝ ㄍㄛ

（廈門腔【he-ko，ㄏㄝ ㄍㄛ】）

ㄋ煮ㄋ嚼（邊煮邊吃）

【na-chí na-chiāh】

ㄋㄚ ㄐㄧˋ ㄋㄚ ㄐㄧㄚㄏㄧ

全家團圓過年

【chuān-ke tuān-îñ kúe-nî】

ㄗㄨㄢㄧ ㄍㄝ ㄊㄨㄢˊ ㄥㄧㄧ ㄍㄨㄝˋ ㄋㄧˊ

熊火炭（燒木炭）

【hiāñ-hue-tuàñ】

ㄏㄥㄧㄚㄧ ㄏㄨㄝ ㄊㄥㄨㄚˇ

芳味（香味）

【phāŋ-bī】

ㄆㄤㄧ ㄅ〃ㄧㄧ

年節小知識

「長年菜」是「過年暗」「圍爐」時不能少的年菜。以往，身為長輩的，為了要小朋友吃長年菜，往往使出最有效的一招：叫小朋友先喝一小碗長年菜湯，喝完的人才可以領壓歲錢，小朋友看在紅包的份上，只好咬緊牙根趕快喝完。

我來唸台語

長年菜

【dŋ̄-nī-tsài】

ㄉㄥ一 ㄋ一一 ㄘㄞ˅

芥菜

【kúa-tsài】

ㄍㄨㄚˋ ㄘㄞ˅

阿公（祖父）

【ā-kɔŋ】

ㄚ一 ㄍㆲㄥ

阿嬤（祖母）

【ā-má】

ㄚ一 ㄇㄚˋ

長輩都會對小朋友說：「等你會曉嚼長年菜，就是大倌也。」【dan-li-è-hiau-chiàh-dŋ̄-nī-tsài，chiù-sì-dùa-lâŋ ā，ㄉㄢ ㄌ一 せ˅ ㄏ一ㄠ ㄐ一ㄚㄏ˅ ㄉㄥ一 ㄋ一一 ㄘㄞ˅，ㄐ一ㄨ˅ ㄙ一˅ ㄉㄨㄚ˅ ㄌㄤˊ ㄚ一】（等你會吃長年菜，就是大人了）

以往，身爲父母或是阿公、阿嬤的長輩，爲了要小朋友吃長年菜，往往使出最有效的一招：叫小朋友先喝一小碗長年菜湯，喝完的人才可以領壓歲錢（「硩年錢」）；小朋友看在長輩手中的紅包份上，往往勉爲其難咬緊

牙根趕快喝完，所以台語有句俗諺：「長年菜嚼（吃）落喉，哲年錢則會佫（到）。」【dŋ̄-nī-tsài chiàh-lòh-âu，dé(h)-nī-chîñ chia(h)-è-kàu，ㄉㄥ一 ㄋ一一 ㄘㄞˇ ㄐ一ㄚㄏˇ ㄌㄛㄏˇ ㄠˊ，ㄉㄝˋ ㄋ一一 ㄐㄥ一ˊ ㄐ一ㄚ ㄝˇ ㄍㄠˇ】

其實長年菜如果經過適當地料理，特有的甘味也能被釋放出來噢！芥菜本來就是生長於冬季的蔬菜，芥菜長得長長，收成後正逢過年，取名「長年」兩字意義深遠，可指台灣早期長年辛苦工作（台語稱爲「做穡」）的農家，也可指「吃了以後活得長年」而祈求長命百歲、健康平安。

芥菜的營養豐富，含有鈣質、維生素A、維生素C等，可以說是一種健康蔬菜。

熬煮（台語稱爲「滒」）長年菜時可以和雞骨帶肉（如雞胸排骨）、鴨骨帶肉（如鴨胸排骨）一同烹煮，菜葉吸收油脂後可去苦澀感，並且引出芥菜的甘味；長年菜經過長時間熬煮不但不會發黃，反而更加入味，吃起來有清爽可口的感覺。

過年時，人們通常都會煮一大鍋（台語稱爲「一大鼎」）長

我來唸台語

哲年錢（壓歲錢）

【dé(h)-nī-chîñ】

ㄉㄝˋ ㄋ一一 ㄐㄥ一ˊ

紅包

【āŋ-pau】

ㄤ一 ㄅㄠ

做穡（工作）

【chó-sít】

ㄗㄛˋ ㄙ一ㄊˋ

滒（熬煮）

【kûn】

ㄍㄨㄣˊ

我來唸台語

一大鼎（一大鍋）

【chìt-dùa-diáñ】

ㄐㄧㄊˇ ㄉㄨㄚˇ ㄉㄥㄧㄚˋ

開講（聊天）

【kāi-káŋ】

ㄎㄞ ㄍㄤˋ

春（剩餘）

【tsun】

ㄘㄨㄣ

分硩年錢（分紅包）

【pūn-dé(h)-nī-chîñ】

ㄅㄨㄣ ㄉㄝˋ ㄋㄧ ㄐㄥㄧˊ

年菜湯，圍爐時邊吃邊聊天（台語稱為「開講」），煮得多就是希望還有剩餘（台語稱為「春」❷），所以有句台語過年俗諺：「嚼乎春，年年春。」【chiàh-hɔ̄-tsun nī-nī-tsun，ㄐㄧㄚㄏˇ ㄏㄛ ㄘㄨㄣ ㄋㄧ ㄋㄧ ㄘㄨㄣ】（吃到有剩餘，年年有剩餘）另外，除夕菜餚中大多有一道魚，希望討個吉利，所以有句台語的過年俗諺：「過年嚼（吃）魚，年年有餘。」【kúe-nî chiàh-hî nī-nî iu-î，ㄍㄨㄝˋ ㄋㄧˊ ㄐㄧㄚㄏˇ ㄏˊ ㄋㄧ ㄋㄧˊ ㄧㄨ ㄧˊ】

四、拿壓歲錢，說吉祥話

按照慣例，在除夕夜（過年暗）圍爐之後，長輩會發壓歲錢給晚輩，稱為「分硩年錢」，因為壓歲錢放在紅包裡，所以也稱為「分紅包」。

若是小孩子從長輩手中領到壓歲錢時，長輩會教小孩說感謝和拜年的吉祥話，第一句就是：「感謝阿公、阿嬤（或是爸爸、媽媽）賞我硩年錢。」接著就是：「新年恭喜」、「新正恭喜」、「恭賀新喜」、「恭賀新正」等吉祥話。

我來唸台語

感謝阿公、阿嬤（或是爸爸、媽媽）賞我䞘年錢

【kam-sià-ā-kɔŋ、ā-má（pa-páh、ma-máh）siuñ-gua-dé(h)-nī-chîñ】

ㄍㄚㄇ ㄙㄧㄚˇ ㄚㄧ ㄍㄛㄥ、ㄚㄧ ㄇㄚˋ（ㄅㄚ ㄅㄚ˙、ㄇㄚ ㄇㄚ˙）ㄙㄥㄧㄨ ㄍ˜ㄨㄚ ㄉㄝˋ ㄋㄧㄧ ㄐㄥㄧˊ

新年恭喜

【sīn-nî-kiɔ̄ŋ-hí】

ㄙㄧㄣㄧ ㄋㄧˊ ㄍㄧㄛㄥㄧ ㄏㄧˋ

新正恭喜

【sīn-chiañ-kiɔ̄ŋ-hí】

ㄙㄧㄣㄧ ㄐㄥㄧㄚ ㄍㄧㄛㄥㄧ ㄏㄧˋ

恭賀新喜

【kiɔ̄ŋ-hò-sīn-hí】

ㄍㄧㄛㄥㄧ ㄏㄛˋ ㄙㄧㄣㄧ ㄏㄧˋ

恭賀新正

【kiɔ̄ŋ-hò-sīn-chiañ】

ㄍㄧㄛㄥㄧ ㄏㄛˋ ㄙㄧㄣㄧ ㄐㄥㄧㄚ

註釋

❶「上無容」的「容」一般俗寫成「閒」，「閒」在台語發音是【hân，ㄏㄢˊ】；而「容」的文讀音為【iɔ̂ŋ，ㄧㄛㄥˊ】，和「容」同韻母的「用」文讀音【iɔ̄ŋ，ㄧㄛㄥㄧ】(如「利用」【lì-iɔ̄ŋ，ㄌㄧˇ ㄧㄛㄥㄧ】)、口語音為【iēŋ，ㄧㄝㄥㄧ】

（如「會用」【è-iēŋ ,ㄝˇ ㄧㄝㄥ－】），所以「容」口語音為【iêŋ ，ㄧㄝㄥˊ】。「容」就是「有空」；「無容」就是「沒空」。

❷「春」是象形及會意字，原來的意思是指草受日照而生長，草從土地伸出來稱為「春」。參見《尚書大傳》：「春，出也；萬物之出也。」「春」也就是「伸出來」、「多出來」的意思，台語的「有春」【ù-tsun，ㄨˇ ㄘㄨㄣ】就是「有剩」，引申為「有積蓄」（台語稱為「有積聚」【ù-chiek-chū ，ㄨˇ ㄐㄧㄝㄍ ㄗㄨ－】）的意思。

貳之二 嚼甜粿過好年

台語說的粿【kúe ,ㄍㄨㄝˋ】，也就是俗稱的糕，主要是用米磨成漿再做成的一種應景年節食物，年糕就是過年要吃的粿。口味有鹹的與甜的，其中最常見的有菜頭粿、甜粿、發粿。

一、台灣粿

在台灣，過年時的應景食物就是各種粿食（年糕），其中最具代表性的有三種：

1. 菜頭粿（蘿蔔糕）【tsái-tāu-kúe ,ㄘㄞˋ ㄊㄠ－ ㄍㄨㄝˋ】
2. 甜粿（甜年糕）【dīñ-kúe , ㄉㄥ－－ ㄍㄨㄝˋ】
3. 發粿【huat-kúe , ㄏㄨㄚㄊ ㄍㄨㄝˋ】

一般鹹粿素材是用在來米，而甜粿是用秫米（糯米）做成的粿粞，不一樣的地方是摻了不同的添加物。台灣的農村，在秋末、初冬稻子收割以後就種些蔬菜，菜頭（蘿蔔）是最普遍的一種，幾乎家家戶戶都種菜頭，所以利用它作爲添加物是最合算的。根據台

灣的習俗，萬一前一年家中曾有喪事者則不做年糕，由親戚或好友致贈。

二、年糕的作法

1. 菜頭粿：

它的作法其實是很簡單。早年幾乎家家戶戶都會自己做。而菜頭粿一般的吃法：會將「菜頭粿」切成小片，然後下鍋用油煎熱或油炸，大概三、五分鐘後就可起鍋將「菜頭粿」放在碗盤上，依個人口味沾醬油或辣椒醬。（油炸「菜頭粿」台語稱爲「糒粿」。）

2.甜粿：

它的作法也是先做粿粞，然後依添加物的不同而演變成不同種的甜粿。若摻黑糖（「烏糖」【ɔ̄-tn̂g，ㄛ一 ㄊㄥˊ】），稱爲「烏糖甜粿」；若摻白糖（「白糖」【pèh-tn̂g，ㄅㄝㄏˇ ㄊㄥˊ】），稱爲「白糖甜粿」；若摻紅豆，稱爲「紅豆也甜粿」；如果將

我來唸台語

在來米

【chài-lâi-bí】

ㄗㄞˇ ㄌㄞˊ ㄅ˙ㄧˋ

粿粞

【kue-tsè】

ㄍㄨㄝ ㄘㄝˇ

糒粿

【chíñ-kúe】

ㄐㄥ一ˋ ㄍㄨㄝˋ

菜頭粿的作法

將菜頭去皮，洗乾淨後切成小塊，放在盆中搗成泥糊狀，加少許鹽水，也可以加一些小蝦仁或油蔥，再和粿粞混在一起搓揉；弄均勻後，放入四方形的蒸籠（台語稱為「籠盛」【lāŋ-sŋ̂，ㄌㄤ一 ㄙㄥˊ】）去蒸（台語稱為「炊」【tsue，ㄘㄨㄝ】），所以出「籠盛」的「菜頭粿」是呈四方體狀；等涼了以後，再切成長條塊。

我來唸台語

紅豆

【ā ŋ-dāu】

ㄤ一 ㄉㄠ一

豆油（醬油）

【dàu-iû】

ㄉㄠˇ 一ㄨˊ

鹹甜粿

【kiā m-d ī ñ-kúe】

ㄍ一ㄚㄇ一 ㄉㄥ一一 ㄍㄨㄝˋ

花蕊（花朵）

【hū e-lúi】

ㄏㄨㄝ一 ㄌㄨ一ˋ

粉紅也發粿

【hun-ā ŋ-a-huat-kúe】

ㄏㄨㄣ ㄤ一 ㄚ ㄏㄨㄚㄊ ㄍㄨㄝˋ

「烏糖甜粿」再加鹽水或醬油（在台語稱爲「豆油」），就成爲了「鹹甜粿」。

台語有句吉祥話：「嚼甜粿，好過年。」【chiàh-d ī ñ-kúe ho-kúe-nî , ㄐ一ㄚㄏˇ ㄉㄥ一一 ㄍㄨㄝˋ ㄏㄛ ㄍㄨㄝˋ ㄋ一ˊ】

3. 發粿：

它的作法稍有不同。加糖以外，主要還加了酵母，搓揉後放在蒸碗內，等發了以後再進蒸籠（籠盛）去蒸（炊），所以在市場看到的發粿，上面部份好像綻放的花朵（台語稱爲花蕊）一樣。發粿依添加物不同也有不一樣的名稱：若摻黑糖，稱爲「烏糖發粿」，其實外表是呈現暗土色；若摻白糖，稱爲「白糖發粿」；再摻些粉紅色料，象徵過年喜慶氣氛，稱爲「粉紅也發粿」。

在過年吃發粿，象徵會「發」（【huát , ㄏㄨㄚㄊˋ】），亦即是發財興旺的意思。

所以有句台語過年俗諺：「過年嚼發粿，今年就會發。」【kúe-nî chiàh-huat-kúe， k ī n-nî chiù-è-huát , ㄍㄨㄝˋ ㄋ一ˊ ㄐ一ㄚㄏˇ ㄏㄨㄚㄊ ㄍㄨㄝˋ，ㄍ一ㄣ一 ㄋ一ˊ ㄐ一ㄨˇ ㄝˇ ㄏㄨㄚㄊˋ】

貳之三 春節一路過到元宵暝

一、台語的正月，指的是何時？

春節，狹義的是指陰曆（舊曆）元月初一開始至初四或初五的節日，而廣義則包含至元宵節。在台語「新年」又稱爲「新正」，元月又稱「正月」，正月初一至初五稱爲「新正年頭」，廣義的春節期間稱爲「正月時」。

中華民國成立後，新政府廢陰曆改以陽曆紀年，曾試圖禁止人民慶祝陰曆新年，但是延續三千多年的傳統習俗根深蒂固，最後因爲一般民眾的堅持而未果。後來在袁世凱主政期間，將一月一日定爲新年元旦，而以陰曆正月初一爲「春節」，老百姓照舊「過舊曆新年」。

日本陰曆天保曆在明治維新後的明治六年（西元一八七三年）一月一日起停用，改用太陽曆，原來的陰曆便稱爲舊曆（日

我來唸台語

春節

【tsūn-chiét】

ㄘㄨㄣ一 ㄐ一ㄝㄊ丶

舊曆（陰曆）

【kù-liēk】

ㄍㄨˇ ㄌ一ㄝㄍ一

新年

【sīn-nî】

ㄙ一ㄣ一 ㄋ一ˊ

新正

【sīn-chiañ】

ㄙ一ㄣ一 ㄐㄥ一ㄚ

正月

【chiañ-gùeh】

ㄐㄥ一ㄚ ㄍ˙ㄨㄝㄏˇ

新正年頭

【sīn-chiāñ-nī-tâu】

ㄙ一ㄣ一 ㄐㄥ一ㄚ一 ㄋ一一 ㄊㄠˊ

正月時

【chiāñ- gùeh-sî】

ㄐㄥㄧㄚㄧ　ㄍ˜ㄨㄝㄏˇ　ㄙㄧˊ

文新體字：「旧曆」)。人民的慶祝活動也只在陽曆一月一日起的三天國定假日，這段假期，日本人稱爲「お正月（おしょうがつ)」。在日本將陽曆一月一日稱爲元日（がんじつ,ganjitsu），而元日的早上日出之時才稱爲元旦（がんたん,gantan)。

台灣在日本統治時代也改用太陽曆，舊曆過年不放假，民間過年氣氛也漸趨淡薄；直到西元一九四五年十日二十五日本統治結束，一九四六年以後，民間才逐漸恢復過舊曆年的習俗。「春節」一詞眞正在台灣廣爲流行，還是在西元一九四九年國民政府撤退來台灣之後。

二、台灣新年唸歌謠

初一早（早早出門去行春、去拜年），

【tsē-it-chá，ㄘㄝㄧ　ㄧㄊ　ㄗㄚˋ】

初二早（早早出門轉外家〔回娘家〕），

【tsē-jì-chá，ㄘㄝㄧ　ㄐ˜ㄧˇ　ㄗㄚˋ】

初三睏佫（睡到）飽，

【tsē-sañ kún-káu-pá，ㄘㄝㄧ　ㄙㄥㄚ　ㄍㄨㄣˋ　ㄍㄠˋ　ㄅㄚˋ】

初四接神，

【tsē-sì chiap-sîn，ㄘㄝㄧ　ㄙㄧˇ　ㄐㄧㄚㄅˋ　ㄙㄧㄣˊ】

初五隔開，

【tsē-gō͘ ké(h)-khui，ㄘㄝㄧ　ㄍ˜ㄛㄧ　ㄍㄝˋ　ㄎㄨㄧ】

初六舀（挹）肥，

【tsē-lāk iuñ-pûi，ㄘㄝ一 ㄌㄚ㆜一 ㆙一ㄨ ㄅㄨ一ˊ】

初七七元，

【tsē-tsít tsit-guân，ㄘㄝ一 ㄑ一ㄊˋ ㄑ一ㄊ ㆣㄨㄢˊ】

初八完全，

【tsē-péh uān-chuân，ㄘㄝ一 ㄅㄝ˙ ㄨㄢ一 ㄗㄨㄢˊ】

初九天公生，

【tsē-káu tīñ-kɔ̄ŋ-señ，ㄘㄝ一 ㄍㄠˋ ㄊ㆑一一 ㄍㆦㄥ一 ㄙㆥ】

初十有嚼（吃）食，

【tsē-chāp ù-chiàh-sīt，ㄘㄝ一 ㄗㄚㆴ一 ㄨˇ ㄐ一ㄚㄏˇ ㄙ一ㄊ一】

十一請囝婿，

【chàp-ít tsiañ-kiañ-sài，ㄗㄚㆴˇ 一ㄊˋ ㄑ㆑一ㄚ ㄍ㆑一ㄚ ㄙㄞˇ】

十二諸姆囝轉來拜，

【chàp-jī chā-bɔ-kiáñ dŋ-lāi-pài，ㄗㄚㆴˇ ㆢ一一 ㄗㄚ一 ㆠㆦ ㄍ㆑一ㄚˋ ㄉㄥ ㄌㄞ一 ㄅㄞˇ】

十三嚼（吃）飲糜配芥菜，

【chàp-sañ chiàh-am-mûe phúe-kúa-tsài，ㄗㄚㆴˇ ㄙ㆐ㄚ ㄐ一ㄚㄏˇ ㄚㄇ ㄇㄨㄝˊ ㄆㄨㄝˋ ㄍㄨㄚˋ ㄘㄞˇ】

十四結燈棚，

【chàp-sì kat-diēŋ-pêñ，ㄗㄚㆴˇ ㄙ一ˇ ㄍㄚㄊ ㄉ一ㄝㄥ一 ㄅㆥˊ】

十五上元暝（夜）。

【chàp-gɔ̄ siɔ̄ŋ-guān-mê，ㄗㄚㆴˇ ㆣㆦ一 ㄙ一ㆦㄥˇ ㆣㄨㄢ一 ㄇㄝˊ】

三、從歌謠看風俗

初一新正

事先要依據干支找出當年「開正」【khūi-chiañ ,ㄎㄨㄧ— ㄐㄥㄧㄚ】的良辰吉時，「開正」又稱爲「開春」【khāi-tsun ,ㄎㄞ— ㄘㄨㄣ】。

甜料（甜點）

【dīñ-liāu】

ㄉㄥㄧ— ㄌㄧㄠ—

塗豆糖（花生糖）

【tɔ̄-dàu-tn̂g】

ㄊㄛ— ㄉㄠˇ ㄊㄥˊ

成仁

【siēŋ-jîn】

ㄙㄧㄝㄥ— ㄐ˝ㄧㄣˊ

塗豆仁（花生仁）

【tɔ̄-dàu-jîn】

ㄊㄛ— ㄉㄠˇ ㄐ˝ㄧㄣˊ

秫米粞（糯米團）

【chùt-bi-tsè】

ㄗㄨㄊˇ ㄅ˝ㄧ ㄘㄝˇ

「開正」的時刻通常很早，有的人家甚至通宵守歲，等到時刻到來，就燃放鞭炮，在供桌前擺上各色「甜點」（「甜料」），如冬瓜糖、花生糖（「塗豆糖」）、成仁、糋棗等。全家老幼一同祀神、祭祖，迎接新年的到來。

「成仁」取自「成全仁禮」之名，是新正祭祖的一種供品。取花生豆仁（塗豆仁）包裹糯米團（秫米粞）或麵粉團後，放入滾燙糖漿煮熟再撈起，原來是摻白糖，所以呈現白色，爲配合過年喜氣，糖漿摻入紅色素，所以呈現紅色。

「糋棗」【chíñ-chó ,ㄐㄥㄧˋ ㄗㄜˋ】和「祭祖」【ché-chɔ̄ ,ㄗㄝˋ ㄗㄛˋ】諧音，成爲新正祭祖的一種供品。將糯米團或麵粉團

包裹糖粉後，放入油鍋內炸熟（「糋熟」【chíñ-siēk，ㄐㄥ一ˋ ㄙ一ㄝㄍ一】）撈起。據說，以往在中原新正時祭祖要用紅棗做供品，先民南遷至漳州、泉州後，當地不產紅棗而想出的變通供品，原本內包紅豆、綠豆或芝麻餡，傳到台灣後，將內餡省略，形狀也變成短棒形。

我來唸台語

出行

【tsut-kiâñ】

ㄘㄨㄊ ㄍㄥ一ㄚˊ

行春

【kiāñ-tsun】

ㄍㄥ一ㄚ一 ㄘㄨㄣ

拜年

【pái-nî】

ㄅㄞˋ ㄋ一ˊ

新正出行

以前「出行」多會到近郊的寺廟或風景區遊山玩水，所以也稱之爲「行春」。現在因爲交通發達，著名的風景區往往人滿爲患，至於都市的百貨公司、電影院等娛樂場所已經成爲年輕人的最愛。

親友互相往返拜年，大大小小必定盛裝，新正出門要穿新衣（�新衫【tsièŋ-sīn-sañ，ㄑ一ㄝㄥˇ ㄙ一ㄣ一 ㄙㄥㄚ】）、穿新鞋（穿新鞋【tsièŋ-sīn-ê，ㄑ一ㄝㄥˇ ㄙ一ㄣ一 ㄝˊ】）以及戴新帽【dí-sīn-bō，ㄉ一ˋ ㄙ一ㄣ一 ㄅ˙ㄛ一】，遇見親友時，則拱手互道「新年恭喜」或「新正恭喜」，並祝福對方來年「萬事如意」【bàn-sū jū-ì，ㄅ˙ㄢˇ ㄙㄨ一 ㄗ˙ㄨ一 一ˇ】、「事事順利」【sù-sū sùn-lī，ㄙㄨˇ ㄙㄨ一 ㄙㄨㄣˇ ㄌ一一】、「身體健康」【sīn-té kièn-khɔŋ，ㄙ一ㄣ一 ㄊㄝˋ ㄍ一ㄝㄣˇ ㄎㄛㄥ】等。

如有賀新年的賓客登門時，主人要端出各種甜料、甜茶【dīñ-dê，ㄉㄥ一一 ㄉㄝˊ】來招待客人，台語稱之爲「嚼甜」【chiàh-diñ，

ㄐㄧㄚㄏˇ ㄉㄥㄧ】。甜料以糋棗、成仁、花生糖、冬瓜糖及橘子（「柑也」【kām-á , ㄍㄚㄇㄧ ㄚˋ】）等爲主，現代人則以各種糖果、糕餅代替。客人在「嚼甜」時，也要說些應節的吉祥話，如：

「嚼糋棗，年年好」【chiàh-chíñ-chó nī-nī-hó ,ㄐㄧㄚㄏˇ ㄐㄥㄧˋ ㄗㄛˋ，ㄋㄧㄧ ㄋㄧㄧ ㄏㄛˋ】

「嚼甜甜，趁大錢」【chiàh-dīñ-diñ tán-dùa-chîñ , ㄐㄧㄚㄏˇ ㄉㄥㄧㄧ ㄉㄥㄧ， ㄊㄢˋ ㄉㄨㄚˇ ㄐㄥㄧˊ】

「老康健，嚼百二」【làu-khōŋ-kiēn chiàh-pá (h)-jī , ㄌㄠˇ ㄎㄛㄥㄧ ㄍㄧㄝㄣㄧ ㄐㄧㄚㄏˇ ㄅㄚˋ ㄐ˜ㄧㄧ】

初二轉外家

舊習俗傳說已出嫁的女兒若在正月初一歸寧，會使娘家變窮，所以要到初二才能夠回娘家，台語稱爲「轉外家（回娘家）」【dŋ-gùa-ke , ㄉㄥ ㄍ˜ㄨㄚˇ ㄍㄝ】、「做客」【chó-khéh , ㄗㄛˋ ㄎㄝ•】。

但是按照新年歌謠所敘述：原來出嫁的女兒回娘家是十一日（請囝婿）或十二日（轉外家），但不知何時開始改爲初二，或許是因爲工商業社會新年假期短（只有五天），所以選擇這一天比較適當。

有些民俗研究者認爲「會使娘家變窮」一事根本是無稽之談。近年來爭取婦女權益的團體呼籲打破毫無根據的迷信禁忌，鼓勵已婚婦女把握春節假期和夫婿、子女一起回娘家與親人團聚過年。

不過換個角度想：初一開正後，婆家忙著各項過年的家事及接待拜年的訪客，做媳婦（台語稱爲「新婦」【ㄙㄧㄣㄧ ㄅㄨㄧ】）理當體諒幫忙家事，如果只顧著回娘家，未免說不過去。

如今台灣社會流行小家庭制度，兒子結婚以後大都自立門戶，和

父母住在一起的不太多，反而有些社會公益團體呼籲採取「初一媳婦陪夫婿（台語稱為「翁婿」）回婆家，初二女婿陪女兒回娘家」的方式，亦可兼顧傳統習俗，可謂兩全其美。

傳統舊習俗，女子無故不得擅自歸寧，所以初二回娘家時多由娘家兄弟前來迎接。這一道手續，在現代已簡化成了打電話邀請。「轉外家」多半要準備一些禮物，稱為「等路」（謙稱在回家路上等車時順手買的禮物）。

我來唸台語

翁婿（丈夫、先生）

【āŋ-sài】

ㄤㄧ ㄙㄞˇ

等路

【dan-lɔ̄】

ㄉㄢ ㄌㄛㄧ

年節小知識

以往，台灣的客運業者都會委託在站牌旁邊的雜貨店兼賣客運車票，而雜貨店在春節期間都會把握商機，販賣過節送禮用的當地特產食品、糕餅，作為等車乘客名副其實的「等路」。

初三睏佫（睡到）飽

因為從除夕到初二都十分勞累，初二入夜以後，家家戶戶都要提早熄燈就寢，睡個飽，好好休息一番，初三也可以晚一點起床。

初四接神

根據民間習俗，自去年陰曆十二月二十四日送眾神返回天庭，眾神向玉皇大帝報告人間的善惡後，都在初四那天回到人間繼續享受香火，並執行及考核人類的禍福、善惡，因此要準備牲醴供品、香燭紙馬迎接眾神下凡間。

由於要準備接神的供品，每一頓菜餚特別豐盛，所以又說「初四頓頓飽」【tsē-sì dn̄g-dn̄g-pá，ㄘㄝ－ ㄙㄧˇ ㄉㄥˋ ㄉㄥˋ ㄅㄚˋ】。

初五隔開

表示「新正」暫告一段落。而從初一累積下來的垃圾，也可以從屋內清掃到屋外。總之，正月初五須完成除舊佈新的工作，隔絕年節，故稱「隔開」。而現今工商業社會的年假也到初五開始上班；各商家已正式開張，回復正常營業。

初六舀肥

舊時農民在此日開始下田（台語稱爲「落田」【lòh-tsân，ㄌㄛㄏˇ ㄘㄢˊ】），準備春耕。由於以往用肥澆田園（台語稱爲「沃田」【ak-tsân，ㄚㄍ ㄘㄢˊ】），所以需要開始舀肥（就是華語的挹肥）。

初七七元

古代稱初七爲「人日」，然而在台灣並無慶祝人日的習俗。

初七是人日（根源於道家的說法，到漢朝已非常流行），亦稱爲七元。東方朔的《占書》記載：「歲後八日，正月初一占雞，二日占犬（狗），三日占豚（豬），四日占羊，五日占牛，六日占馬，七日占人，八日占穀……」故初七稱爲人日。

初八完全

人們在年節期間的吃喝玩樂，一般而言，在正月初五就已經結束了，但還是有人一直到了初八才恢復了正常，所以稱爲「初八完全」。

初九天公生

正月初九是天界最高神祇「玉皇大帝」的誕辰，俗稱「天公生」。「天公」就是所謂的「玉皇大帝」【giɔ̆k-hɔ́ŋ dài-dè，ㄍ˝ㄧㆦㄍˇ　ㄏㆦㄥˊ　ㄉㄞˇ　ㄉㄝˇ】，道教稱爲「元始天尊」【guān-sí tiēn-chun，ㄍ˝ㄨㄢ一　ㄙㄧˋ　ㄊㄧㄝㄣ一　ㄗㄨㄣ】，是主宰宇宙最高的神。每逢祂的生日，人們都會舉行祭典以表慶賀，自初八午夜零時起一直到當天凌晨四時，都可以聽到不絕於耳的鞭炮聲。

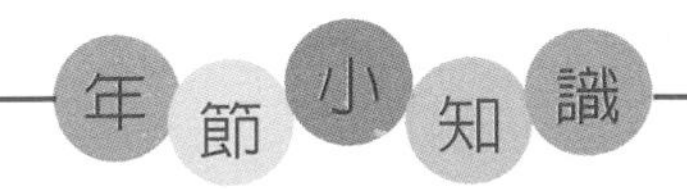

慶祝「天公生」舉行的儀式，稱為「拜天公」，為表達對祂崇高敬意，拜天公有一些特別的規定，例如，祭拜的桌椅、供品要擺在開闊的庭院；桌腳還不能直接觸碰到地上，要用俗稱「天公金」的金紙墊著桌腳才行。

我來唸台語

丈俍（丈人）

【diùñ-lâŋ】

ㄉㄥㄧㄨˇ　ㄌㄤˊ

初十有嚼食

初十是「天公生」的翌日，家家戶戶還剩有昨日祭拜天公所留下的豐富佳餚，可以飽食，所以歌謠稱爲「初十有嚼食」。又因爲豐富佳餚都是已經煮熟、現成的，只需加熱就可進食，所以也稱之爲「初十嚼便」（就是「吃現成」的意思）。

十一請囝婿

因爲在初九慶祝「天公生」剩下的食物，除了足夠供人在初十吃了一天，還剩下很多，所以娘家不必再破費，就利用這些剩下的美食招待女婿（「囝婿」）及女兒（「諸姆囝」），因此歌謠稱爲「十一請囝婿」。十一日是岳父（丈人，台語稱爲「丈俍」）宴請囝婿的日子，俗稱「囝婿日」【kiañ-sái-jīt,ㄍㄥㄧㄚ ㄙㄞˋ ㄐ˜ㄧㄊㄧ】。

十二諸姆囝轉來拜

在以往十一日和十二日是女兒歸寧的日子，女兒要回娘家向爹娘拜年。

十三嚼飲糜配芥菜

過年期間，連續幾天吃了大魚大肉，十三日就來點清淡的稀飯（台語稱爲「飲糜」）配芥菜。另外，古人也在這天晚上在廚房點燈，稱爲「點灶燈」【diam-cháu-dieŋ，ㄉㄧㄚㄇ ㄗㄠˋ ㄉㄧㄝㄥ】，一連五夜，直到元宵節爲止。人們也在這一天開始磨糯米，搓湯圓。

十四結燈棚

十四日開始結燈棚是爲了準備正月十五的上元佳節，民間和廟宇都會在這天搭燈棚，懸燈結綵，並做一些遊藝節目的預習活動，稱爲「試燈」【tsí-dieŋ，ㄑㄧˋ ㄉㄧㄝㄥ】，以便迎接一年一度的元宵佳節。

市面上賣燈籠的小販，早就準備了各式各樣的花燈，準備販售，稱爲「燈市」【diēŋ-tsī，ㄉㄧㄝㄥㄧ ㄑㄧㄧ】。

十五上元暝

新年的歡樂節慶就在元宵燈火的高潮中畫上一個圓滿的句點。過了元宵暝，一切作息都得完全恢復正常。

參、連炮鬧「元宵」

陰曆正月十五

正月十五元宵節，是從西元三世紀以後慢慢形成的，即使歷經了正月半、元夜、上元、燈夕與燈節等不同名稱，熱鬧的氣氛卻有增無減。如今，提起元宵便想到花燈，不過其實花燈成爲元宵的主要應景活動，大概是唐代以後。

在台灣，元宵節最普及的民俗活動就是「提燈籠」和「猜燈謎」，不分老少同來鬧元宵，而平溪天燈和鹽水蜂炮更是吸引大量人潮朝聖，讓元宵的活動慶典，從南熱到北。

參之一 正月十五大小燈來會

一、元宵又稱燈節

元宵在節慶形成的早期，有多種稱呼，卻不稱爲元宵，只稱正月十五日、正月半或正月望。隋代以後有「元夕」或「元夜」的稱呼。到了唐代初期，因爲受道教影響，又稱爲上元，而元宵的稱呼，直到唐代末期才出現。但自宋代以後，又被稱爲「燈夕」。到了清代，就另外稱爲「燈節」。

說到燈節，各式各樣的花燈固然是元宵的主要特色，但在這個節日的發展史中，花燈其實到了隋代（西元五八一～六一九年）才出現，算是比較晚出現的餘興節目之一；而到了唐代以後，花燈才成爲元宵的

我來唸台語

元夕
【guān-siēk】
ㄍ˜ㄨㄢ— ㄙ一ㄝㄍ—

元夜
【guān-iā】
ㄍ˜ㄨㄢ— 一ㄚ—

上元
【siɔ̄ŋ-guân】
ㄙ一ɔㄥˇ ㄍ˜ㄨㄢˊ

元宵
【guān-siau】
ㄍ˜ㄨㄢ— ㄙ一ㄠ

元宵節
【guān-siāu-chiét】
ㄍ˜ㄨㄢ— ㄙ一ㄠ— ㄐ一ㄝㄊˋ

元宵暝（夜）
【guān-siāu-mê】
ㄍ˜ㄨㄢ— ㄙ一ㄠ— ㄇㄝˊ

燈夕
【diēŋ-siēk】
ㄉ一ㄝㄥ— ㄙ一ㄝㄍ—

主要應景活動。

大約從西元三世紀開始，元宵慢慢形成一種節慶，在南北朝發展成一個固定的節日。但成爲後世元宵主要節日的花燈和百戲，則始於隋煬帝在位的時候；隋煬帝也是第一個將元宵慶典官式化的皇帝。

慶祝元宵節，以往的娛樂項目不如當今千奇百怪、應有盡有。在台灣，元宵節最普及的民俗活動就是「提燈籠」和「猜燈謎」，在台語稱爲「迎鼓也燈」【gniā-kɔ-a-dieŋ, ㄍ˜ㄥ一ㄚ— ㄍɔ ㄚ ㄉ一ㄝㄥ】及「燈猜」【diēŋ-tse , ㄉ一ㄝㄥ— ㄘㄝ】。

二、街頭巷尾提燈籠

元宵節，提燈龍，因爲燈籠的外形似鼓，所以稱爲「鼓也燈」。後來燈籠樣式愈變愈多，而以往的作法是用竹管劈成細長條竹枝（「竹篾」【diek-bīh , ㄉ一ㄝㄍ ㄅ˜ 一ㄏ—】）摺成造型

的支架，再用各色的透光玻璃紙糊起來，不過完成品的價格並不便宜。

家境普通的小孩子於是想出自己動手做的方法；而家境較差的小孩子連材料都買不起，便克難地採用廢物利用法──將空罐頭清洗乾淨後，在圓柱形罐頭的上緣相對位置鑽兩個小孔，然後將鐵線的兩端穿過小孔打個結，鐵線便形成倒「V」字型，倒「V」字的頂端就掛在小木板或木棒的前端凹槽上，最後在空罐頭的底部插上一支點燃的蠟燭，於是完成應景的「鼓也燈」。

到了元宵夜，吃過晚飯，小朋友紛紛將買現成的或自製的「鼓也燈」提出來，三五好友排成一隊穿梭於大街小巷間。回憶兒時，當年一般家庭並不富裕，小朋友們倒是玩得其樂融融。

西元 一九八〇年代以後，台灣經濟起飛，塑膠製的「鼓也燈」出現了，裡面裝著以電池發亮的燈泡（台語稱為「電火球也」），但是元宵夜在街頭巷尾提「鼓也燈」的小朋友卻逐年減少。

自從政府舉辦大型燈會以後，大人帶小朋友去觀賞燈會，順便領取主辦單位贈送的小燈籠，成為沒落民俗的一種紀念。

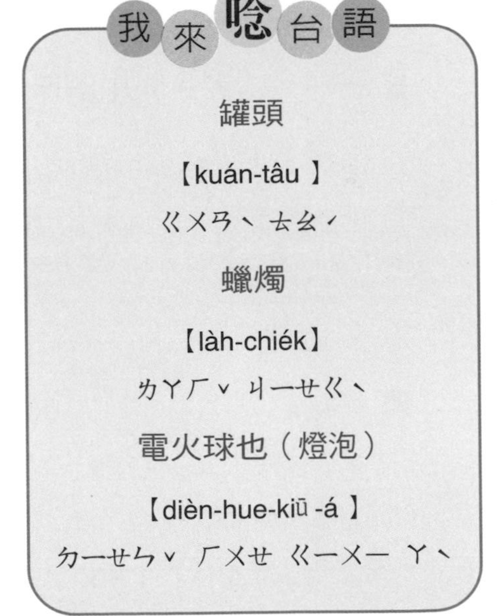

我來唸台語

罐頭

【kuán-tâu】

ㄍㄨㄢˋ ㄊㄠˊ

蠟燭

【làh-chiék】

ㄌㄚㄏˇ ㄐㄧㄝㄍˋ

電火球也（燈泡）

【dièn-hue-kiū -á】

ㄉㄧㄝㄣˇ ㄏㄨㄝ ㄍㄧㄨㄧ ㄚˋ

三、扶老攜幼猜燈謎

以往，在元宵的民俗活動中，各地廟宇或是村里活動中心會舉辦「燈猜」。在元宵節這天，近黃昏時，主辦單位派工作人員將編號過的謎題紙一題一題地懸掛在「鼓也燈」下面。

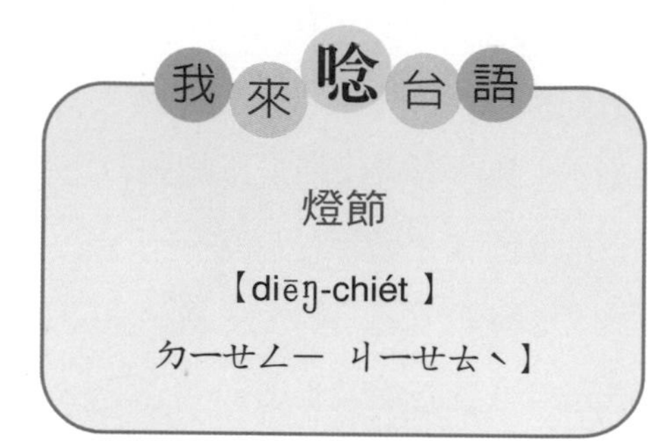

到了燈會開始時，主持人宣布規則，大概照順序唱題號和謎題，接著就是搶答；有人答對了就出現一陣鑼鼓聲，並當場頒獎給答對的人，獎品以日用品和文具居多。通常有幾題屬於難度較高、不易猜中的（所以會附提示），獎品金額也較高，內容有電器用品，如收音機、吹風機、電風扇等。

茲舉幾題鄉土味的「燈猜」分享諸位：

■ 謎題：「老人叫小孩作叔公」

提示：「雲林縣的鄉名」

台語為「老俍叫孨也作叔公」【làu-lâŋ kió-gin-á chó-chiek-kɔŋ，ㄌㄠˇ ㄌㄤˊ ㄍㄧㄜ丶 ㄍ˜ㄧㄣ ㄚ丶 ㄗㄜ丶 ㄐㄧㄝㄍ ㄍㄛㄥ】

■ 解題

「崙背」【lūn-pūe，ㄌㄨㄣㄧ ㄅㄨㄝㄧ】與「論輩無論歲」的「論輩」【lùn-pùe，ㄌㄨㄣˇ ㄅㄨㄝˇ】諧音，論輩分小孩高於老人兩輩，就不論歲數老人大於小孩，所以老人得稱呼小孩為叔公。

■ 謎題：「飲水思源」

提示：「台東縣的地名」

【im-súi sū-guân，一ㄇ　ㄙㄨ一ˋ　ㄙㄨ一　ㄍ˜ㄨㄢˊ】

■ 解題

「知本」【dī-pún，ㄉ一一　ㄅㄨㄣˋ】，飲水就要想到水源，引申要知道原本源頭。

■ 謎題：「雨後春筍」

提示：「台灣的縣市名」

【u-hɔ̄ tsūn-sún，ㄨ　ㄏㄛ一　ㄘㄨㄣ一　ㄙㄨㄣˋ】

■ 解題

「新竹」【sīn-diék，ㄙ一ㄣ一　ㄉ一ㄝㄍˋ】，春天下雨過後，長出新的竹筍【diek-sún，ㄉ一ㄝㄍ　ㄙㄨㄣˋ】。

■ 謎題：「永遠是春天」

提示：「屏東縣的地名」

【ieŋ-uán sì-tsūn-tiñ，一ㄝㄥ　ㄨㄢˋ　ㄙ一ˇ　ㄘㄨㄣ一　ㄊㄥ一】

■ 解題

「恆春」【hiēŋ-tsun，ㄏ一ㄝㄥ一　ㄘㄨㄣ】，「恆」就是永遠的意思；「恆春」位於台灣南端，在冬季也是溫暖如春，故稱為「恆春」。

謎題：「有身以後」

提示：「台中縣的鄉名」

【ù-sin i-āu，ㄨˇ　ㄙㄧㄣ　ㄧ　ㄠㄧ】

■ 解題

「大肚」【dùa-dɔ̄，ㄉㄨㄚˇ　ㄉㆦㄧ】，「有身」就是「有了身子」、「懷孕」，「懷孕」之後當然會大肚子。

四、文人筆下的「元夜」情

生查子❶　　歐陽修❷

siēŋ-chā-chú，ㄙㄧㄝㄥㄧ　ㄗㄚㄧ　ㄗㄨˋ

去年元夜時，花市燈如晝，

khì-liên guān-ià-sî huā-tsī dieŋ jū-diù

ㄎㄧˋ ㄌㄧㄝㄣˊ ㄍˇㄨㄢㄧ ㄧㄚˇ ㄙㄧˊ

ㄏㄨㄚㄧ ㄑㄧㄧ ㄉㄧㄝㄥ ㄗˇㄨㄧ ㄉㄧㄨˇ

月上柳梢頭，人約黃昏後。

guāt siɔ̄ŋ liu-sāu-tɔ̂ jîn iɔ̄k hɔ̄ŋ-hūn-hɔ̄

ㄍˇㄨㄚㄊㄧ ㄙㄧㆦㄥㄧ ㄌㄧㄨ ㄙㄠㄧ ㄊㆦˊ

ㆢㄧㄣˊ ㄧㆦㄍˋ ㄏㆦㄥˉ ㄏㄨㄣˉ ㄏㆦˉ

今 年 元 夜 時 ， 月 與 燈 依 舊 ，

kīn-liên guān-ià-sî guāt í dieŋ ī-kiū

ㄍㄧㄣˉ ㄌㄧㄝㄣˊ ㆣㄨㄢˉ ㄧㄚˇ ㄙㄧˊ

ㆣㄨㄚㄊˉ ㄧˋ ㄉㄧㄝㄥ ㄧˉ ㄍㄧㄨˉ

不 見 去 年 人 ， 淚 濕 春 衫 袖 。

put-kièn khí-liēn-jîn lūi síp tsūn-sān-siu

ㄅㄨㄊ ㄍㄧㄝㄣˇ ㄎㄧˋ ㄌㄧㄝㄣˉ ㆢㄧㄣˊ

ㄌㄨㄧˉ ㄙㄧㄅˋ ㄘㄨㄣˉ ㄙㄢˉ ㄙㄧㄨˇ

譯成白話

去年元宵夜的時候，繁華街市的燈亮得好像白晝一樣，
月亮登上柳樹的枝梢頭，情人相約在黃昏以後見面。
今年元宵夜的時候，月亮和華燈依然和以前一樣，
只是見不到去年的情人，眼淚滴濕了滿懷春情的衣袖。

註釋

❶「生查子」為宋代詞牌名稱。

❷ 歐陽修【aū-iɔ̄ŋ-siu，ㄠˉ ㄧㆦㄥˉ ㄙㄧㄨ】，生於西元一〇〇七年，卒於西元一〇七二年，北宋【pak-sɔ̀ŋ, ㄅㄚㄍ ㄙㆦㄥˇ】廬陵（現今之江西吉安）人，曾繼包拯接任開封府尹，累官至翰林學士，散文名列唐宋八大家之一。

我來唸台語

正月十五日

【chiāñ-guèh-chàp-gō͘-jīt】

ㄐㄥ一ㄚ一 ㄍ˜ㄨㄝㄏˇ ㄗㄚㄅˇ ㄍ˜ㄛˇ ㄐ˜一ㄊ一

正月半

【chiāñ-guèh-puàñ】

ㄐㄥ一ㄚ一 ㄍ˜ㄨㄝㄏˇ ㄅㄥㄨㄚˇ

正月望

【chiāñ-guèh-bōŋ】

ㄐㄥ一ㄚ一 ㄍ˜ㄨㄝㄏˇ ㄅ˜ㄛㄥ一

參之二「燈」「炮」盛會由南熱到北

一、平溪夜空，天燈點點

在台灣，「北天燈」和「南蜂炮」可說是元宵節的兩大盛會。「北天燈」指的是台北平溪天燈，而「南蜂炮」則是台南鹽水的蜂炮。

台北縣平溪鄉地處偏避的山區，清朝道光年間（西元一八二一～一八五〇年），經過胡姓（台語發音【ɔ^ sèñ，ㄛˊ ㄙㄥㄝˇ】）族人數年胼手胝足的辛勤開墾，逐漸成爲新興的富裕村落。

當時，因爲山區交通不便，官府鞭長莫及，於是變成山賊出沒之

地。村民爲了保命逃生，每年冬至過後，村民收成整理妥當，就趕緊收拾細軟逃入深山，直到元宵節前夕，才派壯丁下山（台語稱爲「落山」）察看，確定安全無虞後，在元宵當天傍晚放天燈報平安。

放天燈的活動是在元宵節夜裡舉行。天燈是以竹枝（竹也枝）爲支架，圍成類似竹簍的形狀，接著用棉紙糊在外圍，形成圓柱體狀的中空簍狀物，而底層竹圈（「竹也箍」）以兩條細鐵線作十字交叉，中心點繫綁一疊沾有煤油的金紙，這樣天燈的製作便大功告成。

施放時，先點燃煤油金紙，並將燈座放在地面上，等熱空氣充滿燈內後，天燈便能藉著熱空氣的浮升力飄上空中，直到底部的煤油紙燒完，隨著內部的熱空氣逐漸稀薄，天燈才會緩緩下降。

當成群的天燈齊放，有如錦團花簇般的火球騰空升起，令人目不暇給；天燈上升至一定高度後，開

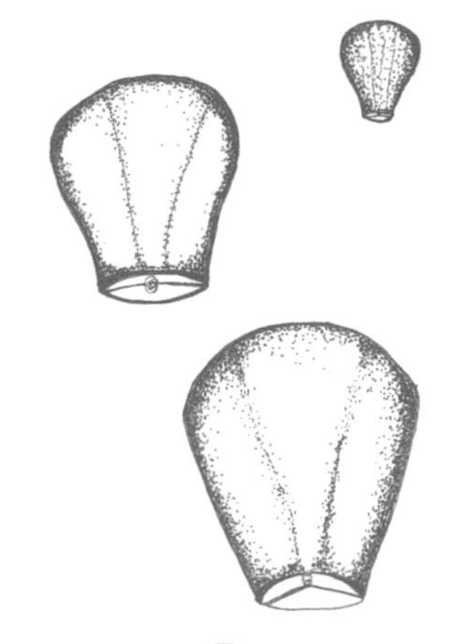

我來唸台語

竹也枝（竹枝）

【diek-a-ki】

ㄉㄧㄝ ㄚ ㄍㄧ

竹也箍（竹圈）

【diek-a-khɔ】

ㄉㄧㄝ ㄚ ㄎㆦ

平溪放天燈

【piēŋ-khe páŋ-tiēn-dieŋ】

ㄅㄧㄝㄥㄧ ㄎㄝ ㄅㄤˋ

ㄊㄧㄝㄣㄧ ㄉㄧㄝㄥ

落山（下山）

【lòh-suañ】

ㄌㄜㄏˇ ㄙㄥㄨㄚ

始飄行一段距離，好像一粒粒帶著火光的隕石穿越夜幕；最後，天燈群漸行漸遠，彷彿化成點點繁星，在夜空中逐漸地消失。

二、鹽水不夜鎮，蜂炮傾巢射

曾經繁華一時的「月津港」【guèh-dīn-káŋ, ㄍ ͘ㄨㄝㄏˇ ㄉㄧㄣ ㄍㄤˋ】，指的是現今的鹽水鎮，「一府、二鹿、三艋舺、四月津」[1]是清朝時期的台灣四大商港。

原為內陸港的鹽水鎮，透過八掌溪，可經由布袋通往台灣海峽，貿易的興盛為鹽水帶來了一段風光歲月，也造就了不少知名的貿易商，同時證明當時月津港畔繁華一時的景象。

不過百年來的沿海陸地化及河道淤積嚴重，月津港失去港口機能，商船航道變成地區排水系統，海港則成了鹽水鎮家庭廢水的集水塘，終於釀成了瘟疫蔓延不止，病毒肆虐，死傷狼藉。

當地有力人士為安撫民眾恐懼心理，選在農曆正月十三日關帝君【kuān-dé-kun , ㄍㄨㄢ ㄉㄝˋ ㄍㄨㄣ】誕辰之日，繞境驅邪，除疫祐民。而神轎所到之處，爆竹齊放，燄火連綿，香火繚繞，一直延續三天，直到元宵夜。果然，隔天瘟疫漸消，原本人心惶惶不安的日子，終歸平靜安怡。鎮民為感謝關帝君的神靈賜福及代代平安，放鞭炮及煙火遂成了鹽水人的習俗；鹽水代代子孫，年年依例行事，迄今沿襲了一百八十餘年。

但由於昔日繁榮港灣的消逝，至今鹽水成為小鎮，因此三天的燃放鞭炮（台語稱為「放炮」），亦相對地遞減為元宵夜點放，可是一夜之熱鬧及刺激，絕不遜於過去三天燃放鞭炮的特色。

所謂蜂炮，即是將木條架成五公尺至二十五公尺大小不一的木架（台語稱為「柴架也」【tsā-ke-á，ㄘㄚ一　ㄍㄝ　ㄚ丶】），再以鐵絲層層環繞，形成蜂巢（台語稱為「蜂岫」）般的炮台，然後插上沖天炮。但為了點綴火花美景，一座蜂炮台還穿插了火獅、水蓮花、火馬、火箭炮等五光十色的炮篋，只要引信線一經點燃，所謂牽一髮而動全身，像蜜蜂螫人般傾巢而出，萬發齊飛，四面八方，無人敢近，且其射程可達一百公尺左右。

鹽水放蜂炮

【iām-chúi páŋ-hōŋ-phàu】

ㄧㄚㄇㄧ　ㄗㄨㄧ丶　ㄅㄤ丶

ㄏㄛㄥㄧ　ㄆㄠˇ

放炮（放鞭炮）

【páŋ-phàu】

ㄅㄤ丶　ㄆㄠˇ

鹽水蜂炮的路線，慣例是由鹽水鎮上的關聖帝君廟前開始。而祭神慶典時間皆始於陰曆正月十四日上午八時，要到正月十五日傍晚，各家才會開始推出炮台。

神轎依編號排列順序，待神轎與轎夫出發後，就正式揭開序幕。每當神轎經過備有炮台的商家時，必須先三進三退踏著傳統的舞步，向商家謝禮，然後由主人撕下罩在炮台上寫著「某某商家敬獻關聖帝君」字樣的紅紙，在神明面前焚燒後，才正式引燃自家的炮台。

時辰一到，響徹雲霄的鑼鼓鞭炮聲、人群的喧嚷聲，交織成鹽水的不夜鎮；鹽水鎮的元宵，由於洶湧的人潮，加以燃放數萬發的蜂炮，而掀起多彩繽紛的熱潮。如此瘋狂又刺激的活動，從傍晚六點起，通宵達旦至凌晨五點止。

我來唸台語

蜜蜂

【bìt-phaŋ】

ㄅ˙ 一ㄊˇ ㄆㄤ

蜂岫（蜂巢）

【phāŋ-siū】

ㄆㄤ一 ㄙ一ㄨ一

炮台

【pháu-dài】

ㄆㄠˋ ㄉㄞˊ

雖然站在第一線衝鋒陷陣的年輕人，都頭戴安全帽、臉遮玻璃罩的眼鏡以及防塵口罩，全身皮手套和厚的皮夾克包裹緊密，甚至有的用三合板、紙板等做遮護板，可謂全副武裝，但是每年仍會發生被炮火炸傷或車禍的不幸事件。

鹽水不夜鎮的獨有盛會，蘊含著對祖先的感懷之情，以及對關帝君神靈的敬仰之恩，其意義有驅邪制煞、納福保平安的內涵。經過一百八十餘年的技術改進，鹽水蜂炮大異於一般沖天炮，變化五花八門，燃放時既壯觀又刺激，這正是鹽水蜂炮歷久不衰的重要原因。

鹽水蜂炮的種類很多，主要有以下幾種：

1. 串聯鞭炮：鹽水人可以點燃串聯鞭炮後還抓著它甩圈圈，炸射範圍可達十五公尺見方，具有危險性。

2. 盒式蜂炮：鹽水人可以將盒式蜂炮拿在手中射擊，或載於摩托車後施放。它的威力有若短程迫擊炮，火力密集且因快速連發，危險性頗高。

3. 電光炮：皆成排地擺在馬路上，一經引燃，剎那間有如閃電般耀眼，並傳出連續性的震撼性爆破威力，其火力等於迷你地雷。

4. 飛天鑽地鼠：此種迷你火炮像小型飛盤般，在半空中夾帶著火焰飛行，後續航程再降至地表呈不規則的鑽炮。其威力雖不如沖天炮，但還是得小心爲上。

5. 瀑布型焰火：爲一條橫跨在馬路上空的焰火，點燃後整串火焰有如瀑布般地垂落地面，既美觀又亮麗。觀賞時需避免其煙硝掉落在頸部內，以免燙傷。

6. 小型沖天炮：即爲蜂炮的主力火炮。其射程每秒爲三十餘公尺，夾帶著急速的咻咻哨音，場面的確十分壯觀。

鹽水地區燃放鞭炮的習俗，經過報章雜誌及電視的報導，逐漸演變成每年湧入二、三十萬人的蜂炮嘉年華會。

如今鹽水蜂炮已成爲政府規劃的大型觀光活動，爲吸引更多的觀光客，將古時的街道復原，西元二〇〇六年台南縣政府就將鹽水鎮的三福路改設成古炮街，串聯街上的商家用古法製作鞭炮，如竹捲炮、單管復古式煙火等。西元二〇〇七年更以長達十三公里的連珠炮「火龍傳奇」，成功挑戰新的金氏世界紀錄；一路上，鞭炮聲夾雜民眾的驚呼尖叫聲，爲鹽水蜂炮不夜城揭開序幕。

三、竹南小鎮，連炮炸熱邯鄲

台灣慶祝元宵的民俗盛會中，值得一提的，還有炸邯鄲爺這項活動。元宵一到，台東❷和竹南炸邯鄲爺的活動便熱鬧展開。

行之有年的「竹南炸邯鄲爺」【diek-lâm chá-hā̱n-dā̱n-iâ，ㄉㄧㄝㄍ ㄌㄚㄇˊ ㄗㄚˋ ㄏㄢ一 ㄉㄢ一 ㄧㄚˊ】在元宵節晚間七時後熱鬧開場，有別於台東頗負盛名的炸邯鄲爺活動。

台東的炸邯鄲爺，是由一名勇士扮成邯鄲爺，上身赤裸、身穿紅色短褲站在轎子上，由四位民眾抬轎，讓民眾用排炮往站在轎子上的邯鄲爺身上丟擲。

竹南的炸邯鄲爺已經有數十年的歷史，而且在神轎上綁著邯鄲爺的金身神像，並且在金身的上方圍著榕樹以保護神像，再由四位上身赤裸、身穿紅短褲、頭戴漁夫帽、手拿竹掃把的勇士抬轎，勇士的造型相當特別，如此陣仗在三十位民眾站成兩排的炮陣中來回走動，炮炸邯鄲爺；用的鞭炮是整串的連炮，這就是竹南與台東不同的地方。

相傳邯鄲爺怕冷，因此在元宵節邯鄲爺聖誕的當天，民眾以鞭炮炸邯鄲爺，幫祂取暖；而邯鄲爺是武財神，所以炸得愈多，也象徵財運會更旺。

我來唸台語

竹南炸邯鄲爺

【diek-lâm chá-hān-dān-iâ】

ㄉㄧㆤㆍㄍ ㄌㄚㄇˊ ㄗㄚˋ ㄏㄢ ㄉㄢ ㄧㄚˊ

神轎

【sīn-kiō】

ㄙㄧㄣ ㄍㄧㄜ

武財神

【bu-chāi-sîn】

ㆠㄨ ㄗㄞ ㄙㄧㄣˊ

註釋

❶「一府」【it-hu，一ㄊ ㄏㄨˋ】所指的是「台南府城」【dāi-lām-hu-siâñ，ㄉㄞ ㄌㄚㄇ ㄏㄨ ㄙ ㄙㄧㄚˊ】、「二鹿」【jì-lɔ̄k，ㄐ˙ㄧˇ ㄌㄛㄍ】是指「彰化縣的鹿港」【lɔ̄k-kaŋ，ㄌㄛㄍˇ ㄍㄤˋ】、「三艋舺」【sāñ-baŋ-kah，ㄙㄥㄚ ㆠㄤ ㄍㄚ˙】指的是「台北市的萬華」【bàn-hûa，ㆠㄢˇ ㄏㄨㄚˊ】。

❷ 台灣有幾個含「東」字地名，讀法不同，有的用文讀音【dɔŋ，ㄉㄛㄥ】，如「屏東」【pīn-dɔŋ，ㄅㄧㄣ ㄉㄛㄥ】、宜蘭縣的「羅東」【lō-dɔŋ，ㄌㄜ ㄉㄛㄥ】、台東縣的「東河」【dɔ̄ŋ-hô，ㄉㄛㄥ ㄏㄜˊ】；有的用口語音【daŋ，ㄉㄤ】，如「台東」【dāi-daŋ，ㄉㄞ ㄉㄤ】、屏東縣的「東港」【dāŋ-káŋ，ㄉㄤ ㄍㄤˋ】、台中縣的「東勢」【dāŋ-sì，ㄉㄤ ㄙㄧˇ】。

肆、潤餅鮐「清明」

陽曆四月五日

清明時節，民間最主要的習俗是「掃墓」。這個時候，經常可以看到有人肩扛鋤頭，上山去「培墓」，因為一般的堆土墳墓經過雨水沖刷，覆蓋於墳墓上的土會流失到地勢較低的地方，人們便用鋤頭掘一些沖刷下來的積土，再回填、覆蓋於墳墓上，所以稱為「培墓」。

除了掃墓，在漳州人的習俗中，另一項最特別的習俗就是「包潤餅」、「嚼潤餅」。一般人以為「潤餅」就是春捲，其實市面販售的春捲，就其所包的材料而論，和正宗的台式「潤餅鮐」是不一樣的。

肆之一 肩扛鋤頭掃墓去

清明[1]時節，民間最主要的習俗是「掃墓」。

掃墓的台語發音【sáu-bɔ̄ŋ，ㄙㄠˋ　ㄅˇㆲ一】，但是在台語另有一詞【pùe-bɔ̄ŋ，ㄅㄨㆤˇ　ㄅˇㆲ一】，正字為「陪墓」或「培墓」。

之所以稱為「陪墓」或「培墓」，是因為以往一般的堆土墳墓經過雨水沖刷，覆於墳墓上之表

土會流失到地勢較低處，到了清明節，人們便用鋤頭掘一些沖刷下來的積土，再回塡、覆蓋於墳墓上，此種將土「陪塡」或「培塡」於墳墓上面的動作，台語稱爲「陪墓」或「培墓」；所以在清明時節，經常可以看到有人肩扛鋤頭，上山去「陪墓」或「培墓」。

這樣的說法，出處見於《楊子方言》：「晉楚之間，冢或謂之培。」「晉楚之間」就是指河洛地區，亦即現今山西和湖北中間的河南；「冢」就是墳墓；「謂之培」也就是稱爲「培」。「冢」見說文解字：「高墳也。」北宋學者「徐鉉」注：「地高起若有所包也。」

註釋

❶「清明」之漳州腔發音【tsiē ŋ biê ŋ ,ㄑㄧㄝㄥ一 ㄅ˙ㄧㄝㄥˊ】，「清明」之廈門腔、泉州腔發音【ts ī ñ-miâ ,ㄑㄥㄧ一 ㄇㄧㄚˊ】。

肆之二 手捧潤餅大快朶頤

一、台式潤餅並不是春捲

清明，在漳州人的習俗中，除了要掃墓，另外一項最特別的習俗就是「包潤餅」、「嚼潤餅」。包好的「潤餅捲」台語稱爲「潤餅餄 」。❶

一般人以爲「潤餅」就是春捲，其實市面販售或餐廳上菜的春捲，就其中所包的材料而論，根本不能和正宗的台式「潤餅餄」相比。一般的春捲，最陽春的是春捲皮內包高麗菜和豆芽菜而已，好一點的加一些酸菜和肉臊，頂多再加一些紅蘿蔔，與台式「潤餅餄」的講究，相去甚遠。

二、令人垂涎的台式「潤餅餄」

茲將正宗台式「潤餅餄」的製作過程詳述如下，保證諸位讀者看完之後流口水。

「潤餅餄」的準備材料爲「潤餅皮」及各種「菜餚」（台語稱爲「菜料」）。「潤餅皮」是用「麵粉糊」作成，在傳統市場還可以看到現場製作。

師傅先用水將麵粉攪拌成麵粉糊，然後用一支手（左手或右手皆可）沾滿麵粉糊，塗在已經燙熱的平面鐵板上。❷

師傅塗麵粉糊的時候，就得注意麵粉糊是否成正圓形的餅皮以及餅皮的厚度，接著約在七分熟時（必須帶有一定的溼潤度，如果全熟了就變成煎餅皮），用另一支手迅速將餅皮夾起；因爲餅皮帶有溼潤度，所以稱爲「潤餅皮」。

做「潤餅皮」的過程，看似簡單，其實對於火候和溼潤度的控制，完全仰賴師傅的功夫和經驗，的確不簡單，所以一般家庭主婦都買現成的「潤餅皮」。

「潤餅餄」的各式菜餚必須在包裹之前先準備好。

以往最麻煩的就是磨花生粉，台語稱爲「研塗豆麩」。

筆者小時候曾當家母的助手，家母倒了一些乾的花生米在一張白紙上，然後拿了一支空的「酒瓶」（台語稱爲「酒矸」）橫放在花生米堆上，叫我開始研磨。等到花生米磨成細粉狀時，向家母回報，家母就拿了一些「細砂糖」（台語稱爲「幼砂糖」）倒在上面，叫我先攪拌再混著磨一磨。磨好之後，將紙上的「塗豆麩」倒在盤子上，才算大功告成。

當今可以買得到已經磨好的花生粉；喜歡吃甜一點的，就加些細砂糖和花生粉攪拌。

另外兩項乾的菜餚是「豆干絲」（台語稱爲「豆簽」）或「豆腐皮」切絲。如果講究口感細緻的，則比較費工夫（台語稱爲「厚工夫」），可用「蛋皮絲」（煎成圓形的蛋皮切成絲條狀，台語稱爲「卵皮簽」）。

其餘熱炒的菜餚，包括豆芽菜、高麗菜（或是山東大白菜）、細管芹菜、酸菜、切絲的白蘿蔔及紅蘿蔔。因爲炒菜時需加油水，所以炒好的菜餚得將油水瀝乾，再放到盤子，否則帶油水的菜餚包在「潤餅皮」內，很容易讓餅皮溼透而弄破。

喜歡吃「香菜」的人，可以將新鮮的生「香菜」（台語稱爲「芫荽」）清洗「乾淨」（台語稱爲「清氣」）後放在盤子。以上所準備的菜餚稱爲素食的「潤餅料」。

至於葷食，可以熱炒瘦肉絲或是煎香腸再切成薄片。

最後一項就是準備「海山醬」（類似「甜麵醬」）和切一段「青蔥莖」（台語稱爲「蔥也枝」，長約十公分）。

至於包「潤餅餄」的順序可是有學問的，基本原則是先放「乾料」（台語稱爲「凋料」）再放帶有油水的菜餚。

茲將各種菜餚依先後順序排列於下，並標明台語稱呼。

1.將每一種準備好的「菜餚」及「醬料」分別放在不同的碗盤上。

2. 將「潤餅皮」攤開舖平於餐桌上。

3.用湯匙「舀」（台語稱爲「斛」）「花生粉」（「塗豆麩」）平舖於「潤餅皮」的中央位置。

4.用筷子（台語稱爲「箸」）夾「豆干絲」（「豆簽」）、「豆干皮」或「蛋皮絲」（「卵皮簽」）放在「花生粉」（「塗豆麩」）之上。

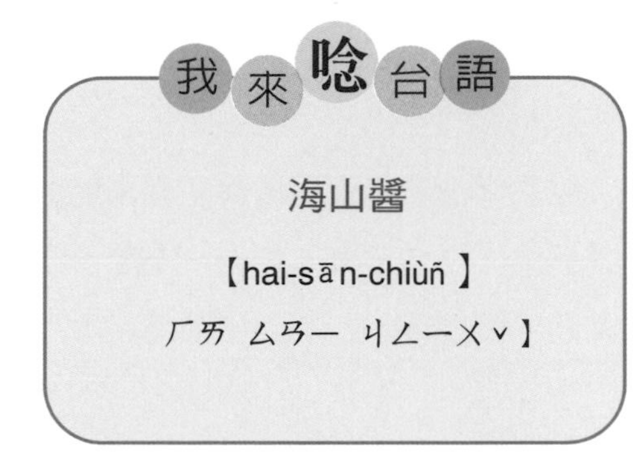

5.用筷子夾白「蘿蔔」（台語稱為「菜頭」）或「紅蘿蔔」（台語稱為「紅菜頭」）放在「豆干絲」（「豆簽」）等之上。

6.用筷子夾較乾的「芹菜」、「酸菜」（台語稱為「鹹菜」）放在「蘿蔔」（「菜頭」）等之上。

我來唸台語

海山醬

【hai-sā n-chiùñ】

ㄏㄞ ㄙㄢー ㄐㄥーㄨˇ】

7.用筷子夾較濕的「豆芽菜」（台語稱為「豆菜」）、「高麗菜」或是「山東大白菜」（台語稱為「山東白也」）放在「芹菜」等之上。

8.用筷子夾「肉絲」（台語稱為「膊絲」）或是「香腸」（台語稱為「胭腸」）切片放在「豆菜」等之上。

9.用筷子夾「香菜」（台語稱為「芫荽」）和「滸苔」放在「肉絲」等之上。

10.青蔥莖（台語稱為「蔥也枝」）或湯匙沾「海山醬」塗在「潤餅皮」的最上緣和最下緣部分。

11.先將「潤餅皮」的兩側向內包，再從「潤餅皮」的最下緣部分向上捲起來，「海山醬」就可以將「潤餅皮」黏裹包起來，完成正點的台式「潤餅餡」。❸

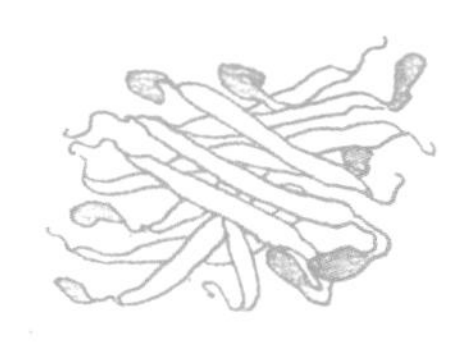

三、動手調製酸甜的海山醬

材料：

黏米粉末（台語稱為「黏米麩」）2大匙，冷水300 c.c.，醬油（台語稱為「豆油」）1.5大匙，味噌（台語稱為「豆醬」）1大匙，蕃茄醬4大匙，糖2大匙。（註：一大匙約15 c.c.）

作法：

先在鍋裡混合黏米粉與冷水，拌勻，加入剩下的材料，邊加熱邊攪拌至變成濃稠糊狀即可。

至於「海山醬」❹名稱的由來，則眾說紛紜。

若從字義上來看，「海山醬」就是可以沾食「海味山珍」的醬料。也有一說是「海鮮醬」的諧音；當初漳州人、泉州人、福州人（尤其福州廚師以煮海鮮料理聞名）來台灣時傳入，久而久之流傳成為海山醬。另外亦有如此說法，日本統治時代，日本人利用台灣生產的味增，再添加一些台灣食材所調配出來的醬料，而這位日本人的名字就叫海山。最具傳奇性的說法是，當初有位老阿伯【làu-ā-péh，ㄌㄠˇ ㄚ— ㄅㄝ˙】用擔子挑著海山醬沿街叫賣，人家問他：「你對佗位來？」【li-dúi-da-ūi lâi，ㄌㄧ ㄉㄨㄧˋ ㄉㄚ ㄨㄧ— ㄌㄞˊ】（即「你從哪裡來？」的意思）老阿伯

海味山珍

【hai-bī sān-din】

ㄏㄞ ㄅ˝ㄧ— ㄙㄢ— ㄉㄧㄣ

海鮮醬

【hai-siēn-chiùñ】

ㄏㄞ ㄙㄧㄝㄣ— ㄐㄧㄨˇ

回答：「我對海山庄❺來兮！」（【gua-dúi-hai-sān-chŋ̧ lâi ēh，ㆣㄨㄚ ㄉㄨㄧˋ ㄏㄞ ㄙㄢˉ ㄗㄥ ㄌㄞˊ ㄝㄏˉ】就是「我從海山庄來的」的意思）；另有一說是人家問他：「你的原料從哪裡來？」老伯伯回答：「為了四處找原料製作醬料，有的從山裡找來，有的從海裡找來。」久而久之，老伯伯賣的調味醬，就叫做海山醬。

四、台式潤餅相關字詞華語、台語與拼音之對照

華語	台語	國際音標	注音符號
包春捲	包潤餅	pāu-jùn-pián̄	ㄅㄠˉ ㆡㄨㄣˇ ㄅㄥㄧㄚˋ
吃春捲	嚼潤餅	chiàh-jùn-pián̄	ㄐㄧㄚㄏˇ ㆡㄨㄣˇ ㄅㄥㄧㄚˋ
包好的春捲	潤餅鋏	jùn-pian̄-káuh	ㆡㄨㄣˇ ㄅㄥㄧㄚ ㄍㄠ˙
春捲皮	潤餅皮	jùn-pian̄-phûe	ㆡㄨㄣˇ ㄅㄥㄧㄚ ㄆㄨㄝˊ
麵粉糊	麵粉糊	mì-hun-kɔ̂	ㄇㄧˇ ㄏㄨㄣ ㄍㆦˊ
磨花生粉	研塗豆麩	gieŋ-tɔ̄-dàu-hu	ㆣㄧㄝㄥ ㄊㆦˉ ㄉㄠˇ ㄏㄨ
酒瓶	酒矸	chiu-kan	ㄐㄧㄨ ㄍㄢ
細砂糖	幼砂糖	iú-sūa-tŋ̂	ㄧㄨˋ ㄙㄨㄚˉ ㄊㄥˊ
豆干絲	豆籤	dàu-tsiam	ㄉㄠˇ ㄑㄧㄚㄇ
豆腐皮	豆腐皮	dàu-hù-phûe	ㄉㄠˇ ㄏㄨˇ ㄆㄨㄝˊ
費工夫	厚工夫	kàu-kāŋ-hu	ㄍㄠˇ ㄍㄤˉ ㄏㄨ
蛋皮絲	卵皮籤	nŋ̀-phūe-tsiam	ㄋㄥˇ ㄆㄨㄝˉ ㄑㄧㄚㄇ
香菜	芫荽	iēn-sui	ㄧㄝㄣˉ ㄙㄨㄧˉ
乾淨	清氣	tsiēŋ-khì	ㄑㄧㄝㄥˉ ㄎㄧˇ
乾料	凋料	dā-liāu	ㄉㄚˉ ㄌㄧㄠ
菜餚	菜料	tsái-liāu	ㄘㄞˋ ㄌㄧㄠˉ
湯匙	湯匙	tŋ̄-sî	ㄊㄥˉ ㄙㄧˊ
舀	戽	khát	ㄎㄚㄊˋ
舀湯	戽湯	khat-tŋ	ㄎㄚㄊ ㄊㄥ
筷子	箸	dī	ㄉㄧˉ
蘿蔔	菜頭	tsái-tāu	ㄘㄞˋ ㄊㄠˊ

華語	台語	國際音標	注音符號
紅蘿蔔	紅菜頭[6]	āŋ-tsái-tāu	ㄤㄧ ㄘㄞˋ ㄊㄠˊ
芹菜	芹菜	khīn-tsài	ㄎㄧㄣㄧ ㄘㄞˇ
酸菜	鹹菜	kiām-tsài	ㄍㄧㄚㄇㄧ ㄘㄞˇ
豆芽菜	豆菜	dàu-tsài	ㄉㄠˇ ㄘㄞˇ
高麗菜	高麗菜	kō-lē-tsài	ㄍㄛㄧ ㄌㄝㄧ ㄘㄞˇ
山東大白菜	山東白也	suāñ-dāŋ-pēh-á	ㄙㄥㄨㄚㄧ ㄉㄤㄧ ㄅㄝㄏㄧ ㄚˋ
瘦肉	菁肉	san-báh	ㄙㄢ ㄅ˙ㄚ˙
肉絲	膊絲	bá(h)-si	ㄅ˙ㄚˋ ㄙㄧ
香腸	胭腸	iēn-tsiâŋ	ㄧㄝㄣㄧ ㄑㄧㄤˊ
切片	切片	tsiet-phìñ	ㄑㄧㄝㄊ ㄆㄥㄧˇ
烤烏魚子	烘烏魚子	hāŋ- ɔ̄-hī-chí	ㄏㄤㄧ ㄛㄧ ㄏㄧㄧ ㄐㄧˋ
滸苔[7]	滸苔	hɔ-dî, hɔ-tî	ㄏㄛ ㄉㄧˊ 或 ㄏㄛ ㄊㄧˊ
青蔥莖	蔥也枝	tsāŋ-a-ki	ㄘㄤㄧ ㄚ ㄍㄧ
醬料	醬料	chiúñ-liāu	ㄐㄥㄧㄨˋ ㄌㄧㄠㄧ
蘸料	搵料	ún-liāu	ㄨㄣˋ ㄌㄧㄠㄧ
海山醬	海山醬	hai-sān-chiùñ	ㄏㄞ ㄙㄢㄧ ㄐㄥㄧㄨˇ
辣椒醬	番薑醬	huān-kiūñ-chiùñ	ㄏㄨㄢㄧ ㄍㄥㄧㄨㄧ ㄐㄥㄧㄨˇ
黏米粉末	黏米麩	liām-bi-hu	ㄌㄧㄚㄇㄧ ㄅ˙ㄧ ㄏㄨ
醬油	豆油	dàu-iû	ㄉㄠˇ ㄧㄨˊ
味噌[8]	豆醬	dàu-chiùñ	ㄉㄠˇ ㄐㄥㄧㄨˇ
小吃	小嚼	sio-chiāh	ㄙㄧㄛ ㄐㄧㄚㄏㄧ
蚵子煎	蚵也煎	ō-a-chien	ㄛㄧ ㄚ ㄐㄧㄝㄣ
碗粿	碗粿	uañ-kúe	ㄥㄨㄚ ㄍㄨㄝˋ
炸蘿蔔糕	糋粿	chíñ-kúe	ㄐㄥㄧˋ ㄍㄨㄝˋ
芋頭糕	芋粿	ɔ̄-kúe	ㄛˇ ㄍㄨㄝˋ
米糕	米糕	bi-ko	ㄅ˙ㄧ ㄍㄛ
油飯	油飯	iū-pŋ̄	ㄧㄨㄧ ㄅㄥㄧ
肉粽	膊糉	bá(h)-chàŋ	ㄅ˙ㄚˋ ㄗㄤˋ
肉圓	膊圓	bá(h)-uân	ㄅ˙ㄚˋ ㄨㄢˊ
糯米腸	秫米大腸	chùt-bí duà-dŋ̂	ㄗㄨㄊˇ ㄅ˙ㄧˋ ㄉㄨㄚˇ ㄉㄥˊ
炸雞捲	糋雞頸、捲	chíñ-kē-kŋ́	ㄐㄥㄧˋ ㄍㄝㄧ ㄍㄥˋ

華語	台語	國際音標	注音符號
炸蝦捲	糋蝦頸、捲	chíñ-hē-kŋ́	ㄐㄥ一ˋ ㄏㄝ一 ㄍㄥˋ
炸排骨	糋排骨	chíñ-pāi-kút	ㄐㄥ一ˋ ㄅㄞ一 ㄍㄨㄊˋ
炸雞腿	糋雞腿	chíñ-kē-túi	ㄐㄥ一ˋ ㄍㄝ一 ㄊㄨ一ˋ
炸蝦子	糋蝦也	chíñ-hē-á	ㄐㄥ一ˋ ㄏㄝ一 ㄚˋ
炸芋頭	芋也糋	ɔ̄-a-chìñ	ㄛ一 ㄚ ㄐㄥ一ˇ
炸番薯	番薯糋	hān-chī-chìñ	ㄏㄢ一 ㄐ一一 ㄐㄥ一ˇ
炸蔬菜	菜糋	tsái-chìñ	ㄘㄞˋ ㄐㄥ一ˇ
炸魚漿	魚漿糋[9]	hī-chiūñ-chìñ	ㄏ一一 ㄐㄥ一ㄨ一 ㄐㄥ一ˇ

註釋

❶ 移民到台灣的祖先如果是漳州籍，在清明時節照俗例要吃潤餅（嚼潤餅）；而祖先為廈門或泉州籍，則在「尾牙」時照俗例要吃潤餅（嚼潤餅）。

❷ 以往需要助手先將爐火升起、再添加木炭，然後將平面鐵板放在火爐上，接著維持一定高熱溫度；後來改用瓦斯爐就方便多了。而以往的火爐是圓形的，所以製作潤餅皮的平面鐵板也是圓形的，一次作一片；後來改用瓦斯爐，所以製作潤餅皮的平面鐵板也跟著改用正方形的，一次可以作四片。

❸ 最高級的台式「潤餅餄」是改包「烤烏魚子」（台語稱為「烘烏魚子」）切片。

❹ 海山醬適合用來沾食台灣小吃（台語稱為「小嚼」）的蚵子煎（台語稱為「蚵也煎」）、碗粿、炸蘿蔔糕（台語稱為「糋菜頭粿」簡稱「糋粿」）、芋頭糕（台語稱為「芋粿」）、米糕、油飯、肉粽（台語稱為「膊糉」）與肉圓（台語稱為「膊圓」），沾糯米腸（台語稱為「秫米大腸」）、炸雞捲（台語稱為「糋雞頸」）或炸蝦捲（台語稱為「糋蝦頸」）也都不錯。如果喜歡辣味的海山醬，可以加入適量辣椒醬（台語稱為「番薑醬」）或辣油。

❺ 海山庄【hai-sān-chŋ，ㄏㄞ ㄙㄢ一 ㄗㄥ】，在清朝康熙中葉至乾隆中葉，當時的海山或海山庄係指現今樹林市與三峽、鶯歌二鎮，以及新莊市之臼子林、西盛一帶。至乾隆中葉，原海山庄已分為海山、彭厝、石頭溪、隆恩等十庄，故當時的海山庄已較原來的海山庄小，約當今樹林市的大部分。

❻「紅菜頭」這個稱呼是現代台語從華語直接翻譯過來，它在古代真正的稱呼就是「人参」；現今的日語漢字也寫為「人参」，日語的發音為「にんじん」【nin-jin，

ㄋㄧㄣˊ ㄐˋㄧㄣˋ】。台灣在日本統治時代，一般民眾都稱紅蘿蔔為「人參」【發音按照日語，同上】

❼「滸苔」是生長在海邊潮間帶礁石、沙礫上或潮池中的一種青綠色海苔，所以俗稱為「青海苔」。「滸苔」曬乾以後可以儲存，食用之前用水洗乾淨，然後用細火油炒或烘烤也可以，苔絲細嫩、味道鮮美，口感酥酥脆脆【sɔ̄-sɔ tsé-tsè , ㄙㄛㄧ ㄙㄛ ㄘㄝˋ ㄘㄝˇ】。「滸」就是指水邊的意思，由此可見台語漢字之優雅與傳神，《水滸傳》【chui-hɔ-duān , ㄗㄨㄧ ㄏㄛ ㄉㄨㄢㄧ】的「水滸」也就是指「梁山泊」的湖泊邊。因為「滸苔」的「滸」字為罕用字，一般俗寫成諧音的「虎苔」，以往是海邊人家配飯的好佐菜，因含有鉀成分，可預防甲狀腺腫大。

❽「味噌」一詞原為日語漢字，日語發音「みそ」【mi-sóh】。「味噌湯」日語稱之為「 みそしる（味噌汁）」【mī-so-shi-rúh】，台語稱之為「豆醬湯」【dàu-chiúñ-tŋ̄ , ㄉㄠˇ ㄐㄧㄥㄨˋ ㄊㄥ】。

❾「天麩羅、天婦羅」的日語假名「てんぷら」，羅馬拼音【tempura】。
此種食物的料理方式，據說是十六世紀葡萄牙的傳教士所傳入，就是將生蝦、生魚片、茄子切片、番薯切片或蔬菜等沾裹麵粉糊，再放入高溫油鍋內炸，當麵粉皮變成金黃色後，迅速撈起，其香酥脆之口感，有賴熟練技巧和火候之精準掌控。「天麩羅、天婦羅」的語詞根源有各種論述，以出自葡萄牙語"tempero"（調味料的意思）及「葡萄牙語」"temperar"（為動詞，加調味料的意思）最為精闢。之後"temperar"轉為日語的「tempura」；當時引用「天麩羅、天婦羅」發【tempura】，是借用漢字發音的表音字。

「天」發【ten】，和台語「天」字漳州腔文讀音發【ten】相同，而【ten】受到後字「麩、婦」濁聲母【p】的影響而變為【tem】；日語、台語漢字「麩」皆發【hu】，受到前字「天」韻尾【n】的影響而變為【pu】，而「麩」也有作為麵粉的意思；至於「婦」發【pu】，是源自台語口語音「新婦」【sīm-pū】（媳婦）的婦【pū】；「羅」發【ra】，源自唐代音韻，將「羅」作為發【ra】音的表音字。

台灣目前將類似日本「天麩羅、天婦羅」的美食──"tempura"按北京話音譯為「甜不辣」，其實台灣的「甜不辣」是指魚肉混和番薯粉糊作成的魚漿，再放入高溫油鍋內炸成，真正的台語應該稱為「魚漿糋」。「糋」就是油炸的意思；「油炸芋頭」台語稱為「芋也糋」，「油炸番薯」台語稱為「番薯糋」。

五、文人筆下的清明節

清　明

杜牧[1]

tsiēŋ-biêŋ，ㄑㄧㄝㄥ一　ㄅˊㄧㄝㄥˊ

清明時節雨[2]紛紛，

tsiēŋ-bieŋ sī-chiét í hūn-hun

ㄑㄧㄝㄥ一　ㄅˊㄧㄝㄥˊ　ㄙㄧ一　ㄐㄧㄝㄊˋ　ㄧˋ　ㄏㄨㄣ一　ㄏㄨㄣ

路上[3]行人欲斷魂；

lɔ̄-siāŋ hiēŋ-jîn iɔ̄k-duàn-hûn

ㄌㄛˇ　ㄙㄧㄤ一　ㄏㄧㄝㄥ一　ㄐˊㄧㄣˊ　ㄧㄛㄍˇ　ㄉㄨㄢˇ　ㄏㄨㄣˊ

借問酒家何處[4]有，

chiá-būn chiu-ka hō-tsì iú

ㄐㄧㄚˋ　ㄅˊㄨㄣ一　ㄐㄧㄨ　ㄍㄚ　ㄏㄛ一　ㄑㄧˇ　ㄧㄨˋ

牧童遙指杏花村。

bɔ̄k-dɔ̂ŋ iāu-chí hièŋ-hūa-tsun

ㄅˊㄛㄍˇ　ㄉㄛㄥˊ　ㄧㄠ一　ㄐㄧˋ　ㄏㄧㄝㄥˇ　ㄏㄨㄚ一　ㄘㄨㄣ

譯成白話

清明時節雨下不停，在路上的行人都快要失去了魂魄；

借問：「什麼地方有酒家？」

牧童用手指著在遠遠開著杏花的村子。

註釋

❶ 杜牧【dɔ̄-bɔ̄k chɔ̄k，ㄉㄛˇ　ㄅˊㄛㄍ一】

❷「雨」在廈門腔讀成【ú,ㄨˋ】 ❸「上」在廈門腔讀為【siɔ̄ŋ,ㄙㄧㄛㄥ一】

❹「何處」在廈門腔讀作【hō－tsù，ㄏㄜ一　ㄘㄨˇ】

伍、粽香飄「端午」

陰曆五月五日

陰曆五月五日的端午節，台語稱爲「五日節」，這一天，最常見的民俗活動就是「划龍舟」，而應景食品便是台灣糉（粽子）了。

台灣式的糉子依甜和鹹不同口味分爲：甜味的「鹼 糉」、「紅豆 糉」和鹹味的「肉糉」。鹼糉冷藏一至兩小時後取出，沾蜂蜜或糖漿進食，黏滑可口。「紅豆糉」後來發展成內餡豪華的「八寶糉」。而肉糉又分爲「漳州糉」和「泉州糉」兩種，名稱不同，作法自然也不一樣了。

伍之一 五月五，賽龍舟

因爲端午節在陰曆五月五日，所以在台語稱爲「五日節」。而現今端午節常見的民俗活動「划龍舟」，台語稱爲「扒龍船」。

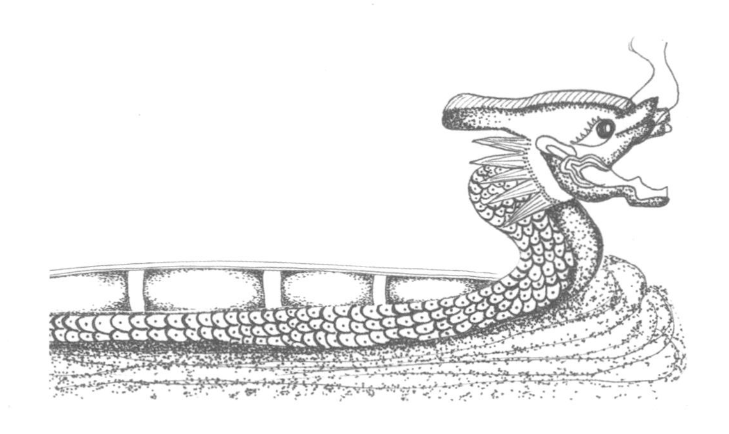

據《民俗台灣》一卷六號上記載，日本統治時代，士林的端午龍舟的習俗如下：「自五月初一起，就先到水邊『迎水神』。初五正午，即敲響鑼鼓，扛起龍舟到河岸，沿途都有居民燒香禮拜。」

俗語說：「五月五，龍船鼓，滿街路。」【gɔ̄-gùeh-gɔ̄ liēŋ-chūn-kɔ̄ mua-kē-lɔ̄，ㄍ˜ㄛˇ ㄍ˜ㄨㄝㄏˇ ㄍ˜ㄛ一，ㄌ一ㄝㄥ一 ㄗㄨㄣ一 ㄍㄛˋ，ㄇㄨㄚ ㄍㄝ一 ㄌㄛ一】說明了歡迎龍船，就是「接龍船」的盛況。

賽過龍舟，還要於初十「送水神」，並舉行「謝江」的儀式。

我來唸台語

五日節

【gɔ̄-jìt-chiét】

ㄍ˜ㄛˇ ㄐ˜一ㄊˇ ㄐ一ㄝㄊˋ

扒龍船

【pē-liēŋ-chûn】

ㄅㄝ一 ㄌ一ㄝㄥ一 ㄗㄨㄣˊ

迎水神

【gniā-chui-sîn】

ㄍ˜ㄥ一ㄚ一 ㄗㄨ一 ㄙ一ㄣˊ

送水神

【sáŋ-chui-sîn】

ㄙㄤˋ ㄗㄨ一 ㄙ一ㄣˊ

接龍船

【chiap-liēŋ-chûn】

ㄐ一ㄚㄅ ㄌ一ㄝㄥ一 ㄗㄨㄣˊ

謝江

【sià-kaŋ】

ㄙ一ㄚˇ ㄍㄤ

伍之二 吃粽子，過端午

一、吃茄吃豆，健康長壽

根據台灣的習俗，在五日節要吃茄子（「茄」【kiô，ㄍㄧㄛˊ】）及菜豆【tsái-dāu，ㄘㄞˋ ㄉㄠㄧ】，可以健康又長壽。

台語俗諺：「嚼（吃）茄嚼（吃）佫（到）會搖，嚼（吃）豆嚼（吃）佫（到）老老。」【chiàh-kiô chiàh-káu-è-iô，chiàh-dāu chiàh-káu-làu-lāu，ㄐㄧㄚㄏˇ ㄍㄧㄛˊ ㄐㄧㄚㄏˇ ㄍㄠˋ ㄝˇ ㄧㄛˊ，ㄐㄧㄚㄏˇ ㄉㄠㄧ ㄐㄧㄚㄏˇ ㄍㄠˋ ㄌㄠˇ ㄌㄠㄧ】即有這樣的說法。

二、有甜有鹹，「台灣糉」又香又黏

「糉」爲象形及會意的正體字，而「粽」爲當今俗用的擬音簡體字。台灣式的糉子依甜鹹口味可分爲甜味的「鹼糉」、「紅豆糉」和鹹味的「肉糉」（台語稱爲「膊糉」），外形呈三角錐體狀爲最大特徵。

1.「鹼糉」

「鹼糉」是在糯米（台語稱爲「秫米」）中加入鹼液（台語稱爲「鹼水」）蒸熟（台語稱爲「炊熟」）而成，兼具黏、軟（台語稱爲「耎」）、滑的口感特色。

我來唸台語

腸粿（肉粽）

【bá(h)-chàŋ】

ㄅˊㄚˋ ㄗㄤˇ

鹼粿

【kīñ-chàŋ】

ㄍㆡㄧㄧ ㄗㄤˇ

紅豆粿

【āŋ-dàu-chàŋ】

ㄤㄧ ㄉㄠˇ ㄗㄤˇ

漳州粿

【chiāŋ-chiū-chàŋ】

ㄐㄧㄤㄧ ㄐㄧㄨㄧ ㄗㄤˇ

泉州粿

【chuān-chiū-chàŋ】

ㄗㄨㄢㄧ ㄐㄧㄨㄧ ㄗㄤˇ

秫米（糯米）

【chùt-bí】

ㄗㄨㄊˇ ㄅˊㄧˋ

鹼水

【kīñ-chúi】

ㄍㆡㄧㄧ ㄗㄨㄧˋ

炊熟（蒸熟）

【tsūe-siēk】

ㄘㄨㄝㄧ ㄙㄧㄝㄍㄧ

黏

【liâm】

ㄌㄧㄚㄇˊ

㲻（軟）

【nŋ̄】

ㄋㆡˋ

滑

【kūt】

ㄍㄨㄊㄧ

搵（沾）

【ùn】

ㄨㄣˇ

炊兮（蒸的）

【tsue-e】

ㄘㄨㄝ ㄝ

煠兮（煮的）

【sāh-ē】

ㄙㄚㄏㄧ ㄝㄧ

將鹼糉放在冰箱裡冰一至兩小時以後取出，沾（台語稱為「搵」）蜂蜜或糖漿（台語稱為「糖膏」）進食更加可口。

2.「紅豆糉」

後來發展成口味最考究、內餡最豪華的「八寶糉」，顧名思義，內餡共有八種，除了紅豆餡，還摻了「蓮子」、「栗子」、「龍眼干」、「葡萄干」、「青梅干」、「楊桃干」、「王（鳳）梨干」、「冬瓜糖切角（丁）」等八種可口的配料。

3.「漳州糉」和「泉州糉」

台灣式肉糉的作法分為「漳州糉」和「泉州糉」兩種。在台北舊市區內最早移民的祖籍多為泉州，所以做的是泉州糉，而中、南部最早移民的祖籍多為漳州，所以做的是漳州糉。

一般台灣民俗研究者不察此來源，只憑直覺，就將台灣式的糉子作法分為南北兩種，稱為「北部糉」和「南部糉」。台北市士林、內湖區和台北縣板橋市的最早移民祖籍多為漳州，所以也是做「漳州糉」。

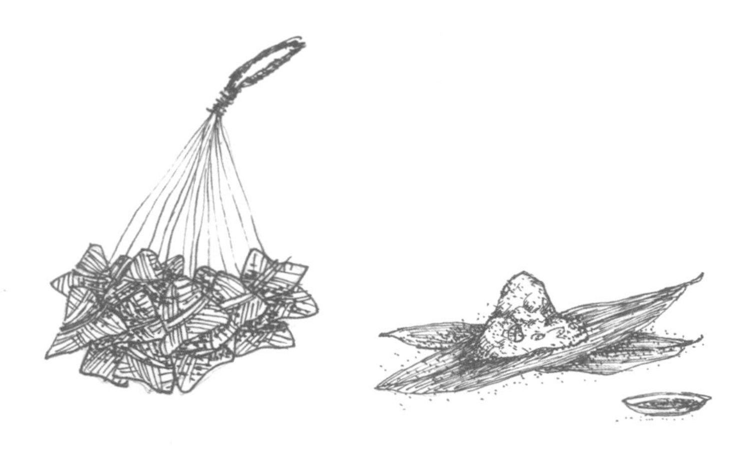

我來唸台語

蜂蜜

【phāŋ-bī t】

ㄆㄤ一 ㄅ˜一ㄊ一

糖膏（糖漿）

【tŋ̄ -ko】

ㄊㄥ一 ㄍㄛ

八寶糉

【pat-po-chàŋ】

ㄅㄚㄊ ㄅㄛ ㄗㄤˇ

蓮子

【liēn-chí】

ㄌ一ㄝㄣ一 ㄐ一ˋ

栗子

【làt-chí】

ㄌㄚㄊˇ ㄐ一ˋ

龍眼干

【liēŋ-gieŋ-kuañ】

ㄌ一ㄝㄥ一 ㄍ˜一ㄝㄥ ㄍㄥㄨㄚ

葡萄干

【pō-dō-kuañ】

ㄅㄛ一 ㄉㄛ一 ㄍㄥㄨㄚ

青梅干

【tsēñ-mūe-kuañ】

ㄘㄥㄝ一 ㄇㄨㄝ一 ㄍㄥㄨㄚ

楊桃干

【iūñ-tō-kuañ】

ㄥ一ㄨ一 ㄊㄛ一 ㄍㄥㄨㄚ

王（鳳）梨干

【ɔ̄ŋ-lāi-kuañ】

ɔㄥ一 ㄌㄞ一 ㄍㄥㄨㄚ

冬瓜糖切角（丁）

【dāŋ-kūe-tŋ̄ tsiet-kák】

ㄉㄤ一 ㄍㄨㄝ一 ㄊㄥˊ

ㄑ一ㄝㄊ ㄍㄚㄍˋ

糝（撒）

【sám】

ㄙㄚㄇˋ

縛糉（綁粽子）

【pàk-chàŋ】

ㄅㄚㄍˇ ㄗㄤˇ

伍之三 竹葉青，縛膊糉

一、「泉州肉（膊）糉」的作法

我來唸台語

鹹草索也（鹹草繩）

【kiām-tsau-so(h)-á】

ㄍㄧㄚㄇㄧ ㄘㄠ ㄙㄛ ㄚˋ

綠竹葉

【lièk-diek-hiōh】

ㄌㄧㄝㄍˇ ㄌㄧㄝㄍ ㄏㄧㄛㄏㄧ

煠糉（煮粽子）

【sàh-chàŋ】

ㄙㄚㄏˇ ㄗㄤˇ

蠔干

【ō-kuañ】

ㄛㄧ ㄍㄥㄨㄚ

豬膊切角（豬肉塊）

【dī-bá(h)-tsiet-kák】

ㄉㄧㄧ ㄅ˙ㄚˋ ㄑㄧㄝㄊ ㄍㄚㄍˋ

蝦卑（蝦米）

【hē-pi】

ㄏㄝㄧ ㄅㄧ

先將純白糯米（秫米）浸泡於水中（目的是為了使秫米較為柔軟），瀝乾（台語稱之為「漉[1]凋」）後用花生油或麻油炒香，撒（台語稱為「糝」）五香粉、胡椒粉、淋醬油（台語稱為「淋豆油」）等調味料。

將糯米（秫米）蒸熟後，再用綠竹葉（台語稱為「糉荷也」）包起來，內餡有的只摻「蠔干」和「豬肉絲」（台語稱為「豬膊絲」）、有的還摻「香菇」，接著用鹹草繩（台語稱為鹹草索也）或細線將「糉」綁起來（台語稱為「縛糉」），然後集成一串（台語稱為「糉篸」），再蒸一次使配料入味。也有直接用花生油將糯米（秫米）粒炒至半熟，用「糉荷也」包裹半熟糯米（秫米）再摻內餡後蒸熟。

「泉州肉（膞）糭」的作法	
華語	清水洗糯米（秫米）→用清水浸糯米（秫米）→瀝乾→用油炒糯米（秫米）→撒五香粉、胡椒粉、淋醬油（豆油）→將糯米（秫米）蒸（炊）熟→用綠竹葉（糭荷也）包→摻「蝘干」、「豬肉絲」、「香菇」等配料→用鹹草繩（鹹草索）或細線將「糭」綁起來（縛糭）→集成一串（糭絭）→再蒸糭（炊糭）一次使配料入味
台語	洗秫米→浸秫米→ 滰 凋→油炒秫米→炊秫米→包糭荷→摻糭料→縛糭→糭絭→炊糭
國際音標	1.【se-chùt-bí】→ 2.【chím-chùt-bí】→ 3.【kīn-da】→ 4.【īu-tsa-chùt-bí】→ 5.【tsūe -chùt-bí】→ 6.【pāu-cháŋ-hā】→ 7.【tsām-cháŋ-liāu】→ 8.【pàk-chàŋ】→ 9.【cháŋ-kuāñ】→ 10.【tsūe-chàŋ】
注音符號	1.【ㄙㄝ ㄗㄨㄊˇ ㄅ˝ㄧˋ】→ 2.【ㄐㄧㄇˋ ㄗㄨㄊˇ ㄅ˝ㄧˋ】→ 3.【ㄍㄧㄣ— ㄉㄚ】→ 4.【ㄧㄨ— ㄘㄚ ㄗㄨㄊˇ ㄅ˝ㄧˋ】→ 5.【ㄘㄨㄝ— ㄗㄨㄊˇ ㄅ˝ㄧˋ】→ 6.【ㄅㄠ— ㄗㄤˋ ㄏㄚ—】→ 7.【ㄘㄚㄇ— ㄗㄤˋ ㄌㄧㄠ—】→ 8.【ㄅㄚㄍˇ ㄗㄤˇ】→ 9.【ㄗㄤˋ ㄍㄥㄨㄚ—】→10.【ㄘㄨㄝ— ㄗㄤˇ】

二、「漳州肉（膞）糭」的作法

用純白糯米（秫米）浸泡後加內餡，以綠竹葉包裹，接著用鹹草繩（鹹草索）或細線將「糭」綁起來（台語稱爲「縛糭」），然後集成一串（台語稱爲「糭絭」），放入滾水鍋內煮至熟透（台語稱爲「煠兮」）。

我來唸台語

鹹卵仁（鹹蛋黃）

【kiām-nn̄g-jîn】

ㄍㄧㄚㄇㄧ ㄋㄥˇ ㄐˋㄧㄣˊ

筍也角（筍子切丁）

【sun-a-kák】

ㄙㄨㄣ ㄚ ㄍㄚㄍˋ

炒油蔥

【tsa-iū-tsang】

ㄘㄚ ㄧㄨㄧ ㄘㄤ

豬膊絲（豬肉絲）

【dī-bá(h)-si】

ㄉㄧㄧ ㄅˋㄚˋ ㄙㄧ

香菇

【hiūñ-kɔ】

ㄏㄥㄧㄨㄧ ㄍㄛ

糭桊（粽串）

【cháng-kuāñ】

ㄗㄤˋ ㄍㄥㄨㄚㄧ

內餡的配料比較豐富，有摻「豬肉塊」（台語稱爲「豬膊切角」）、香菇、蝦米（台語稱爲「蝦帛」）、花生仁（台語稱爲「塗豆仁」）、鹹蛋黃（台語稱爲「鹹卵仁」）、栗子、筍子切丁（台語稱爲「筍也角」）炒油蔥等配料，隨個人喜好增添。❷

因爲製作方式有別，基本上「泉州肉（膊）糭」用「蒸的」（台語稱爲「炊兮」），「漳州肉（膊）糭」則是用水煮的（台語稱爲「煠兮」），所以兩者的風味截然不同。

「泉州肉（膊）糭」因爲用油炒過，所以口感比較油膩，帶有濃郁的五香胡椒味；而「漳州肉（膊）糭」因爲整顆用水煮，所以不油膩，帶有淡淡的竹葉清香。兩種不同膊（膊）糭，各具特色。

「漳州肉（膊）糉」的作法	
華語	清水洗糯米（秫米）→用清水浸糯米（秫米）→瀝乾→用綠竹葉（糉荷也）包→摻「豬肉切丁」（豬膊切角）、香菇、蝦米（蝦卑）、花生仁（塗豆仁）、鹹蛋黃（鹹卵仁）、栗子、筍子切丁（筍也角）炒油蔥等配料→用鹹草繩（鹹草索）或細線將「糉」綁起來（縛糉）→集成一串（糉桊）→→放入滾水鍋內煮至熟透（煠糉）。
台語	洗秫米→浸秫米→滰凋→包糉荷→摻糉料→縛糉→糉桊→煠糉
國際音標	1.【se-chùt-bí】→2.【chím-chùt-bí】→3.【kīn-da】→4.【pāu-cháŋ-hā】→5.【tsām-cháŋ-liāu】→6.【pàk-chàŋ】→7.【cháŋ-kuāñ】→8.【sàh-chàŋ】。
注音符號	1.【ㄙㄝ　ㄗㄨㄊˇ ㄅ˝ㄧˋ】→2.【ㄐㄧㄇˋ　ㄗㄨㄊˇ ㄅ˝ㄧˋ】→3.【ㄍㄧㄣ　ㄉㄚ】→4.【ㄅㄠ　ㄗㄤˋ ㄏㄚ】→5.【ㄘㄚㄇ　ㄗㄤˋ ㄌㄧㄠ】→6.【ㄅㄚㄍˇ ㄗㄤˇ】→7.【ㄗㄤˋ　ㄍㄥㄨㄚ】→8.【ㄙㄚㄏˇ ㄗㄤˇ】。

註釋

❶說文解字：「滰，浚乾漬米也。」

❷著名的「台南燒肉（膊）糉」就是屬於「漳州肉（膊）糉」。

伍之四 文人筆下的端午節

五月五日

梅堯臣[1]

gɔ̄-guèh-gɔ̄-jīt，ㄍ˝ɔˇ ㄍ˝ㄨㄝㄏˇ ㄍ˝ɔˇ ㄐ˝ㄧㄊㄧ

屈氏已沉死，楚人哀不容。

khut-sī i-dīm-sú

tsɔ-jîn āi-put-iɔ̂ŋ

ㄎㄨㄊ ㄙㄧㄧ ㄧ ㄉㄧㄇㄧ ㄙㄨˋ，

ㄘɔ ㄐ˝ㄧㄣˊ ㄞㄧ ㄅㄨㄊˋ ㄧɔㄥˊ

何嘗奈讒謗，徒欲卻蛟龍。

hō-siɔ̂ŋ nài-tsām-pɔ̄ŋ

dɔ̄-iɔ̄k khiɔk-kiau-liɔ̂ŋ

ㄏㄛㄧ ㄙㄧɔㄥˊ ㄋㄞˇ ㄘㄚㄇㄧ ㄅɔㄥˇ，

ㄉɔㄧ ㄧɔㄍㄧ ㄎㄧɔㄍ ㄍㄧㄠ ㄌㄧɔㄥˊ

未泯生前恨，而追沒後蹤。

bì-bín siēŋ-chiēn-hīn

jī-dui bùt-hɔ̄-chiɔŋ

ㄅ˝ㄧˇ ㄅ˝ㄧㄣˋ ㄙㄧㄝㄥㄧ ㄐㄧㄝㄣㄧ ㄏㄧㄣㄧ，

ㄐ˝ㄧㄧ ㄉㄨㄧ ㄅ˝ㄨㄊˇ ㄏɔˇ ㄐㄧɔㄥ

沅 湘 碧 潭 水，應 自 照 千 峰。

gūan-siɔŋ phiek-tām-súi

ieŋ-chū chiàu-tsiēn-hɔŋ

ㄍ〞ㄨㄢー ㄙーㆲㄥ ㄆーㄝㄍ丶 ㄊㄚㄇー ㄙㄨー丶，

ーㄝㄥー ㄗㄨー ㄐーㄠ丶 ㄑーㄝㄣー ㄏㆲㄥ

譯成白話

屈原已經沉到水裡死亡，楚國的人哀傷不表現於容貌。

何嘗受得了讒言、誹謗，只想要退卻蛟龍。（傳說有位醫者以一罈雄黃酒倒入江中。果然，不久江面浮出了一條暈頭轉向的蛟龍，龍鬚上還沾著屈原的衣襟。人們便將這條惡龍剝了。）

並未消除生前的悲恨，而人們隨後在江上划船緊追著屈原沒入江中的蹤影。

沅江、湘江（湖南兩條大江）碧綠的深潭水，應該是自行映照著岸邊千百座山峰。（感慨人物雖然已消逝，千山綠水依舊在。）

註釋

❶ 梅堯臣，生於西元一〇〇二年，卒於西元一〇六〇年，北宋著名現實主義詩人。

和端午　張耒[1]

hō-duān-gnɔ̄ ,ㄏㄛ一 ㄉㄨㄢ一 ㄍ˜ㄥㄛˋ

競渡深悲千載冤，忠魂一去詎能還。

kièŋ-dɔ̄ tsī m-pi tsiēn-chai-uan

diɔ̄ŋ-hûn it-khì kù-liēŋ-huân

ㄍ一ㄝㄥˇ ㄉㄛ一 ㄑ一ㄇ一 ㄅ一 ㄑ一ㄝㄣ一 ㄗㄞ ㄨㄢ，

ㄉ一ㄛㄥ一 ㄏㄨㄣˊ 一ㄊ ㄎ一ˇ ㄍㄨˇ ㄌ一ㄝㄥ一 ㄏㄨㄢˊ

國亡身殞今何有，只留離騷在世間。

kɔ̄k bɔ̂ŋ sin ún kim hō-iú

chi-liû lī-so chài-sé-kan

ㄍㄛㄍˋ ㄅ˜ㄛㄥˊ ㄙ一ㄣ ㄨㄣˋ ㄍ一ㄇ ㄏㄛ一 一ㄨˋ

ㄐ一 ㄌ一ㄨˊ ㄌ一一 ㄙㄛ ㄗㄞˇ ㄙㄝˋ ㄍㄢ

譯成白話

端午節龍舟競渡懷著深深的悲恨、千年冤屈，忠魂一旦離去怎能復還。（楚）國家滅亡、肉身消殞至今還有什麼，只遺留著名的作品「離騷」存在世間。

註釋

❶ 張耒，西元一〇五四～西元一一一四年，北宋著名詩人。

台灣竹枝詞（選一） 錢琦[1]

dāi-uân diek-kī-sû , ㄉㄞ一 ㄨㄢˊㄉ一ㄝㄍ ㄍ一一 ㄙㄨˊ

競渡齊登杉板船，布標懸處捷爭先。

kièŋ-dō chē-dieŋ sām-pan-siên

pō phiau hiēn-tsù chiàp-chiēŋ-sien

ㄍ一ㄝㄥˇ ㄉㄛ一 ㄗㄝ一 ㄉ一ㄝㄥ ㄙㄚㄇ一 ㄅㄢ ㄙ一ㄝㄣˊ

ㄅㄛˇ ㄆ一ㄠ ㄏ一ㄝㄣ一 ㄘㄨˇ ㄐ一ㄚㄅˇ ㄐ一ㄝㄥ一 ㄙ一ㄝㄣ

歸來落日斜檐下，笑指榕枝艾葉鮮。

kūi-lâi lōk-jīt siā-iām-hā

siáu-chí iōŋ-chi gnài-iàp-sien

ㄍㄨ一一 ㄌㄞˊ ㄌㄛㄍˇ ㄐ˚一ㄊ一 ㄙ一ㄚ一 一ㄚㄇ一 ㄏㄚ一

ㄙ一ㄠˋ ㄐ一ˋ 一ㄛㄥ一 ㄐ一 ㄍ˚ㄥㄞˇ 一ㄚㄅˇ ㄙ一ㄝㄣ

譯成白話

端午節競渡大家一齊登上杉板船，趕緊搶先爭奪懸掛著布做的得勝標旗。回來的時候日落光芒斜照屋簷下，笑著手指榕樹的枝椏和新鮮的艾草葉。

註釋

❶ 錢琦，一七三七年中進士，清朝官員，於一七五一年擔任巡台御史。

陸、少小拜「七夕」

陰曆七月七日

台灣早期移民大多來自漳州、泉州兩地，傳承了中原文化，然而在七夕這個節日上，卻逐漸脫離「牛郎、織女」神話的傳統，逐漸發展出自己的地方特色，反而以「兒童」爲節日的活動主角。

民間習俗以七月七日爲「床母生」，所以七夕要祭祀保護嬰兒的神明「床母」。

另外，七夕也是「七娘媽」的生日，七娘媽雖然與床母擁有不同的傳說來源，卻一樣是兒童的保護神，所以民間信仰七娘媽的人，會準備供品在七夕當天黃昏祭拜。

陸之一 台灣七夕童味重

台灣的七夕依正確漢字應寫爲「台員兮七夕」，台語發音【dāi-uân ē-tsit-siēk，ㄉㄞ一 ㄨㄢˊ ㄝ一 ㄑ一ㄊ ㄙ一ㄝ《一】。而「七夕」的廈門腔發音爲【tsit-siāh，ㄑ一ㄊ ㄙ一ㄚㄏ一】。

台灣早期移民大多來自漳州、泉州兩地，傳承中原文化，然而台灣的七夕，後來逐漸脫離「牛郎、織女」❶）神話的傳統，發展出自己的地方特色，反而以「兒童」爲節日的活動主角。

一、少男少女拜床母

根據台灣民間習俗，以陰曆七月七日爲「床母生」【ㄘㄥ一　ㄅˇㄛ　ㄙㄥㄝ】，就是要祭祀保護嬰兒的神明「床母」。台語稱「嬰兒神」爲「嬰也神」。

床母的由來，聽說是如此：

古時候有一個書生名叫郭華，趕路前去參加秀才的考試。路過蘇州，住在客棧中，晚上出去買扇子時，竟和賣扇子的姑娘一見鍾情，當夜兩人就成了夫妻。

不料，郭華竟暴斃於床上。賣扇的姑娘可憐郭華的慘死，又怕被親戚鄰居知道，就將他的屍體埋在自己床下。

後來這個賣扇子的姑娘竟然懷孕了，十個月以後產下一子。爲了安撫郭華的靈魂，她經常準備酒菜置於床上焚香祭拜。

有人問她：「爲什麼這樣做呢？」

我來唸台語

嬰也神（嬰兒神）

【ēñ-a-sîn】

ㄥㄝ一　ㄚ　ㄙ一ㄝㄣˊ

雞酒

【kē-chiú】

ㄍㄝ一　ㄐ一ㄨˋ

油飯

【iū-pn̄g】

一ㄨ一　ㄅㄥ一

契兄（情夫）

【khé-hiañ】

ㄎㄝˋ　ㄏㄥ一ㄚ

她說：「這是拜床母，可使孩子長得快又健康。」

從此，有人認眞地倣效她拜「床母」。也有人認爲賣扇姑娘拜的是情夫（台語稱爲「契兄」），所以拜「床母」就是拜「契兄公」。據說這個「以訛傳訛」的床母生日就在七夕。

台灣人將十六歲以下的孩子稱爲 「園也內兮」（園子內的），都受到床母的保護。所以在這一天，這些少男少女，都要從下午六時起，在自己的寢室供祭床母，供品要有雞酒和油飯，並燒床母衣（印衣服圖案的金紙），以拜謝床母保護幼兒。

二、十六成年謝七娘媽

另外，七夕也是另一位神祇──「七娘媽」的生日，台語稱爲「七娘媽生」。七娘媽和床母一樣，都是兒童的保護神，但是兩者擁有不同的傳說來源。

七娘媽又稱「七星娘娘」、「天仙娘娘」，七星娘娘有人指其爲「北斗七星」的配偶神；有人則認爲是指包含織女在內的「七仙女」，又稱爲「七仙姐」或「七仙姑」。在台灣，以七星娘娘爲主神的廟宇有：

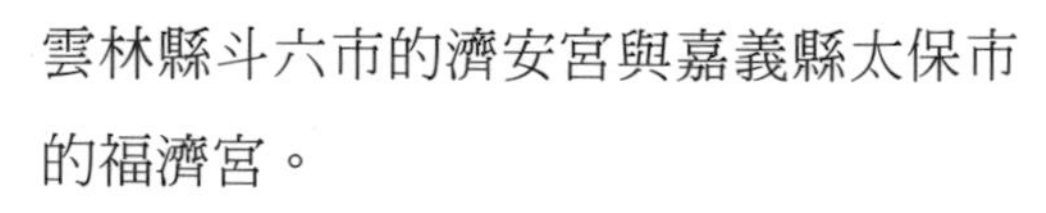

雲林縣斗六市的濟安宮與嘉義縣太保市的福濟宮。

「七星媽」與「天女娘」則專指織女。而台灣以七星媽爲主神的廟宇有雲林縣水林鄉的七星宮及台南市的開隆宮，都有百年以上的歷史。

民間信仰七娘媽的人，都在七夕當天黃昏祭拜。供品有「耎粿」（軟粿，

我來唸台語

園也內兮（園子內的）

【hŋ̄-a-lāi-ē】

ㄏㄥ一 ㄚ ㄌㄞ一 ㄝ一

七娘媽

【tsit-niū-má】

ㄑ一ㄊ ㄋ一ㄨ一 ㄇㄚˋ

七娘媽生

【tsit-niū-ma-señ】

ㄑ一ㄊ ㄋ一ㄨ一 ㄇㄚ ㄙㄥㄝ

七星娘娘

【tsit-tsēñ-niū-niû】

ㄑ一ㄊ ㄘㄥㄝ一
ㄋ一ㄨ一 ㄋ一ㄨˊ

天仙娘娘

【tiēn-siēn-niū-niû】

ㄊ一ㄝㄣ一 ㄙ一ㄝㄣ一
ㄋ一ㄨ一 ㄋ一ㄨˊ

北斗七星

【pak-dau-tsit-tseñ】

ㄅㄚㄍ ㄉㄠ ㄑ一ㄊ ㄘㄥㄝ

七仙女

【tsit-siēn-lí】

ㄑ一ㄊ ㄙ一ㄝㄣ一 ㄌ一ˋ

七仙姐

【tsit-siēn-ché】

ㄑ一ㄊ ㄙ一ㄝㄣ一 ㄗㄝˋ

七仙姑

【tsit-siēn-kɔ】

ㄑ一ㄊ ㄙ一ㄝㄣ一 ㄍㄛ

七星媽

【tsit-tsēñ-má】

ㄑ一ㄊ ㄘㄥㄝ一 ㄇㄚˋ

天女娘

【tiēn-li-niû】

ㄊ一ㄝㄣ一 ㄌ一 ㄋ一ㄨˊ

下願（許願）

【hè-guān】

ㄏㄝˇ ㄍ˝ㄨㄢ一

還願

【hiēŋ-guān】

ㄏ一ㄝㄥ一 ㄍ˝ㄨㄢ一

一種中心壓成凹陷的湯圓，傳說是給織女裝眼淚的）、圓也花（即千日紅，為祈求多子多孫）、茉莉花、胭脂、白粉、雞酒油飯、牲禮、圓鏡等；不可缺少的還有一座紙紮的七娘媽亭。

家有滿十六歲子女者，特供粿類、麵線。祭拜後，燒金紙、經衣（印有衣裳之紙），並將七娘媽亭焚燒；無法焚盡的竹骨架則丟到屋頂，此稱「出婆姐間」（婆姐，傳說就是臨水宮夫人的女婢），表示該孩童已經成年。胭脂、白粉一半丟到屋頂，一半留下自用，據稱用後可使容貌與織女一樣美麗。

一般來說，大約是在小兒滿週歲[2]前後，前往廟裡祈求七娘媽或媽祖等，請求保佑（台語稱為「保庇」），並將古錢或銀牌、銅鎖牌，用紅絲絨線串成絭[3]，懸在孩子頸上。父母並為孩子許願（台語稱為「下願」），如果子女將來能順利成長到十六歲，必定要帶子女到廟裡還願。

此後每年七夕，父母會帶孩子到廟裡祭拜。附近無廟者，就在家中自設香案，並在神位前換上新的紅絲絨線，稱為「換絭」。等到子女滿十六歲時，則在七娘媽生日當天「脫絭」，到廟裡祭拜還願，答謝七娘媽的庇佑。

至於七娘媽為什麼會成為兒童的保護神？傳說，織女的姐姐們由於同情牛郎、織女兩人被王母娘娘拆散，便暗中保佑那兩個孩子，使他們平安健康地長大；由此才衍生出七娘媽是兒童保護神的說法。甚至有為人父母的，為了能讓神保佑其子女，就將子女送給七娘媽作為義子或義女，稱為「拜契」[4]。

台灣祭祀七娘媽最隆重的，要算台南開隆宮

所舉行的「做十六歲」。

台南地區在陰曆七月七日，凡家中有小孩滿十六歲的，家長都會帶著子女前往開隆宮還願。除了攜帶供品祭拜外，還有一款象徵子女成年的儀式：父母手持七娘媽亭立於神案前，年滿十六歲的子女匍匐穿過供桌及七娘媽亭，男孩起身後需向左繞三次，女孩則向右繞三次，稱爲「出婆姐間」或「出鳥母間」；據說鳥母是爲七星娘娘所託照顧小孩的仙鳥。

祭拜的供品中，較特殊的有「甜芋」，取其「嚼（吃）甜芋則（才）有好投路」【chiàh-dī̃-ɔ̄ chia(h)-ù-ho-tāu-lɔ̄，ㄐㄧㄚㄏˇ ㄉㄥㄧㄧ ㄛㄧ ㄐㄧㄚ ㄨˇ ㄏㄛ ㄊㄠㄧ ㄌㄛㄧ】的好口彩。有的人家也供祭香菸及檳

我來唸台語

做十六歲

【chó-chàp-làk-hùe】

ㄗㄛˋ ㄗㄚㄅˇ ㄌㄚㄍˇ ㄏㄨㄝˇ

保庇（保佑）

【po-pì】

ㄅㄛ ㄅㄧˇ

拜契

【pái-khè】

ㄅㄞˋ ㄎㄝˇ

耎粿（軟粿）

【nŋ-kúe】

ㄋㄥ ㄍㄨㄝˋ

圓也花（千日紅）

【ī̃-a-hue】

ㄥㄧㄧ ㄚ ㄏㄨㄝ

茉莉花

【buàt-lì-hue】

ㄅ˝ㄨㄚㄊˇ ㄌㄧˇ ㄏㄨㄝ

胭脂

【iēn-chi】

ㄧㄝㄣㄧ ㄐㄧ

我來唸台語

白粉

【pèh-hún】

ㄅㄝㄏˇ ㄏㄨㄣˋ

牲禮

【siēŋ-lé】

ㄙㄧㄝㄥ— ㄌㄝˋ

圓鏡

【ī ñ-kiàn】

ㄥㄧ— ㄍㄥㄧㄚˇ

換衫

【uàñ-kuā ñ】

ㄥㄨㄚˇ ㄍㄥㄨㄚ—

脫衫

【tuat-kuā ñ】

ㄊㄨㄚㄊ ㄍㄥㄨㄚ—

新衫（衣服）

【sī n-sañ】

ㄙㄧㄣ— ㄙㄥㄚ

新鞋

【sī n-ê】

ㄙㄧㄣ— ㄝˊ

新帽

【sī n-bō】

ㄙㄧㄣ— ㄅ˭ㄛ—

出婆姐間

【tsut-pō-che-kieŋ】

ㄘㄨㄊ ㄅㄛ— ㄗㄝ ㄍㄧㄝㄥ

出鳥母間

【tsut-chiau-bo-kieŋ】

ㄘㄨㄊ ㄐㄧㄠ ㄅ˭ㄛ ㄍㄧㄝㄥ

手錶

【tsiu-pió】

ㄑㄧㄨ ㄅㄧㄛˋ

佩鍊（項鍊）

【phuàh-liēn】

ㄆㄨㄚㄏˇ ㄌㄧㄝㄣ—

跤踏車（腳踏車）

【khā-dàh-tsia】

ㄎㄚ— ㄉㄚㄏˇ ㄑㄧㄚ

槨，這是爲陰曆七月自鬼門關出來的「好兄弟」準備的。

而除了父母幫子女做十六歲外，外婆家還需準備新衫（衣服）、新鞋、新帽、手錶、項鍊（台語稱爲佩鍊）、腳踏車（台語稱爲跤踏車，給外孫的）或縫衣機（給外孫女的）、紅龜粿、雞、鴨等，在七月七日當天到七娘媽廟爲其外孫（女）做十六歲，並設宴慶祝；不過此款習俗近年已不可見。

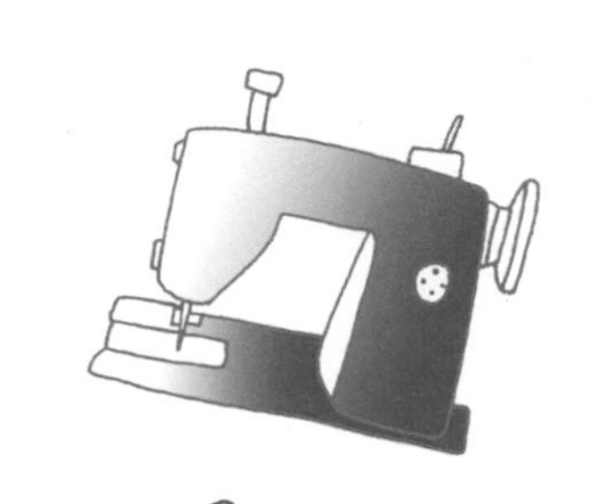

註釋

❶「牛郎、織女」台語發音【gū-nn̂g ,ㄍ˜ㄨ一　ㄋㄥˊ】、【chit-lí ,ㄐ一ㄊ　ㄌ一ˋ】。「兒童」台語發音【jī-dông ,ㄐ˜一一　ㄉㄛㄥˊ】，「兒童」在口語稱為「孨也」，發音為【gin-á ,ㄍ˜一ㄣ　ㄚˋ】。

❷ 小兒滿週歲，稱為「度晬」【dɔ̄-chè , ㄉㄛˇ　ㄗㄝˇ】，一歲又一個月稱為「晬一」【ché-ít , ㄗㄝˋ　一ㄊˋ】，一歲又五個月稱為「晬五」【 ché-gɔ̄ , ㄗㄝˋ ㄍ˜ㄛ一】，一歲又六個月則為「歲半」【húe-puàn̄ , ㄏㄨㄝˋ　ㄅㄥㄨㄚˇ】。參見《說文解字》：「晬，周年也。」《類篇》：「晬，子生一歲也。」

❸ 參見《說文解字》：「絭，攘背繩也。」

❹ 台語稱「義子」為「契囝」【khé-kiàn̄ ,ㄎㄝˋ　ㄍㄥ一ㄚˋ】、「義女」為「契諸姆囝」【khé-chā-bɔ-kiàn̄ , ㄎㄝˋ　ㄗㄚ一　ㄅ˜ㄛ　ㄍㄥ一ㄚˋ】。

陸之二 文人筆下的七夕

七夕短歌[1] 王華南[2]

tsit-siēk duan-ko , ㄑㄧㄊ ㄙㄧㄝㄍㄧ ㄉㄨㄢ ㄍㄛ

七月初七暝

tsit-guèh-tsē-tsit-mê

ㄑㄧㄊ ㄍ˜ㄨㄝㄏˇ ㄘㄝ ㄑㄧㄊ ㄇㄝˊ

牛郎織女會

gū-nŋ̂ chit-lí hūe

ㄍ˜ㄨ ㄋㄥˊ ㄐㄧㄊ ㄌㄧˋ ㄏㄨㄝ

相見在天河

siāŋ-kièn chài-tiēn-hô

ㄙㄧㄤ ㄍㄧㄝㄣˇ ㄗㄞˇ ㄊㄧㄝㄣ ㄏㄛˊ

一年約一回

chìt-nî iɔk-chìt- hûe

ㄐㄧㄊˇ ㄋㄧˊ ㄧㄛㄍ ㄐㄧㄊˇ ㄏㄨㄝˊ

註釋

❶「短歌」台語文讀音為【duan-ko , ㄉㄨㄢ ㄍㄛ】，口語音為【de-kua , ㄉㄝ ㄍㄨㄚ】。

❷ 七夕系列七言詩為王華南編詞。王華南編詞台語讀為【ɔŋ̄-hūa-lâm piēn-sû , ㄛㄥ ㄏㄨㄚ ㄌㄚㄇˊ ㄅㄧㄝㄣ ㄙㄨˊ】

七 夕 (一)

王華南

tsit-siēk ,ㄑㄧㄊ ㄙㄧㄝㄍㄧ

杉 杉❶風 吹 樹 葉 聲

sa sa hɔŋ tsue tsiù-hiòh-sian̄

ㄙㄚ ㄙㄚ ㄏㄛㄥ ㄘㄨㄝ ㄑㄧㄨˇ ㄏㄧㄜㄏˇ ㄙㄥㄧㄚ

簷 前❷樹 枝 風 搖 掇❸

iām-chiên tsiù-ki hɔŋ iō-tsuáh

ㄧㄚㄇㄧ ㄐㄧㄝㄣˊ ㄑㄧㄨˇ ㄍㄧ ㄏㄛㄥ ㄧㄜㄧ ㄘㄨㄚ˙

明 星 發 光 金 熠 熠❹

biēŋ-tseñ huat-kŋ kīm-sí-síh

ㄅ˘ㄧㄝㄥㄧ ㄘㄥㄝ ㄏㄨㄚㄊ ㄍㄥ ㄍㄧㄇㄧ ㄙㄧˋ ㄙㄧ˙

親 像 金 銀 細 粒 砂

tsīn-tsiūñ kīm-gin sé-liàp-sua

ㄑㄧㄣㄧ ㄑㄥㄧㄨㄧ ㄍㄧㄇㄧ ㄍ˘ㄧㄣˊ ㄙㄝˋ ㄌㄧㄚㄅˇ ㄙㄨㄚ

註釋

❶「杉杉」為「風吹樹葉的聲響」。❷「簷前」是「屋簷前面」的意思。

❸「搖掇」是「搖晃」的意思。❹「金熠熠」為「閃閃發出亮光」。

七夕（二）

王華南

五色短詩字紙條

ngɔ-siék de-si jì-chua-diâu

ㄍ˜ㄥㄛ ㄙㄧㄝㄍ丶 ㄉㄝ ㄙㄧ ㄐ˜ㄧˇ ㄗㄨㄚ ㄉㄧㄠˊ

我所寫兮❶掛樹枝

gua-sɔ-siá-éh kuá-tsiù-ki

ㄍ˜ㄨㄚ ㄙㄛ ㄙㄧㄚ丶 ㄝ• ㄍㄨㄚ丶 ㄑㄧㄨˇ ㄍㄧ

明星發光金熠熠

biēŋ-tseñ huat-kŋ kīm-sí-síh

ㄅ˜ㄧㄝㄥㄧ ㄘㄥㄝ ㄏㄨㄚㄊ ㄍㄥ ㄍㄧㄇㄧ ㄙㄧ丶 ㄙㄧ•

看對天頂❷真艷美

khuáñ-dúi-tīñ-diéŋ chīn-iàm-bí

ㄎㄥㄨㄚ丶 ㄉㄨㄧ丶 ㄊㄥㄧ一 ㄉㄧㄝㄥ丶 ㄐㄧㄣ一 ㄧㄚㄇˇ ㄅ˜ㄧ丶

註釋

❶「寫兮」是「寫的」的意思。

❷「看對天頂」是「仰望天上」的意思。

七夕(三)

王華南

七月初七 於暗暝[1]

tsit-guèh-tsē-tsít ē-ám-mê

ㄑㄧㄊ ㄍ˜ㄨㄝㄏˇ ㄘㄝ ㄑㄧㄊˋ ㄝ ㄚㄇˋ ㄇㄝˊ

牛郎織女來相會

gū-nn̂g chit-lí lāi-siāŋ-hūe

ㄍ˜ㄨ ㄋㄥˊ ㄐㄧㄊ ㄌㄧˋ ㄌㄞ ㄙㄧㄤ ㄏㄨㄝ

喜鵲搭橋跨銀河

hi-tsiɔ̍k dá-kiô khuá-gīn-hô

ㄏㄧ ㄑㄧㄛㄍˋ ㄉㄚˋ ㄍㄧㄜˊ ㄎㄨㄚˋ ㄍ˜ㄧㄣ ㄏㄜˊ

一年見面只一回

chìt-nî kíñ-bīn chi-chìt-hûe

ㄐㄧㄊˇ ㄋㄧˊ ㄍㄥㄧˋ ㄅ˜ㄧㄣ ㄐㄧ ㄐㄧㄊˇ ㄏㄨㄝˊ

註釋

❶「暗暝」是「夜晚」的意思。

秋夕[1] 杜牧[2]

tsiū-siēk，ㄑㄧㄨㄧ ㄙㄧㄝㄍㄧ

銀燭　秋光　冷畫屏，

gīn-chiɔ̄k　tsiū-kɔŋ　lieŋ-hùa-piêŋ

ㄍ˙ㄧㄣㄧ ㄐㄧㄛㄍˋ ㄑㄧㄨㄧ ㄍㄛㄥ

ㄌㄧㄝㄥ ㄏㄨㄚˇ ㄅㄧㄝㄥˊ

輕羅　小扇　撲流螢；

khiēŋ-lô　siau-sièn　phɔk-liū-iêŋ

ㄎㄧㄝㄥㄧ ㄌㄜˊ ㄙㄧㄠ ㄙㄧㄝㄣˇ

ㄆㄛㄍ ㄌㄧㄨㄧ ㄧㄝㄥˊ

天階　夜色　涼如水[3]，

tiēn-kai　ià-siék　liāŋ-jī-súi

ㄊㄧㄝㄣㄧ ㄍㄞ ㄧㄚˇ ㄙㄧㄝㄍˋ

ㄌㄧㄤㄧ ㄐ˙ㄧㄧ ㄙㄨㄧˋ

臥看　牽牛　織女星。

gò-khàn　khiēn-giû　chit-li-sieŋ

ㄍ˙ㄜˇ ㄎㄢˇ ㄎㄧㄝㄣㄧ ㄍ˙ㄧㄨˊ

ㄐㄧㄊ ㄌㄧ ㄙㄧㄝㄥ

譯成白話

秋夜的月色像燭光冷冷地照在室內屏風的彩畫上，
於是拿起輕盈的羅扇，到戶外撲捉飛舞的螢火蟲。
深夜裡皇宮中露天的台階清涼如水，
不如進入房間，躺在床上仰望天際的牛郎織女星。

註釋

❶ 唐詩【dɔ̄ŋ-si，ㄉㄛㄥ一 ㄙ一】秋夕，「秋夕」就是「七夕」。

❷ 杜牧【dɔ̃-bɔ̄k ，ㄉㄛˇ ㄅ〞ㄛㄍ一】，字牧之，京兆萬年（今陜西省西安市）人，生於唐德宗貞元十九年（西元八〇三年），卒於唐宣宗大中六或七年（西元八五二年或西元八五三年）。官至中書舍人（相當於現今的行政院秘書長），唐代末期著名的詩人，當時人稱「小杜」，以別於「杜甫」。

❸「涼如水」在廈門腔唸為【liɔ̄ŋ-jū-súi，ㄌ一ㄛㄥ一 ㄗ〞ㄨ一 ㄙㄨ一丶】。

秋風引[1] 劉禹錫[2]

tsiū-hɔ̄ŋ-ín ,ㄑㄧㄨ一 ㄏㆦㄥ一 ㄧㄣˋ

何處[3]秋風至，

hō -tsì tsiū -hɔŋ chì

ㄏㄜ一 ㄑㄧˇ ㄑㄧㄨ一 ㄏㆦㄥ ㄐㄧˇ

蕭蕭送雁群；

siāu-siau sɔ̄ŋ-gàn-kûn

ㄙㄧㄠ一 ㄙㄧㄠ ㄙㆦㄥˋ ㄍ˙ㄢˇ ㄍㄨㄣˊ

朝來入庭樹，

diau lâi jìp-diēŋ-sū

ㄉㄧㄠ ㄌㄞˊ ㄐ˙ㄧㆴˇ ㄉㄧㄝㄥ一 ㄙㄨ一

孤客最先聞。

kɔ̄-khiék chúe-siēn-bûn

ㄍㆦ一 ㄎㄧㄝㄍˋ ㄗㄨㄝˋ ㄙㄧㄝㄣ一 ㄅ˙ㄨㄣˊ

譯成白話

不知從什麼地方吹來的秋風啊，
蕭蕭的風吹聲送走了一大群飛雁；
早上起來秋風又吹拂了庭院裡的樹，
孤單的旅客總是最先聽到風吹聲。

註釋

❶「秋風引」的「引」原為古代樂府詩的一種，詩的標題用「引」是作為琴曲的標誌。

❷ 劉禹錫【 lāu-u-siék , ㄌㄠ－ ㄨ ㄙㄧㄝㄍˋ 】(生於西元七七二年，逝於西元八四二年)，字夢得，中唐時期之著名詩人。出仕後，其主張革新，被貶。後復用，至禮部尚書。《全唐詩》編其詩十二卷。

❸「何處」在廈門腔唸成【hō － tsù , ㄏㄛ－ ㄘㄨˇ】。

秋夜寄邱員外 韋應物[1]

tsiū-iā kí-khiū-guān-gūe

ㄑㄧㄨㄧ ㄧㄚㄧ ㄍㄧˋ ㄎㄧㄨㄧ ㄍ˜ㄨㄢㄧ ㄍ˜ㄨㄝㄧ

懷君屬秋夜，

huāi-kun siɔ̄k-tsiū-iā

ㄏㄨㄞㄧ ㄍㄨㄣ ㄙㄧ ㄛㄍˇ ㄑㄧㄨㄧ ㄧㄚㄧ

散步咏涼天[2]；

sán-pɔ̄ ièŋ-liāŋ-tien

ㄙㄢˋ ㄅㄛㄧ ㄧㄝㄥˇ ㄌㄧㄤㄧ ㄊㄧㄝㄣ

山空松子[3]落，

san khɔŋ siɔ̄ŋ-chí lɔ̄k

ㄙㄢ ㄎㄛㄥ ㄙㄧㄛㄥㄧ ㄐㄧˋ ㄌㄛㄍㄧ

幽人應未眠。

iū-jîn iēŋ-bì-biên

ㄧㄨㄧ ㄐ˜ㄧㄣˊ ㄧㄝㄥㄧ ㄅ˜ㄧˇ ㄅ˜ㄧㄝㄣˊ

譯成白話

懷念你（君就是「你」的尊稱）的時分是屬於秋天的夜裡，
我一個人一面散步，一面吟咏著涼爽的天氣；
山裡空蕩一片幽靜，聽到松果掉落地上的聲音，
我想到此時，你是一位文雅的隱士（詩中的「幽人」），應該還沒睡吧。

註釋

❶ 韋應物【 ūi-iéŋ-būt , ㄨㄧ一 一ㄝㄥˋ ㄅ˙ㄨㄊ一 】（生於西元七三七年，卒於西元七九〇或稱西元七九二年），為中唐初期著名詩人，與孟浩然同為唐代山水田園派詩人，詩風高雅恬淡，瀟灑自然，其中涉及時政和民生疾苦之作，頗有佳篇傳世。

❷「涼天」在廈門腔唸做【liɔ̄ŋ- tien , ㄌ一ㄛㄥ一 ㄊ一ㄝㄣ】

❸「松子」在廈門腔唸做【siɔ̄ŋ-chú , ㄙ一ㄛㄥ一 ㄗㄨˋ】

柒、眾生渡「中元」

陰曆七月十五日

陰曆七月十五，是台灣民間一個很重要的節日。除了祭拜祖先，表達對祖先的追思之情，還有普度無子嗣的孤魂野鬼，即所謂的「好兄弟」的民俗活動。

而爲了要招喚孤魂前來領受普度的豐盛食物，廟宇往往會在廟前豎起「燈篙」；至於水府的幽魂，則以放水燈的方式來引領。

話說回來，對於這些「好兄弟」，人們畢竟心存敬畏，由於普度時鬼魂群集，爲了怕他們流連忘返，於是有了搶孤的活動；據說，當鬼魂看到一群比自己還要凶猛的人搶奪祭品時，會嚇得趕緊走開……

柒之一 追遠祭祖七月半

陰曆七月十五，是台灣民間一個非常重要的節日。佛教徒稱之爲「盂蘭盆節」[1]；「盂蘭盆節」一詞，來自佛經中「目蓮救母」的故事，是梵文「Ulambana」的譯音，原意爲「救倒懸」，也就是解救在地獄裡受苦的鬼魂。道教徒則稱之爲「中元節」。

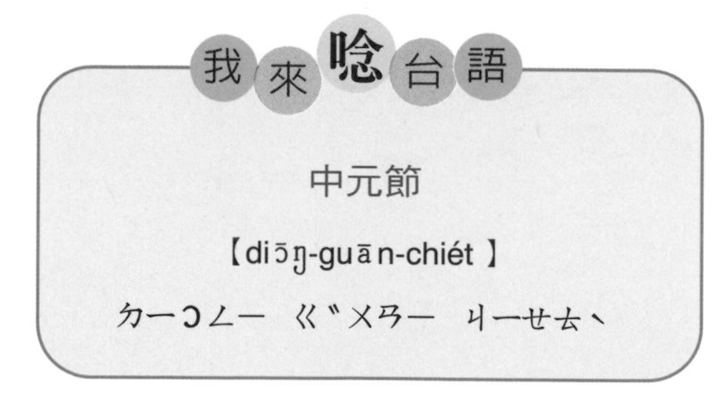

事實上，這個節日與周朝在七月舉行的幾項祭禮也有關聯。《禮記》「月令」篇上記載：「是女也（七月），農乃登穀，天子嘗新，先薦寢廟。」在收穫季節，天子象徵性地以新穀祭祀祖廟，表達對祖先的敬意。

由於對祖先的崇拜在台灣民間信仰中佔了相當重要的一環，所以「薦新」的習俗得以存活數千年，甚至在它已從國家祭典中消失以後，民間都還保持著薦新的習俗，並且集中在陰曆七月十五日舉行。

註釋

❶盂蘭盆（日語發音【うらぼん，urabon】）節在日本的正式名稱為「盂蘭盆會」（日語發音【うらぼんえ,urabon e】），不過習慣上日本人皆稱之為「御盆」（當今日文寫成「お盆」，發音【obon】）。

「御盆」在日本是僅次於新年的大節日，當然是放長假讓人回鄉祭祖掃墓（日本人掃墓大都在「御盆」期間），而且在「御盆」期間還要拜訪親人、好友、上司等等，並送禮感謝其平時的照顧與愛護，而在「御盆」節相互贈送的禮物則稱之為「御中元」（日語發音【おちゅうげん，ōchyugen】）。

御盆節原來是在每年的舊曆七月十五日舉行，但是到了採用新曆的年代，日本人已經不再使用舊曆（即陰曆），於是採用了一個變通的辦法，將御盆節的日期改成每年的陽曆八月十五日。

所以每年八月十五日的前後一兩天最好不要到日本觀光旅遊，因為各種交通工具擠滿回鄉人潮，高速公路（日本稱為「自動車道」）也是大塞車。筆者曾有此痛苦經驗，就是在某年暑假帶全家去日本旅遊，前往富士山的當天遇到「御盆」大車潮，遊覽車原本預定下午五時抵達溫泉旅館，結果延到七點半才抵達。

柒之二 博愛普渡好兄弟

在台灣民間俗稱孤魂野鬼為「好兄弟」，中元節普度孤魂就稱為「拜好兄弟」。

普度的型式還分為私普及公普兩種。所謂「私普」，就是以街（現今之「鎮」）、莊（現今之「鄉」）等行政單位為主的普度，從七月初一到三十，大家共同商議，某街莊的甲村是哪天（台語稱為「佗一工」），乙村是哪天，按照規定的日子輪流舉行。

舉行普度當天的下午，家家戶戶紛紛在門口擺上豐盛的菜餚，俗稱「拜門口」。每盤菜上都要插一支香。細心一點的人家還會準備香菸、檳榔、胭脂、白粉等。祭拜完畢後，還必須焚燒紙錢（台語稱為「燒金紙」）。

根據民間傳說，如果供品太少，或是準備的菜餚太差，就會遭到好兄弟的報復，或讓家人生病，或是飼養的家禽家畜暴斃等等，所以家家戶戶莫不竭盡所能準備豐盛的菜餚。

而佛教徒戒殺生，所以盂蘭盆會多採用素食，不像民間祭拜用大魚大肉。雖然如此，兩者的

我來唸台語

普度

【phɔ-dɔ̄】

ㄆㄛ ㄉㄛ一

私普

【sū-phɔ̄】

ㄙㄨ一 ㄆㄛˋ

公普／廟普

【kɔ̄ŋ-phɔ̄/ biò-phɔ̄】

ㄍㄛㄥ一 ㄆㄛˋ/ ㄅ˝一ㄜˇ ㄆㄛˋ

佗一工（哪天）

【da-chìt-kaŋ】

ㄉㄚ ㄐ一ㄊˇ ㄍㄤ

出發點都是爲了要普度衆生，廣施甘露。

所謂「公普」，又稱爲「廟普」，一般都在陰曆七月十五舉行，俗稱「拜七月半」，以各村莊的寺廟爲中心，主祭人爲當地的富豪或寺廟主事者。而公普的費用，由廟方負責祭典的當事人「爐主」派人按戶募捐，不足部分由「爐主」自行籌措。

在舉行公普的前夕，要通知孤魂前來領受普度的豐盛食物（台語稱爲「腥臊」，以魚爲腥、以肉爲臊，「腥臊」爲大魚大肉的意思），就得在廟前豎立「燈篙」，以便招魂。

所謂燈篙，就是一根高幾丈的木竿或竹竿（台語稱爲「竹篙」），在頂端吊起燈籠，入夜後點亮。民間傳說，燈篙樹得愈高，所招聚的「好兄弟」愈多。爲了避免餓鬼太多無法應付，平時只豎起兩、三丈高左右的燈篙；只有在大普度的時候，才立

我來唸台語

孤魂野鬼

【kɔ̄-hûn ia-kúi】

ㄍㄛ一 ㄏㄨㄣˊ 一ㄚ ㄍㄨ一ˋ

好兄弟

【ho-hiā ñ-dī】

ㄏㄜ ㄏㄥ一ㄚ一 ㄉ一一

爐主

【lɔ̄-chú】

ㄌㄛ一 ㄗㄨˋ

腥臊（豐盛食物）

【tsēñ-tsau】

ㄘㄥㄝ一 ㄘㄠ

燈篙

【diēŋ-ko】

ㄉ一ㄝㄥ一 ㄍㄜ

竹篙

【diek-ko】

ㄉ一ㄝㄍ ㄍㄜ

年節小知識

七月半鴨，不知死活？

台語有句俗諺：「七月半鴨，不知死活。」【tsit-guèh-puáñ-áh m`-chāi-si-uāh ，ㄑㄧㄊ　ㄍ〞ㄨㄝㄏˇ　ㄅㄥㄨㄚˋ　ㄚ˙　ㄇˇ　ㄗㄞㄧ　ㄙㄧ　ㄨㄚㄏㄧ】

鴨子關七月半何事呢？因為到了中元節拜七月半，鴨子要被宰成為祭品，而鴨子被宰之前仍然不知自己命運；藉此比喻為「大禍將臨頭而猶不知」的意思。

另外還有一句與鴨子有關的台語俗諺：「死鴨也，硬喙巴[1]。」【si-a(h)-á gnè-tsúi-pe，ㄙㄧ　ㄚ　ㄚˋ　ㄍ〞ㄥㄝˇ　ㄘㄨㄧˋ　ㄅㄝ】因為死的鴨子嘴巴僵硬，叫不出聲；比喻為某人被指認與某件事有關聯，卻抵死都不吭聲、不承認。

註釋

❶「巴」的文讀音為【pa，ㄅㄚ】、口語音為【pe，ㄅㄝ】，「巴結」的文讀音為【pā-kiét，ㄅㄚㄧ　ㄍㄧㄝㄊˋ】，「喙巴」的口語音為【tsúi-pe，ㄘㄨㄧˋ　ㄅㄝ】。
「把」的文讀音為【pá，ㄅㄚˋ】、口語音為【pé，ㄅㄝˋ】，「把戲」的文讀音為【pa-hì，ㄅㄚ　ㄏㄧˇ】、「火把」的口語音則讀為【hue-pé，ㄏㄨㄝ　ㄅㄝˋ】。
「爬」的文讀音為【pâ，ㄅㄚˊ】、口語音為【pê，ㄅㄝˊ】，「爬行」的文讀音為【pā-hiêŋ，ㄅㄚㄧ　ㄏㄧㄝㄥˊ】，「學爬」的口語音為【òh-pê，ㄛㄏˇ　ㄅㄝˊ】。

起五丈以上的燈篙。此外，在普度期間，中南部民間習俗會在自宅門口掛起「普度公燈」，目的在替孤魂野鬼照路。

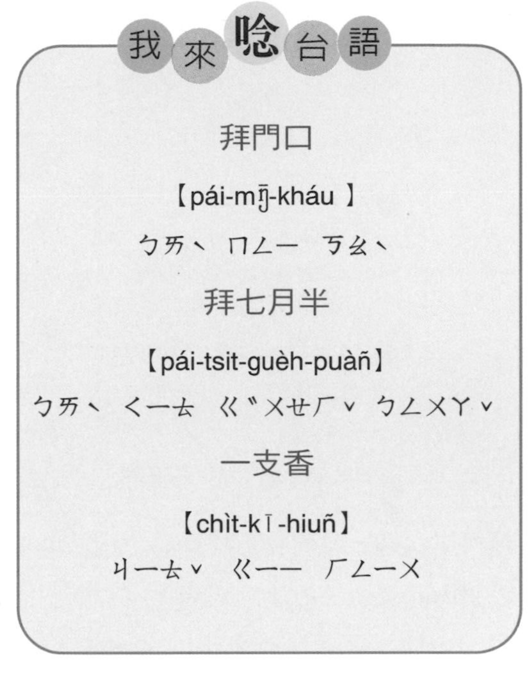

中元普度祭拜無子嗣的孤魂野鬼，讓他們也能享受到人世間的關懷和溫暖，是傳統倫理思想「博愛」的延伸。透過祭拜「好兄弟」，使得「好兄弟」不再騷擾人世間，因此中元節也可說是一個具有「求平安」正面意義的節慶。

自從政府提倡改善民俗、節約拜拜（以鮮花蔬果代替），各地普度的盛況和規模已大不如昔，但由中元節原來所欲強調的觀點來看，現代人所要努力的，應該是減少浪費，發揚中元普度的善行精神。

柒之三 招引水鬼放水燈

台灣民間在七月半還有一項習俗，稱爲「放水燈」。水燈是用來通告水府幽魂（因溺斃而死的鬼魂，又稱水鬼），招引他們上岸來享用普度祭品。

水燈分爲水燈頭、水燈排兩種。水燈頭又分爲圓形燈籠和紙屋形兩種。水燈排是用木材紮成木筏，上面再懸放燈籠。

放水燈的儀式，通常在舉行大普度儀式的前一天下午或傍晚舉行。放水燈的遊行隊伍由前導車開道，接著以樂隊為引導，跟著就是各人手捧專屬的水燈頭，燈罩上寫著各家字姓，以輪值字姓水燈帶頭，率領其他字姓的水燈和各陣頭，巡迴市街一週，來到河岸水邊，並備有三牲祭品，由法師先進行招魂儀式，然後即點燃水燈頭內的蠟燭，放流於水面上，以接引水面孤魂上岸接受普施。

我來唸台語

燒金紙（燒紙錢）

【siō-kīm-chúa】

ㄙㄧㄛ－ ㄍㄧㄇ－ ㄗㄨㄚˋ

放水燈

【páŋ-chui-dieŋ】

ㄅㄤˋ ㄗㄨㄧ ㄉㄧㄝㄥ

相傳水燈漂得愈遠，則該字姓人家當年運氣愈發。因此在基隆放水燈就選擇寬闊的海面及退潮的時刻，希望讓水燈頭能飄得更遠，召請海上的好兄弟。

基隆的中元節放水燈活動熱鬧非凡，經常舉行盛大的遊行，並有各式陣頭參與其間，形成嘉年華會式的民俗活動，正朝國際觀光節發展中，以吸引外國觀光客。

柒之四 威嚇鬼魂爭搶孤

台灣中元節的習俗除了放水燈和普度，有些地方也盛行「搶孤」的習俗。

所謂「搶孤」，就是在普度的廣場上搭起高一丈多的台子（台語稱爲「台也」），上面放滿了各式各樣的供品，待普度完畢，主辦人一聲令下，所有的人就蜂擁而上搶奪祭品。

《澎湖廳志》（西元一八九三年）卷九描述此項習俗：「其強有力者，每多獲焉。甚至相爭鬥毆，在台上跌下，有傷亡者，實爲惡風。」由於陰曆七月普度時鬼魂群集，爲了怕他們流連忘返，於是有人想出了搶孤的好辦法。據說，當鬼魂看到一群比自己還要凶猛的人爭相搶奪祭品時，會嚇得趕緊走開。

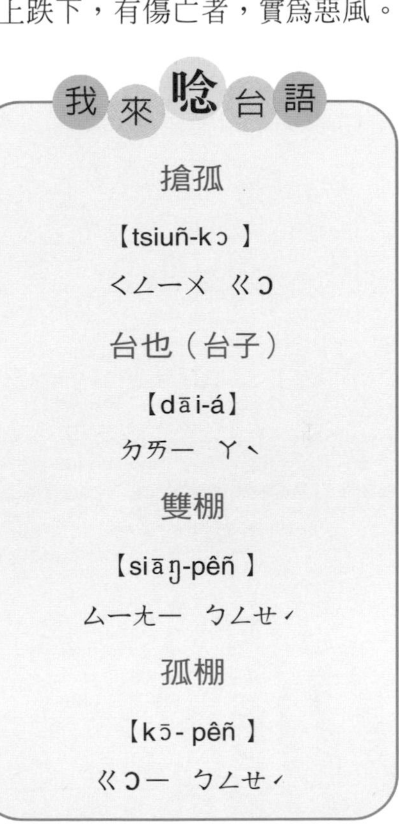

不過搶孤的場面過於激烈，動輒造成傷亡，所以劉銘傳任巡撫時（西元一八八四年）曾下令禁止，但是成效不彰，直到日本統治時代仍偶有所聞，以後才漸漸消失。

民國八十年（西元一九九一年），宜蘭縣頭城鎮在搶孤活動停辦了四十年以後，再度舉辦這項活動。主辦單位仍沿襲舊制架設雙棚，大者稱爲「孤棚」，離地三十九台尺（一台尺= 0.303030 公尺）、長三十二台尺、寬二十四台尺，約有四層樓房的高度；小者稱爲「飯棚」【pn̄g-pêñ，ㄅㄥˇ ㄅㄥㄝˊ】，宜蘭腔爲【pùiñ-pêñ，ㄅㄥㄨㄧˇ ㄅㄥㄝˊ】，以往是專供乞丐搶食的，所以高度甚至不及「孤棚」的一半。

搶孤慶典當天，以十二根塗滿牛油的孤柱架成一座孤棚，頂端還有一個倒翻棚，上面豎以十三根孤棧含旗竿，並將祭品掛於其上以祭告天神。

整個活動在子夜子時掀起最高潮，凡參加搶孤的隊伍以五人爲一組，每組以繩索爲工具，待主辦者一聲令下、鑼聲響起時，各組以疊羅漢的方式向上攀爬並刮去牛油以利爬行，最後由率先奪得孤棧上的金牌及順風旗者取得優勝。

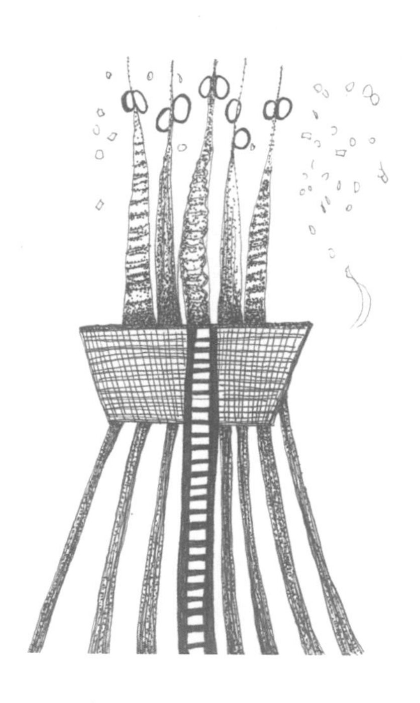

由於這是有遊戲規則的競賽，沒有混亂搶奪的場面，倒是一種值得提倡的民俗體育活動。

捌、圓月掛「中秋」

陰曆八月十五

陰曆八月十五日是以月亮為主角的中秋節。古代，帝王就有春天祭日，秋天祭月的禮制，而上古祭月的禮儀很可能就是中秋節的起源。

中秋吃月餅這項習俗的起源也與祭月有關，當時帝王以月餅為祭祀月神的祭品；祭典後，將月餅分贈諸侯和群臣。後來月餅傳入民間，人們視賞月和吃餅為團圓的象徵，月餅遂逐漸成為互相饋贈的應時禮品。

捌之一 八月中秋好祭月

陰曆八月十五日，是傳統的中秋節，中秋節的主角是高掛天空的一輪明月。

根據古籍記載，原本帝王就有春天祭日，秋天祭月的禮制。如《禮記》【le-kì，ㄌㄝ　ㄍㄧˇ】上所記載：「天子春朝日、秋夕月。朝日以朝、夕月以夕。」[1]

其原意為古代的帝王在春天祭祀太陽、在秋天祭祀月亮。祭祀太陽在早上、祭祀月亮在晚上。

在酷熱的夏天過後，天朗氣清，萬里無雲的秋夜天空，正足以突顯出明月皎潔的光華。因此，每到秋天，天子總要到國都西郊的月壇去祭月。上古祭月的禮儀，很可能就是中秋節的起源。

「中秋」一詞最早出現於《周禮》：所謂中秋，是因為八月居孟仲季三秋之中，而十五夕恰好是月中，所以八月十五日被稱為中秋，或稱「八月半」。

而中秋節正式成為歲時節日，起源於唐朝：《唐書・太宗紀》記載，以八月十五日為中秋節，以後就成為年中節日。到北宋初年，朝廷正式設立中秋節；《宋史・太宗記》記載「以八月十五為中秋節」和「中秋節食玩月羹」。

我來唸台語

中秋節

【diɔ̄ŋ-tsiū-chiét】

ㄉㄧㆦㄥㄧ ㄑㄧㄨㄧ ㄐㄧㄝㄊˋ

八月半

【pé(h)-guèh-puàñ】

ㄅㄝˋ ㄍ˜ㄨㄝㄏˇ ㄅㆠㄨㄚˇ

周禮

【chiū-lé】

ㄐㄧㄨㄧ ㄌㄝˋ

註釋

❶「天子春朝日、秋夕月。朝日以朝、夕月以夕。」台語讀為【tiēn-chú tsun diāu-jīt 、 tsiu sièk-guāt。diāu-jīt i-diau、sièk-guāt i-siēk ,ㄊㄧㄝㄣㄧ ㄗㄨˋ ㄘㄨㄣ ㄉㄧㄠㄧ ㄐ˜ㄧㄊㄧ 、 ㄑㄧㄨ ㄙㄧㄝㄍˇ ㄍ˜ㄨㄚㄊㄧ 。ㄉㄧㄠㄧ ㄐ˜ㄧㄊㄧ ㄧ ㄉㄧㄠ ㄙㄧㄝㄍˇ ㄍ˜ㄨㄚㄊㄧ ㄧ ㄙㄧㄝㄍㄧ】。

捌之二 柚子月餅齊飄香

一、文旦清香酸又甜

在台灣，中秋的應景水果以柚子（台語稱爲「柚也」）爲主，近年來也流行送梨子（台語稱爲「梨也」）爲禮品。

柚子又名「文旦」。文旦一名的由來是爲紀念將此類水果傳入日本九州的清代廣東籍船長——謝文旦。當年，謝文旦遭遇船難被薩摩人（現今九州南部的鹿兒島縣西半部）救起，爲感謝救命之恩而致贈柚子；後來當地人將此種原名朱欒「しゅらん, shuran」或白欒「はくらん, hakuran」的水果改稱爲「文旦」並加以培植，現今九州的熊本縣、鹿兒島縣和四國南部的高知縣等地都有栽培。

有一說謝文旦是潮州籍，他的名字在日本依潮州話發音爲「ジアブンタン, jiabuntan」，和台灣南部漳州腔發音接近【chià-būn-dàn，ㄐㄧㄚˇ ㄅˋㄨㄣ ㄉㄢˇ】。

我來唸台語

柚也（柚子）

【iū-á】

ㄧㄨ ㄚˋ

梨也（梨子）

【lāi-á】

ㄌㄞ ㄚˋ

文旦

【būn-dàn】

ㄅˋㄨㄣ ㄉㄢˇ

台語之中秋猜謎

青布包白布，白布包柴梳，柴梳包白米，白米包白醋。

【tsēñ-pɔ̄ pāu-pèh-pɔ̄，pèh-pɔ̄ pāu-tsā-se，tsā-se pāu-pèh-bí，pèh-bí pāu-pèh-tsɔ̄】

ㄘㄥㄝ一　ㄅㆦˇ　ㄅㄠ一　ㄅㄝㄏˇ　ㄅㆦˇ，ㄅㄝㄏˇ　ㄅㆦˇ　ㄅㄠ一　ㄘㄚ一　ㄙㄝ，ㄘㄚ一　ㄙㄝ　ㄅㄠ一　ㄅㄝㄏˇ　ㆠ一ˋ，ㄅㄝㄏˇ　ㆠ一ˋ　ㄅㄠ一　ㄅㄝㄏˇ　ㄘㆦˇ。

猜[1]中秋應景水果

謎底

「柚也」

解謎題

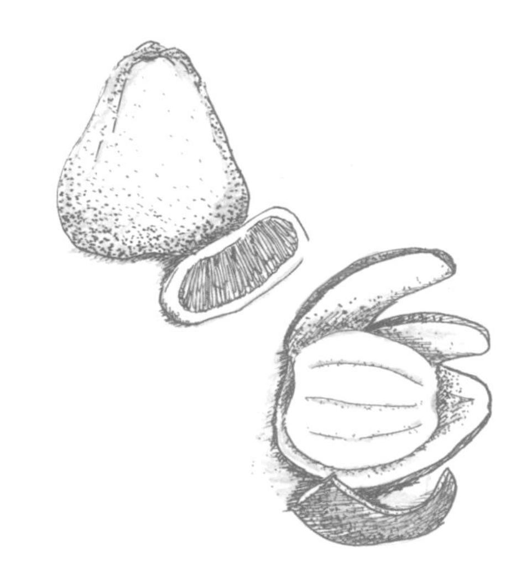

因爲柚子的外皮是青綠色，內層瓤皮是白色，果實呈瓣狀，每一瓣頗似木製梳子（台語稱爲柴梳），細長條形果肉像白米，果肉內含酸甜果汁，被比喻爲白醋。

註釋

❶ 猜，台語稱為「億」【ióh, 一ㄜ・】，「億」即今的「臆」字。

二、月圓餅圓團團圓圓

中秋吃月餅這項習俗的起源，可以遠溯自商、周時代，當時帝王以月餅爲祭祀月神的祭品；祭典後，帝王將月餅分贈諸侯和群臣，這便是王公貴族版本的月餅「始祖」。

後來月餅漸漸傳入民間，將中秋賞月和品嘗月餅視爲一家人團圓的象徵，於是月餅慢慢成爲民間互相饋贈的禮品。

據史料記載，早在商、周時代，江、浙一帶就有一種紀念殷商太師聞仲的「太師餅」，其外形是周邊薄、中心厚，這是民間版本月餅的「始祖」。

漢代張騫出使西域時，引進芝麻、胡桃，爲月餅的製作增添了佐料，當時出現了以胡桃仁爲餡的圓形餅，名曰「胡餅」。

另外在唐代有幾種關於「月餅」的傳說：

1.唐太宗派大將軍李靖（生於西元五七一年，逝於西元六四九年，文武兼備，著名的軍事家）遠征北方突厥得勝，八月十五凱旋歸京，長安城內一片歡騰。有個行商的吐蕃人正在長安，他向唐太宗獻圓餅祝賀告捷。唐太宗大喜，從裝飾華麗的餅盒中取出圓餅，指著懸掛在天空中的明月笑道：「應將胡餅邀蟾蜍。」隨後太宗與百官共食圓餅，從此中秋吃月餅的習俗便形成了。

2.唐代，民間已有從事製作糕餅的餅師，京城長安也開始出現糕餅舖。據說，有一年中秋夜，唐明皇和楊貴妃賞月吃胡餅時，唐明皇嫌「胡餅」名字不好

聽，楊貴妃仰望皎潔明月，靈感一來，隨口而出「月餅」，從此「月餅」的名稱就在民間逐漸流傳開來。

3.除此之外，還有一種傳說，唐明皇夢遊月宮時吃了嫦娥做的仙餅，回宮後難忘美味，於是命人製作並於八月十五食用。

在唐代，另外有一種配合中秋節上市的應節食品。唐朝鄭望之的《膳夫錄》（見引於《月令粹編 》卷十三）記載：「汴中節食，中秋玩月羹。」其中之「月羹」，據說在二十世紀三十年代仍見於嶺南各地，是以桂圓、蓮子、藕粉等材料精製而成。[1]

北宋皇家在中秋節喜歡吃一種「宮餅」，民間俗稱「小餅」、「月團」。蘇東坡曾有「小餅如嚼月，中有酥和飴」的詩句。據研判當時的小餅與現在的酥皮月餅很相似。雖然南宋吳自牧的《夢梁錄》[2]中曾經出現「月餅」一詞，但是當時中秋節吃月餅的習俗尚未普遍，所以宋代的中秋節食品仍然以應節的瓜果爲主。

至於在中秋節流行吃月餅的起源，民間有一則流傳甚廣的傳說：元朝末年，蒙古人爲了怕漢人造反，不准民間私藏

我來唸台語

月餅

【guèh-piáñ】

ㄍ˙ㄨㄝㄏˇ ㄅㄧㄚˋ

綠豆凸

【lièk-dàu-phɔ̄ŋ】

ㄌㄧㄝㄍˇ ㄉㄠˇ ㄆㄛㄥˇ

卵仁酥（蛋黃酥）

【nŋ̄-jīn-sɔ】

ㄋㄥˇ ㄐ˙ㄧㄣ ㄙㄛ

豐原餅

【hɔ̄ŋ-guān-piáñ】

ㄏㄛㄥ ㄍ˙ㄨㄢ ㄅㄧㄚˋ

兵器，規定十家合用一把菜刀，十戶供養一名兵丁，漢人雖然想起來反抗，卻苦於無從傳遞消息。劉伯溫[3]（一說是張士誠[4]）因此想出了一條妙計。他派人到街上傳言放話，說是當年入冬將有瘟疫，除非家家戶戶都在中秋節買月餅來吃，才能避免。

於是大家爭先恐後地買月餅來吃。回到家中，掰開月餅，發覺裡面藏著一張條子，上面寫著：「八月十五殺元兵，家家戶戶齊動手。」【pé(h)- guèh- chàp- gɔ̄ sat- guān- pieŋ̣ , ㄅせ丶 ㄍ˜ㄨせㄏ˅ ㄗㄚㄅ˅ ㄍ˜ɔ一 ㄙㄚㄊ ㄍ˜ㄨㄢ一 ㄅ一せㄥ，kē-ke hɔ̄-hɔ̄ chē-dàŋ̣-tsiú , ㄍせ一 ㄍせ ㄏɔ˅ ㄏɔ一 ㄗせ一 ㄉㄤ˅ ㄑ一ㄨ丶】

另一說是上面寫著：「八月十五夜起義。」【pé(h)-guèh-chàp-gɔ̄-iā khi-gī , ㄅせ丶 ㄍ˜ㄨせㄏ˅ ㄗㄚㄅ˅ ㄍ˜ɔ˅ 一ㄚ一 ㄎ一 ㄍ˜一一】，於是，漢人約定趁蒙古人吃喝玩樂之際，眾人紛紛奪取菜刀，集體起義反抗統治者。自此以後，人們每到中秋節就要吃月餅，以紀念此次起義。而中秋節吃月餅的習俗也就這樣流傳下來了。

其實中秋節吃月餅的習俗要遲至明代才盛行。但對中秋賞月吃月餅的描述，是明代的《西湖遊覽志會》才有記載：「八月十五日謂之中秋，民間以月餅相饋（亦有作「遺」），取團圓之義。」

月餅象徵團圓可參見明代《酌中志》的記載：「八月，宮中賞秋海棠、玉簪花。自初一起，即有賣餅者……至十五日，家家供奉月餅、瓜果……如有剩月餅，乃整收於乾燥風涼之處，至歲暮分用之，曰團圓餅也。」

到了清代，關於月餅的記載就多起來了，而且製作愈來愈精細，各地口味和種類也不同。

三、台式月餅皮酥餡美

先民自唐山遷居來台已有三百多年，台灣也發展出具有本土特色的月餅。

1.以外皮分類，有漿皮和酥皮兩種。豐原餅、綠豆凸（亦稱爲綠豆胖）、蛋黃酥（台語稱爲「卵仁酥」）等用酥皮，其他多用漿皮。

2.月餅以餡分類，最多是豆沙，其次是蓮子、鳳梨、蛋黃等，其中以黑棗（台語稱爲烏棗【ɔ̄-chó，ɔ一　ㄗㄜˋ】）和洋香瓜（台語稱爲「蜜瓜也」【bìt-kūe-á，ㄅ˜一ㄊˇ　ㄍㄨㄝ一　ㄚˋ】）爲最貴。

豆沙餡又分爲紅豆餡做成的黑豆沙（台語稱爲烏豆沙）和綠豆餡做成的白豆沙（做成綠豆胖）。

用蓮子餡做成的「蓮蓉月餅」，或稱爲「素蓉【sɔ̄ -iɔ̂ŋ，ㄙɔˋ 一ɔㄥˊ】月餅」。

還有鳳梨餡做成的「鳳梨月餅」，烏棗餡做成的「棗泥【cho-nî，ㄗㄜ　ㄋ一ˊ】月餅」，洋香瓜餡做成的「蜜瓜月餅」。至於以烏豆沙爲餡而依添加料不同，較常見的有添加「葡萄干」的「葡萄干月餅」，添加「火腿」的「火腿月餅」；以白豆沙爲餡添加「加里肉塊」的「加里鹹月餅」。

我來唸台語

烏豆沙（黑豆沙）
【ɔ̄-dàu-se】
ɔ一　ㄉㄠˇ　ㄙㄝ

蓮蓉
【liēn-iɔ̂ŋ】
ㄌ一ㄝㄣ一　一ɔㄥˊ

五仁
【gnɔ-jîn】
ㄍ˜ㄥɔ　ㄐ˜一ㄣˊ

切角（切丁）
【tsiet-kák】
ㄑ一ㄝㄊ　ㄍㄚㄍˋ

3.另外還有一種「五仁月餅」，內餡添加「松子仁」【siɔ̄ŋ-chi-jîn，ㄙㄛㄥ一　ㄐ一　ㄐ˜一ㄣ ˊ】、「瓜子仁」【kūe-chi-jîn，ㄍㄨㄝ一　ㄐ一　ㄐ˜一ㄣ ˊ】、「核桃仁」【hùt-tō-jîn，ㄏㄨㄊˇ　ㄊㄛ一　ㄐ˜一ㄣ ˊ】、「腰果仁」【iō-ko-jîn，一ㄛ一　ㄍㄛ　ㄐ˜一ㄣ ˊ】、「花生仁」（台語稱爲塗豆仁【tɔ̄-dàu-jîn，ㄊㄛ一　ㄉㄠˇ　ㄐ˜一ㄣ ˊ】）等五仁，也有包「冬瓜糖切丁」（台語稱爲「切角」）或「杏仁片」。

我來唸台語

杏仁片

【hièŋ-jīn-phìñ】

ㄏ一ㄝㄥˇ　ㄐ˜一ㄣ一　ㄆㄥ一ˇ

芳草（香草）

【phāŋ-tsáu】

ㄆㄤ一　ㄘㄠˋ

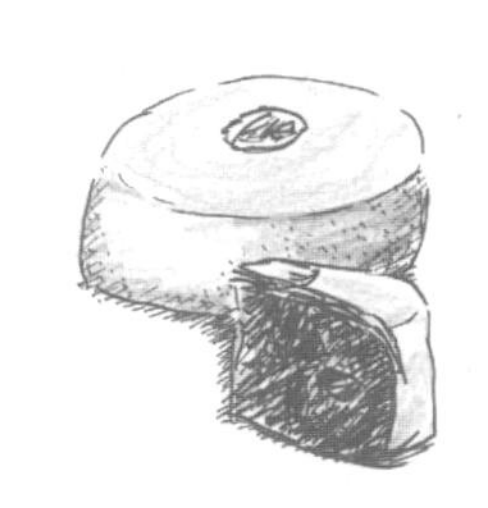

4.近年來還推出內包冰淇淋的「中秋雪餅」，口味有巧克力、香草（台語稱爲芳草）、草莓、牛奶等。

註釋

❶ 有一說此為八寶甜羹的由來。

❷《夢梁錄》是介紹南宋都城臨安城市風貌的著作，共二十卷。

❸ 劉伯溫【lāu-piek-un，ㄌㄠ一　ㄅ一ㄝㄍ　ㄨㄣ】（生於西元一三一一年七月一日，卒於西元一三七五年五月十六日），是輔佐明太祖朱元璋完成帝業的軍師。

❹ 張士誠【diūñ-sù-siêŋ，ㄉㄥ一ㄨ一　ㄙㄨˇ　ㄙ一ㄝㄥ ˊ】（生於西元一三二一年，卒於西元一三六七年），元朝末年的義軍領袖，和朱元璋對抗，戰敗被俘，後被押解至應天（今日的南京），自縊而亡。

捌之三 偷蔥偷菜嫁好翁婿

中秋節同時也是福德正神土地公【hɔk-diek-chiéŋ-sîn tɔ-dì-kɔŋ，ㄏㄛㄍ ㄉㄧㄝㄍ ㄐㄧㄝㄥˋ ㄙㄧㄣˊ ㄊㄛ ㄉㄧˇ ㄍㄛㄥ】的例祭日。《台灣府志》記載：「中秋，祀當境土神。蓋古者祭祀之禮，與二月二日同。春祈而秋報也。」

除了祭祀土地公之外，農民還得在田間插設「土地公拐杖」。土地公拐杖是以竹子夾上土地公金紙（紙錢）插在田間；插好土地公拐杖後，再以月餅祭祀。

由於中秋有「秋報」的涵義，所以也有農村在此夜集資邀請布袋戲團或歌也戲團演出，以感謝土地公保佑平安，俗稱「謝平安」。

據日本人「鈴木清一郎」的《台灣舊慣冠婚葬祭與年中行事》第三篇記載，日本人統治下的台灣，詩社的詩人也在中秋節賞月作詩，或掛一盞燈籠在門口，舉行猜燈謎晚會。

這一天，各私塾（台語稱爲「漢學也」）的先生們（「漢學也先」【hán-ōh-a-sien，ㄏㄢˋ ㄛㄏㄧ ㄚ ㄙㄧㄝㄣ】），還要分贈月餅給學

我來唸台語

金紙（紙錢）
【kīm-chúa】
ㄍㄧㄇㄧ ㄗㄨㄚˋ

布袋戲
【pɔ̄-dè-hì】
ㄅㄛˋ ㄉㄝˇ ㄏㄧˇ

謝平安
【sià-pieŋ-an】
ㄙㄧㄚˇ ㄅㄧㄝㄥㄧ ㄢ

漢學也（私塾）
【hán-ōh-á】
ㄏㄢˋ ㄛㄏㄧ ㄚˋ

生；學生家長則以紅包作爲答禮。

歌也戲台語讀為【kūa-a-hì ,ㄍㄨㄚ－　ㄚ ㄏㄧ∨】。「歌也戲」為台語正確字音，俗用「歌仔戲」，按「仔」在台語發音為【chú , ㄗㄨ丶】，也沒有「á ,ㄚ丶」的破讀音。

中秋節也是租佃契約重新訂定的時機。地主是否讓佃農明年繼續佃耕，按照習俗都要在陰曆八月十五通知佃農（台語稱爲「田佃」【tsān-diēn , ㄘㄢ一　ㄉ一ㄝㄣ一】）。

民間相傳，中秋夜愈晚睡愈長壽。少女在中秋夜裡睡得晚，則可使她的母親活得長壽。

未婚的少女還有在中秋夜裡偷菜的習俗。只要偷得別人菜圃中的蔬菜，就表示她將會遇到一個如意郎君。有一句台語俗諺：「偷著蔥，嫁好翁；偷著菜，嫁好婿。」【tāu-diòh-tsaŋ ké-ho-aŋ tāu-diòh-tsài ké-ho-sài,ㄊㄠ一　ㄉ一ㄛㄏ∨　ㄘㄤ，ㄍㄝ丶　ㄏㄛ　ㄤ；ㄊㄠ一　ㄉ一ㄛㄏ∨　ㄘㄞ∨　，ㄍㄝ丶　ㄏㄛ　ㄙㄞ∨　】指的就是這項有趣的習俗。

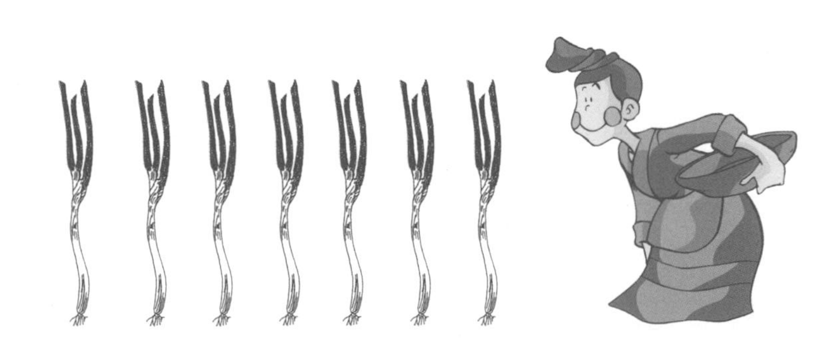

捌之四 文人筆下的月亮圓缺

水調歌頭[1]

蘇東坡

明 月 幾 時 有，把 酒 問 青 天，

biēŋ-guāt ki-sī-iú pa-chiú bùn-tsiēŋ-tien

ㄅ〞ㄧㄝㄥˉ ㄍ〞ㄨㄚㄊˉ ㄍㄧ ㄙㄧˉ ㄧㄨˋ，

ㄅㄚ ㄐㄧㄨˋ ㄅ〞ㄨㄣˇ ㄑㄧㄝㄥˉ ㄊㄧㄝㄣ

不 知 天 上 宮 闕，今 夕 是 何 年。

put-di tiēn-siɔ̄ŋ kiɔ̄ŋ-khuát kīm-siēk sì-hō-liên

ㄅㄨㄊ ㄉㄧ ㄊㄧㄝㄣˉ ㄙㄧㆦㄥˉ ㄍㄧㆦㄥˉ ㄎㄨㄚㄊˋ，

ㄍㄧㄇˉ ㄙㄧㄝㄍˉ ㄙㄧˇ ㄏㄛˉ ㄌㄧㄝㄣˊ

我 欲 乘 風 歸 去，又 恐 瓊 樓 玉 宇，

高 處 不 勝 寒。

gnɔ-iɔ̄k siēŋ-hɔŋ kūi-khì iù-khiɔ̄́ŋ khiēŋ-lɔ̂ giɔ̄k-ú

kō-tsù put-siéŋ-hân

ㄍ〞ㄥㆦ ㄧㆦㄍˉ ㄙㄧㄝㄥˉ ㄏㆦㄥ ㄍㄨㄧˉ ㄎㄧˇ，

ㄧㄨˇ ㄎㄧㆦㄥˋ ㄎㄧㄝㄥˉ ㄌㆦˊ ㄍ〞ㄧㆦㄍˇ ㄨˋ，

ㄍㄛˉ ㄘㄨˇ ㄅㄨㄊ ㄙㄧㄝㄥˋ ㄏㄢˊ

起 舞 弄 清 影，何 似 在 人 間。

khi-bú lɔ̄ŋ-tsiēŋ-iéŋ hō-sū chài-jīn-kan

ㄎㄧ ㄅ〞ㄨˋ ㄌㆦㄥˇ ㄑㄧㄝㄥˉ ㄧㄝㄥˋ，

ㄏㄛˉ ㄙㄨˉ ㄗㄞˇ ㄐ〞ㄧㄣˉ ㄍㄢ

轉 朱 閣， 低 綺 戶，照 無 眠。

chuan-chū-kɔ̄k dē-khi-hɔ chiáu-bū-biên

ㄗㄨㄢ ㄗㄨ一 ㄍㄛㄍ丶，ㄉㄝ一 ㄎ一 ㄏㄛ一，

ㄐ一ㄠ丶 ㄅ˝ㄨ一 ㄅ˝一ㄝㄣˊ

不 應 有 恨，何 事 常 向 別 時 圓。

put-ieŋ iu-hūn hō-sū siɔ̄ŋ-hiɔ̄ŋ-piėt-sī-uân

ㄅㄨㄊ 一ㄝㄥ 一ㄨ ㄏㄨㄣ一，

ㄏㄜ一 ㄙㄨ一 ㄙ一ㄛㄥ一 ㄏ一ㄛㄥ丶 ㄅ一ㄝㄊˇ ㄙ一一 ㄨㄢˊ

人 有 悲 歡 離 合，月 有 陰 晴 圓 缺，

此 事 古 難 全。

jī n-iú pī-huan lī-hāp guàt-iú īm-chiēŋ uān-khuát

tsu-sū kɔ-lān-chuân

ㄐ˝一ㄣ一 一ㄨ丶 ㄅ一一 ㄏㄨㄢ ㄌ一一 ㄏㄚㄅ一，

ㄍ˝ㄨㄚㄊˇ 一ㄨ丶 一ㄇ一 ㄐ一ㄝㄥˊ ㄨㄢ一 ㄎㄨㄚㄊ丶，

ㄘㄨ ㄙㄨ一 ㄍㄛ ㄌㄢ一 ㄗㄨㄢˊ

但 願 人 長 久，千 里 共 嬋 娟❷。

dàn-guān jīn-diɔ̄ŋ-kiú tsiēn-li kiɔ̄ŋ-siēn-kuan

ㄉㄢˇ ㄍ˝ㄨㄢ一 ㄐ˝一ㄣ一 ㄉ一ㄛㄥ一 ㄍ一ㄨ丶，

ㄑ一ㄝㄣ一 ㄌ一丶 ㄍ一ㄛㄥˇ ㄙ一ㄝㄣ一 ㄍㄨㄢ

譯成白話

從什麼時候開始就有明月呢？我拿著酒杯問那蔚藍的青天，不知道天上的月宮裡今夜是哪年？（人間如此繁華，不知天上的今夕是否仍舊美滿！）

我想駕著風回到天上去（以謫仙人自居），只怕在天上高處的瓊樓玉宇裡不勝清寒。如果天上比人間更為清寒，那麼這一刻形影共舞於月下，又跟天上有什麼分別呢？

月光轉過朱紅色的樓閣，低低地照進了綺麗的窗戶，照著失眠的人兒。月亮啊！你本來不應有什麼怨恨，可是你這無情的明月，卻為什麼常常在人們別離的時候，才這麼地圓滿，讓人們看了心裡難受呢？

人有悲哀、歡樂、離別、聚合，月亮也有陰暗、晴朗、圓滿、缺陷，這些事自古以來就難以兩全其美。

但願我們能夠活得長久，雖然相隔得很遠，卻能夠共賞天上的明月，那也就沒有什麼遺憾了！

註釋

❶ 水調歌頭【sui-diāu kō-tɔ̄ ,ㄙㄨㄧ ㄉㄠㄧ ㄍㄛㄧ ㄊㆦㄧ】詞是北宋文學家蘇軾【sɔ̄-siék , ㄙㆦㄧ ㄙㄧㄝㄍˋ】（號「東坡居士」，生於西元一〇三七年，卒於西元一一〇一年）在密州任職時所寫的，亦是一首在文學史上頗負盛名的中秋詞。

❷ 嬋娟原本指容貌清秀的女子，後來文人引伸比喻為明月。

玖、九九是「重陽」

陰曆九月九日

陰曆九月九日，是重陽節。九爲陽數，因爲九月九日，月日並陽，所以稱爲「重陽」。重陽節又名重九節、茱萸節、菊花節。

由於「九九」和「久久」同音，有長久長壽之意，內政部爲了弘揚「敬老崇孝」的傳統，特別將重陽節訂爲「老人節」，每年的這一天，各地都展開敬老活動，喚醒民衆重視和尊敬老人；並借著九九重陽提醒爲人子女者，要孝順家中的高齡長者，發揚傳統孝道的美德。

玖之一 九九重陽，祓禊登高

陰曆九月九日，是傳統的重陽節，它的命名由來是如此：古人將數字分爲陰與陽，將一、三、五、七、九等奇數視爲陽數，將二、四、六、八等偶數視爲陰數；九是個位數中最大的數字，而九爲陽數，又九月九日，月日並陽，所以稱爲「重陽」。

重陽節又名重九節、茱萸節、菊花節。重陽佳節的起源，大約可以追溯至漢代。葛洪（生於西元二八四年，卒於西元三六三年）的《西京雜記》記載，漢高祖的寵妃戚夫人有位侍女名叫

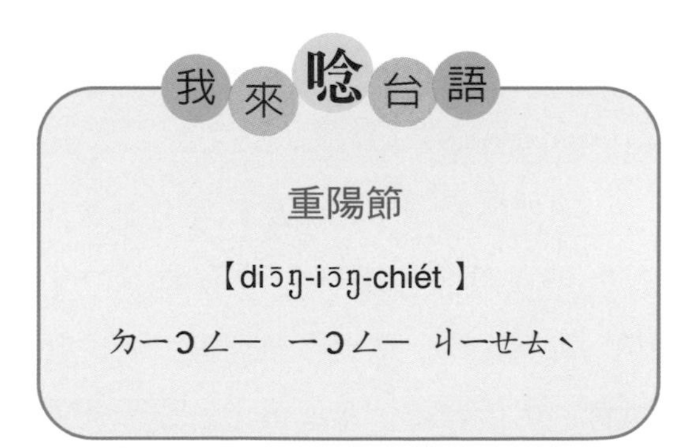

賈佩蘭。戚夫人死後，賈氏被逐出宮，她曾回憶宮中的生活道：「九月九日，佩茱萸，食蓬餌，飲菊花酒，令人長壽。」

《西京雜記》還有另一段記載：「三月上巳，九月重陽，士女遊戲，就此祓禊登高。」假使葛洪的記載正確的話，重陽節應該是個由來已久、相當古老的節日。所謂的「祓禊」【hut-hē，ㄏㄨㄊ　ㄏㄝ一】，是漢代一種除惡的祭典名稱。「祓」的意思就是「除災求福」。

玖之二 秋高氣爽，風箏飄颺

台灣地區的氣候自九月開始東北季風漸漸增強，又逢天高氣爽，正是放風箏（台語稱爲「風吹」）的好時節。

從前玩具（台語稱爲「ㄔ亍物也」）不多，又少有娛樂活動，放風箏就成爲孩童的最愛。當秋天一到，大家在田野空地大放風箏，是相當快樂的事情。漸漸地，重陽節放風箏就成爲受民眾歡迎的習俗。

胡建偉的《澎湖紀略》卷七記載西元一七五九年重陽節放風箏的情形如下：「又放風箏，紮爲人物、鸞鳳以及河圖八卦之類，色色都有。俱掛響絃，乘風直上，聲振天衢。夜則

繫燈於其上，恍如明星熠燿。彼此相賽，以高下爲勝負。」

風箏的種類很多（「眞儕」【chīn-chē, ㄐㄧㄣ一 ㄗㄝ一】），最普遍的是造型最簡單的四角形風箏，只需要用四枝「竹子劈成的薄片」（台語稱爲「竹篾」【diek-bīh, ㄉㄧㄝㄍ ㄅ�â€ㄧㄧ一】）綁成四角形，再用兩枝竹篾連結對角線呈十字形，然後用一張較厚的紙糊在竹篾上，再將細繩子（台語稱爲「幼索也」【iú-so(h)-á, ㄧㄨˋ ㄙㄛ ㄚˋ】）的一端綁在竹篾的十字交叉中心點上，另一端就由放風吹的人緊緊握著（台語稱爲「扭著」）。因爲它的面積適中（每邊長約五十公分左右），輕巧浮力強，所以頗受一般大衆的歡迎。

另有「蜈蚣」造型的風箏，分成一、二十節，有的長達一公尺半、甚至兩公尺，需要好幾個大人通力合作，才能慢慢讓蜈蚣

我來唸台語

風吹（風箏）

【hɔ̄ŋ-tsue】

ㄏㄛㄥ一 ㄘㄨㄝ

ㄔ亍物也（玩具）

【tsit-tō-mi(h)-á】

ㄑㄧㄊ ㄊㄜ一 ㄇㄧ ㄚˋ

蜈蚣

【giā-kaŋ】

ㄍ˝ㄧㄚ一 ㄍㄤ

扭著

【giú-diòh】

ㄍ˝ㄧㄨˋ ㄉㄧㄜㄏˇ

肖扑（打架）

【siō-pháh】

ㄙㄧㄜ一 ㄆㄚ˙

暗器

【ám-khì】

ㄚㄇˋ ㄎㄧˇ

尾溜（尾巴）

【bue-liu】

ㄅ˝ㄨㄝ ㄌㄧㄨ

風箏升空。

大大小小美麗的風箏在天空飛舞，形成了俗語所說：「九月九，風吹（風箏）滿天吼（鳴）。」【kau-gue̍h-káu hōŋ-tsue mua-tĩ̄ñ-háu，ㄍㄠ ㄍˋㄨㄝㄏˇ ㄍㄠˋ ㄏㄛㄥ一 ㄘㄨㄝ ㄇㄨㄚ ㄊㄥ一一 ㄏㄠˋ】的盛況。

除了在風箏外觀上爭奇鬥艷之外，放風箏時又以「風吹肖（相）咬」【hōŋ-tsue siō-kā，ㄏㄛㄥ一 ㄘㄨㄝ ㄙ一ㄛ一 ㄍㄚ一】爲樂事。一般而言，大型的風箏在「打架」（台語稱爲「肖扑」）時較佔上風。但是好鬥的人往往在小風箏上加裝「暗器」，如小鋸片或尖利的鉛片等，用來切斷對方的絲線；或是放長絲線去拉取大風箏的尾巴（台語稱爲「尾溜」），然後用力一扯，將大風箏拉下來。

而不幸落敗墜地的風箏，往往成爲衆人搶奪的目標。俗諺：「風吹（箏）斷落塗【hōŋ-tsue dŋ̀-lo̍h-tɔ̂，ㄏㄛㄥ一 ㄘㄨㄝ ㄉㄥˇ ㄌㄛㄏˇ ㄊㄛˊ】，搶佫（到）破糊糊【tsiuñ-ka(h)-phúa-kɔ̄-kɔ̂，ㄑㄥ一ㄨ ㄍㄚ ㄆㄨㄚˋ ㄍㄛ一 ㄍㄛˊ】。」形容落地的風吹（箏）被搶得支離破碎、一塌糊塗，指的就是這種激烈搶奪的場面。

玖之三 敬老尊長，久久遠遠

由於「九九」❶和「久久」❷同音，有長久長壽的意思，內政部為了弘揚「敬老崇孝」的傳統，特別在西元一九七四年將重陽節訂為「老人節」(台語稱為「老俍節」【làu-lāŋ-chiét , ㄌㄠˇ ㄌㄤ一 ㄐ一ㄝㄊˋ】)。

此後，每年的這一天，各地都展開敬老活動，喚醒民眾重視老人、尊敬老人；並借著九九重陽來提醒為人子女者，要孝順及重視家中的高齡長者，並發揚傳統孝道的美德。敬老取之久久(九九【kiu-kiú , ㄍ一ㄨ ㄍ一ㄨˋ】) 遠遠、福壽綿綿的意思。

每年的重陽節，全國很多地方機關、社會福利機構、宗教慈善團體都會舉辦敬老活動，邀請老年人參加慶祝會、參加聚餐、觀看文藝表演等。大家藉著這個日子祝願老人健康長壽，感謝他們過去的辛勞，並提醒大家要尊敬及關心老人。

敬老尊長是傳統美德，無論在何時何地，我們都應該懷有敬老的精神，除了尊敬自己的長輩【diɔŋ-pùe , ㄉ一ㄛㄥ ㄅㄨㄝˇ】，也要推己及人，尊敬別人家中的長輩。

註釋

❶「九」的台語文讀音為【kiú , ㄍ一ㄨˋ】、口語音為【káu , ㄍㄠˋ】。
「九規」的台語文讀音為【kiu-kui , ㄍ一ㄨ ㄍㄨ一】，「九規」即「九九乘法」。
「九十」的台語口語音為【kau-chāp , ㄍㄠ ㄗㄚㄅ一】。

❷「久」的台語文讀音為【kiú , ㄍ一ㄨˋ】、口語音為【kú , ㄍㄨˋ】。
「久遠」的台語文讀音為【kiu-uán , ㄍ一ㄨ ㄨㄢˋ】。
「真久」的台語口語音為【chīn-kú , ㄐ一ㄣ一 ㄍㄨˋ】，「真久」即「很久」。

玖之四 文人筆下的重九

秋登萬山寄張五 孟浩然[1]

tsiū-dieŋ bàn-san kí-diūñ-gnɔ̄

ㄑㄧㄨㄧ ㄉㄧㄝㄥ ㄅ˜ㄢˇ ㄙㄢ ㄍㄧˋ ㄉㄥㄧㄨㄧ ㄍ˜ㄥㄛˋ

北山白雲裡，隱者自怡悅。

pɔk-san pièk-ūn-lí un-chiá chù-ī-uāt

ㄅㄛㄍ ㄙㄢ ㄅㄧㄝㄍˇ ㄨㄣㄧ ㄌㄧˋ，

ㄨㄣ ㄐㄧㄚˋ ㄗㄨˇ ㄧㄧ ㄨㄚㄊㄧ

相望試登高，心隨雁飛滅。

siɔ̄ŋ-bɔ̄ŋ sí-diēŋ-ko sim sûi gàn-hūi-biēt

ㄙㄧㄛㄥㄧ ㄅ˜ㄛㄥㄧ ㄙㄧˋ ㄉㄧㄝㄥㄧ ㄍㄜ，

ㄙㄧㄇ ㄙㄨㄧˊ ㄍ˜ㄢˇ ㄏㄨㄧㄧ ㄅ˜ㄧㄝㄊㄧ

愁因薄暮起，興是清秋發。

tsiû in pɔ̄k-bɔ̄ khí hièŋ sī tsiēŋ-tsiu huát

ㄑㄧㄨˊ ㄧㄣ ㄅㄛㄍˇ ㄅ˜ㄛㄧ ㄎㄧˋ，

ㄏㄧㄝㄥˇ ㄙㄧㄧ ㄑㄧㄝㄥㄧ ㄑㄧㄨ ㄏㄨㄚㄊˋ

時見歸村人，沙行渡頭歇。

sī-kièn kūi-tsūn-jîn sā-hiēŋ dɔ̄-tɔ̄-hiét

ㄙㄧㄧ ㄍㄧㄝㄣˋ ㄍㄨㄧㄧ ㄘㄨㄣㄧ ㄐ˜ㄧㄣˊ

ㄙㄚㄧ ㄏㄧㄝㄥˊ ㄉㄛˇ ㄊㄛㄧ ㄏㄧㄝㄊˋ

天 邊 樹 若 薺 ， 江 畔 洲 如 月 。

tiēn-pien sū jiɔ̄k-chē kāŋ-puān chiu jū-guāt

ㄊㄧㄝㄣㄧ ㄅㄧㄝㄣ ㄙㄨㄧ ㄐ˜ㄧ ɔㄍˇ ㄗㄝㄧ

ㄍㄤㄧ ㄅㄨㄢㄧ ㄐㄧㄨ ㄗ˜ㄨˊ ㄍ˜ㄨㄚㄊㄧ

何 當 載 酒 來 ， 共 醉 重 陽 節 。

hō-dɔ̄ŋ chài-chiú lâi kiɔ̄ŋ-chùi diɔ̄ŋ-iɔ̄ŋ-chiét

ㄏㄛㄧ ㄉɔㄥˇ ㄗㄞˋ ㄐㄧㄨˋ ㄌㄞˊ

ㄍㄧɔㄥˇ ㄗㄨㄧˇ ㄉㄧɔㄥㄧ ㄧɔㄥㄧ ㄐㄧㄝㄊˋ

譯成白話

在你北面那山上朵朵白雲裡，我安適的隱居生活使我欣喜。
登上山頭是想遙望你的住居，我的心正隨著雁鳥向你飛去。
因為黃昏時分撩起我的愁意，清秋山色引發我的閒情興致。
從山上時時望見回村的人們，正走在沙灘上或在渡頭歇息。
天邊樹木好像薺菜般的微細，江畔的沙洲好比是清晰彎月。
什麼時候你能載酒到這裡來，重陽節讓咱們開懷暢飲共醉。

註釋

❶ 作者孟浩然 【bièŋ-hò-jiên ,ㄅ˜ㄧㄝㄥˇ ㄏㄛˇ ㄐ˜ㄧㄝㄣˊ】，生於西元六八九年，卒於西元七四〇年。

九月九日憶山東兄弟　王維[1]

kiu-guāt kiu-jīt iek-sān-dɔŋ hiēŋ-dē

ㄍㄧㄨ ㄍ˙ㄨㄚㄊㄧ ㄍㄧㄨ ㄐ˙ㄧㄊㄧ

ㄧㄝㄍ ㄙㄢㄧ ㄉɔㄥ ㄏㄧㄝㄥㄧ ㄉㄝㄧ

獨在異鄉為異客，每逢佳節倍思親。

dɔ̄k-chài-ì-hiɔŋ ūi-ì-khiék　mui-hɔ̄ŋ-kā-chiét pùe-sū-tsin

ㄉɔㄍˇ ㄗㄞˇ ㄧˇ ㄏㄧɔㄥ ㄨㄧㄧ ㄧˇ ㄎㄧㄝㄍˋ，

ㄇㄨㄧ ㄏɔㄥㄧ ㄍㄚㄧ ㄐㄧㄝㄊˋ ㄅㄨㄝˇ ㄙㄨㄧ ㄑㄧㄣ

遙知兄弟登高處，遍插茱萸少一人。

iāu-di hiēŋ-dē diēŋ-kō-tsù　phién-tsáp chū-jû siau-it-jîn

ㄧㄠㄧ ㄉㄧ ㄏㄧㄝㄥㄧ ㄉㄝㄧ ㄉㄧㄝㄥㄧ ㄍㄛㄧ ㄘㄨˇ

ㄆㄧㄝㄣˋ ㄘㄚㄅˋ ㄗㄨㄧ ㄗ˙ㄨˊ ㄙㄧㄠ ㄧㄊ ㄐ˙ㄧㄣˊ

譯成白話

獨自一個人在異鄉作客，每次到了重陽佳節更加思念親人。

在遙遠的地方知道兄弟登上高處，而插遍茱萸就是少了我一個人。

註釋

❶ 作者王維【ɔ̄ŋ-î, ɔㄥㄧ ㄧˊ】，生於西元七〇一年，卒於西元七六一年。

拾、湯圓補「冬至」

陰曆十一月十五日

以往，台灣過冬至，家家戶戶最要緊的事就是搓湯圓，而沿襲古代以冬至爲過年的傳統，民間習俗也認爲吃過冬至湯圓後便多長一歲。

以前做「圓也粞」相當辛苦，不像現在有電動磨米機和濾水機這麼方便，很快就可以做成泥塊狀米團。將米團搓揉成細長條狀，然後切成均勻的小塊，最後將小塊的「圓也粞」放在手掌心搓成圓球狀，這就是生的「圓也」。

再將生的「圓也」放入鍋子內水煮，依口味喜好，可以再加入甜湯內加熱，也可放進鹹味的湯內一起煮，成爲可甜可鹹的湯圓。

拾之一 紅白湯圓，粒粒辛苦

以往，台灣過冬節（冬至），家家戶戶最要緊的是做湯圓（台語稱爲「圓也」）；而在冬至吃的湯圓，台語俗稱「冬節圓」，一般是做成紅、白兩色。

古代以冬至爲過年，因此吃過湯圓就表示多長一歲，台語俗諺：「嚼圓也加一歲。」【chiàh-īñ-á kē-chìt-hùe，ㄐㄧㄚㄏˇ ㄥㄧㄧ ㄚˋ ㄍㄝㄧ ㄐㄧㄊˇ ㄏㄨㄝˇ】也就是保留古代過年的諺語。

通常在冬節前一、兩天就要準備做湯圓的材料，台語稱爲「圓也粞」[1]【īñ-a-tsè，ㄥㄧㄧ ㄚ ㄘㄝˇ】。

以前人做「圓也粞」相當辛苦，首先要準備專用圓形石磨（台語

我來唸台語

冬節（冬至）

【dāŋ-chéh】

ㄉㄤ一 ㄗㄝ•

圓也（湯圓）

【īñ -á】

ㄥ一一 ㄚ丶

冬節圓

【dāŋ-ché(h)-îñ】

ㄉㄤ一 ㄗㄝ丶 ㄥ一ˊ

秫米（糯米）

【chùt-bí】

ㄗㄨㄊˇ ㄅ˝一丶

清氣（乾淨）

【tsiēŋ-khì】

ㄑ一ㄝㄥ一 ㄎ一ˇ

稱爲石磑【chiòh-ue ,ㄐ一ㄛㄏˇ ㄨㄝ】)，先將糯米（台語稱爲「秫米」）淘洗乾淨（台語稱爲「清氣」），接著倒入石磨孔內，再將清水慢慢倒入，然後推動磑柄（台語稱爲摡【ue , ㄨㄝ】或【e , ㄝ】)。

磑內的糯米和水被摡成米汁，會從石磑下面洞口流出，滴入已備妥的水桶內布袋；當布袋滿了以後，用繩索將布袋綁緊，再將裝滿米汁的布袋放在特製木架上，然後用大石頭鎮壓。

水受壓擠，漸漸滲出布袋；等到袋中水大都滲出，鬆綁打開，將袋中瀝乾的米團倒出，再撒些細粉、用力搓揉均勻，就做成白色的「圓也粞」。如果要做成紅色的湯圓，就在米團搓揉時摻紅色料，做成紅色的「圓也粞」。

現在做「圓也粞」方便多了，先用電動磨米機，再用濾水機，很快就可以做成泥塊狀米團。

再將「圓也粞」先搓揉成細長

條形狀，然後用刀子切成均勻的小塊，最後將小塊的「圓也粞」放在手掌心中，用兩手搓成圓球狀，這就是生的「圓也」。

將生的「圓也」放入鍋子內水煮，如果要吃「甜圓也」【dī ñ-ī ñ-á，ㄉㄥ一一　ㄥ一一　ㄚ丶】，就將煮熟的「圓也」撈起來放進甜湯內，再稍微加熱就可以了。

註釋

❶《類篇》：「米碎曰粞。」《廣韻》：「粞，思計切。」「思計切」取「思」【su，ㄙㄨ】之陰輕聲母「s，ㄙ」和「計」【kè，ㄍㄝ ˇ】的陰去韻母【è，ㄝ ˇ】切合成【sè，ㄙㄝ ˇ】。
和「粞」相同聲母的「試」文讀音為【sì，ㄙ一 ˇ】，口語音訓為【tsì，ㄑ一 ˇ】；「手」文讀音為【siù，ㄙ一ㄨ丶】，口語音訓為【tsiù，ㄑ一ㄨ丶】。所以「粞」的文讀音為【sè，ㄙㄝ ˇ】，口語音訓為【tsè，ㄘㄝ ˇ】。

拾之二 大手搓圓，小手搓扁

一、湯圓可甜可鹹

現今物資豐裕，搓好的湯圓可以做成各種不同口味的「圓也湯」。

最普遍的就是「紅豆湯圓」（台語稱爲「紅豆圓也湯」），作法就是將「圓也」放入甜的紅豆湯內。

其次是「綠豆湯圓」（台語稱爲「綠豆圓也湯」），作法就是將「圓也」放入甜的綠豆湯內。

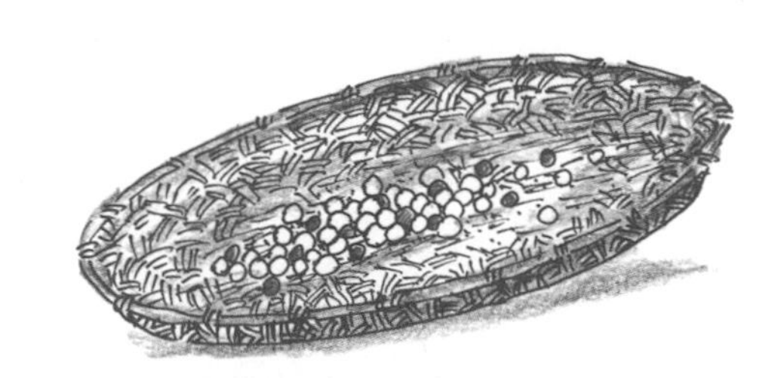

我來唸台語

圓也湯（湯圓）

【ī ñ -a-tŋ】

ㄥ一一 ㄚ ㄊㄥ

芋圓

【ɔ̄-îñ】

ɔˇ ㄥ一ˊ

櫻桃

【iēŋ-tô】

一ㄝㄥ一 ㄊㄛˊ

鹹圓也（鹹湯圓）

【kiām-ī ñ -á】

ㄍ一ㄚㄇ一 ㄥ一一 ㄚˋ

湯投（湯頭）

【tŋ̄-tâu】

ㄊㄥ一 ㄊㄠˊ

茼蒿菜

【dāŋ-ō-tsài】

ㄉㄤ一 ㄛ一 ㄘㄞˇ

另外，也有做成「芋圓圓也湯」、「白木耳圓也湯」，作法就是將「圓也」放入甜的芋圓湯、白木耳湯內。

而湯料最豪華、口感最佳的要算是「櫻桃圓也湯」，作法就是將「圓也」放入甜的櫻桃湯內。不過因為台灣不出產櫻桃，所以櫻桃湯內的櫻桃是從美國或日本進口的蜜漬櫻桃，價錢當然不便宜；最頂級的台菜筵席中所用的甜湯就是「櫻桃圓也甜湯」。

至於「鹹圓也」，則是將煮熟的「圓也」撈起來放進鹹味的湯內，湯內投入的配料（台語稱為

「湯投」，俗寫成「湯頭」），最基本的是茼蒿菜（在冬節時生產）、鹽和少許植物油（花生油、橄欖油等），如果講究口感，可摻入蝦米、蒜頭，再撒上少許胡椒粉，就是令人垂涎的「鹹圓也湯」了。

二、孩童的捏麵人

以往都是家家戶戶自己做湯圓，小朋友看大人忙著搓湯圓，覺得很好玩，難免「手癢」，都會抓幾塊「圓也粞」來搓一搓。

不過因爲小朋友的手掌小、力勁不夠，有的愈搓愈碎變成「圓也碎」，有的愈搓愈扁變成「扁圓也」，結果當然是愈幫愈忙。

而過節時媽媽最忙碌，心裡一急，難免會斥罵小孩子，作阿公、阿嬤的總是心疼孫子，就把孫子帶到桌子角邊或是拿一塊乾淨的木板讓孫子玩「圓也粞」，這一來「圓也粞」彷彿成爲小朋友捏麵人的材料——「麵團」。

於是，祖孫一起動手玩起「有趣的湯圓」（台語稱爲「心適兮圓也」【sīm-siék ē-īñ-á , ㄙㄧㄇㄧ ㄙㄧㄝㄍ丶 ㄝㄧ ㄥㄧㄧ ㄚ丶】），「圓也粞」就被捏成各種造型，如「圓也粞小龜」、「圓也粞小人」、「圓也粞小屋」等等，成爲冬節一個非常特殊的情景。

年節小知識

筆者在小時候也玩過「圓也粞」，當時是大姊（年長我十二歲）陪我玩。大姊很會料理家事，哄小孩子（台語稱為「騙𡳞也」【phién-gin-á，ㄆㄧㄝㄣˋ ㄍ˅ㄧㄣ ㄚˋ】）的功夫也是一流，大姊就教我做「雪人圓也」。

作法如下：

大粒「白圓也」做為雪人的身體、小粒「白圓也」做為雪人的頭部，然後抓一塊紅色「圓也粞」捏成雪人的帽子；為了怕三個部位散掉，就拿一根牙籤（台語稱為「齒拓」【khi-tɔ̄k，ㄎㄧ ㄊㄛㄍˋ】）從帽子的頂端插入到達雪人身體的底部。

然後，拿筷子（台語稱為「箸」【dī，ㄉㄧㄧ】）的尖端在雪人的頭部刺三個小凹穴，再拿三小粒紅色「圓也粞」擠入小凹穴裡，成為雪人的雙眼和嘴巴，於是完成「雪人圓也」。

通常做好「雪人圓也」以後，我會將它擺在桌上，自我欣賞一番。等到煮最後一鍋湯圓的時候，才將「雪人圓也」投入一起熬煮；等到煮熟之後，撈起「雪人圓也」也是先仔細觀看一會，再將牙籤抽出，慢慢地嚼我自己做的「雪人圓也」。

事隔已久，但兒時記憶猶新，特將此段有趣的往事分享諸位讀者。

拾壹、中西慶「聖誕」

西曆十二月二十五日

聖誕節對基督徒來說是個最重要的傳統節日，這天是慶祝「耶穌基督」誕生的日子。

耶穌的出生，基督徒視爲是猶太教預言中的彌賽亞（猶太人對救世主的稱呼）將要到來人世間的應驗，不過《聖經》並沒有記載耶穌的出生日期，大部分西方世界的基督徒是以十二月二十五日爲聖誕日而加以慶祝。

聖誕節送禮物，幾乎已經成爲一個全球化的習俗，聖誕老人在世界各地帶給小孩子們禮物和歡樂，而台灣的基督教長老教會習慣上稱之爲「聖旦老阿公」，聽起來有濃濃的鄉土味……

拾壹之一 十二月二十五，聖誕時

一、耶穌出生，彌賽亞降臨

「聖誕節」是基督教教會年曆的一個最重要的傳統節日，它是基督徒慶祝「耶穌基督」誕生的日子。

在聖誕節期間，大部分的基督教教堂都會先在十二月二十四日的晚上舉行平安夜（台語稱爲「平安暝」）禮拜，然後在十二月二十五日慶祝聖誕節；而基督教的另一大分支東正教，則是在每年的一月七日慶祝聖誕節。

我來唸台語

基督教

【kī-dɔk-kàu】

ㄍㄧㄧ ㄉㄛㄍ ㄍㄠˇ

基督徒

【kī-dɔk-dɔ̂】

ㄍㄧㄧ ㄉㄛㄍ ㄉㄛˊ

耶穌基督

【iā-sɔ kī-dɔ̄k】

ㄧㄚㄧ ㄙㄛ ㄍㄧㄧ ㄉㄛㄍˋ

教堂

【káu-dŋ̂】

ㄍㄠˋ ㄉㄥˊ

教會

【káu-hūe】

ㄍㄠˋ ㄏㄨㄝㄧ

Merry Christmas

耶穌的出生，在基督徒視爲猶太教預言中的彌賽亞（猶太人對救世主的稱呼）將要到來人世間的應驗，因爲伯利恆是約瑟祖先大衛一族的家鄉。根據基督教《福音書》【hɔk- īm-su ,ㄏㄛㄍ ㄧㄇㄧ ㄙㄨ】記載，耶穌是聖母瑪利亞受聖靈懷孕（台語稱爲「有身」【ù-sin ,ㄨˇ ㄙㄧㄣ】）後在伯利恆（Bethlehem）出生，瑪利亞和丈夫約瑟當時按照羅馬帝國【lō-ma-dé-kɔ̄k , ㄌㄜㄧ ㄇㄚ ㄉㄝˋ ㄍㄛㄍˋ】舉行人口普查的規定──必須離開他們住在加利利（Galilee）的拿撒勒城（Nazareth）回到故鄉接受調查。

聖誕節也是西方世界以及其他很多地區的公定假日，例如：在亞洲的香港和新加坡。

聖誕節的英語“Christmas”有時又縮寫爲“Xmas”。這是因爲X與希臘字母 X（Chi）相同；X是「基督」的希臘語「Xριστόçì」（Christos）中的第一個字母。

二、耶穌聖誕何日？衆說紛紜

《聖經》並沒有記載耶穌的出生日期；而關於耶穌基督眞實生辰日之調查，在耶穌基督死後二百年就開始了。天主教教會建立了慶祝習俗。因此聖誕節現在對於大部分西方世界的基督徒（東正教、羅馬公教〔即通稱之天主教〕，以及新教〔即改革派基督教〕）來說是十二月二十五日。

而在科普特（Coptic Orthodox Church，在埃及的教派）、耶路撒冷、俄羅斯、塞爾維亞及喬治亞等東正教地區，聖誕節則是一月七日。這是因爲他們既沒有接受格里高利曆（Gregorian calendar，亦即現代的陽曆）改革，也沒有接受修正後的儒略曆[1]，因此他們原來在十二月二十五日的聖誕節，在西元一九〇〇年到西元二〇九九年這一段期間，將延遲到一月七日。

保加利亞和羅馬尼亞也是東正教區，但聖誕節的日期遵循西歐習慣爲十二月二十五日，而復活節則遵從東正教習慣。

相較之下，亞美尼亞教會（Armenian Apostolic Church）更關

我來唸台語

聖經

【siéŋ-kieŋ】

ㄙㄧㄝㄥˋ ㄍㄧㄝㄥ

天主教

【tiēn-chu-kàu】

ㄊㄧㄝㄣ一 ㄗㄨ ㄍㄠˇ

東正教

【dāŋ-chiéŋ-kàu】

ㄉㄤ一 ㄐㄧㄝㄥˋ ㄍㄠˇ

羅馬公教

【lō-ma-kɔ̄ŋ-kàu】

ㄌㄜ一 ㄇㄚ ㄍㄛㄥ一 ㄍㄠˇ

新教

【sīn-kàu】

ㄙㄧㄣ一 ㄍㄠˇ

注主顯節（Epiphania），而不是聖誕節。

另一派意見，認爲根據一個確定的事實可推斷耶穌的生日：

第三、四世紀的人特別注意象徵意義；而基督爲太陽的象徵深深紮根於當時基督徒的意識中，因而也使他們注意到晝夜的平分點（春分、秋分）與至點（夏至、冬至）變化的象徵意義。

此一意見認爲施洗約翰[2]是在秋分時（九月二十五日）受孕，在夏至時誕生；依照路加福音（第一章，第二十六節），耶穌之受孕是在施洗約翰以後六個月，故耶穌受孕應是在春分時（三月二十五日），而在十二月二十五日誕生是完全符合邏輯的。

春分時，太陽開始新的歷程，而耶穌開始世界上的生命，這兩事件的巧合，古代的人認爲這是上帝巧妙的安排，這一天實在是一個極具象徵意義的日期：象徵「眞的太陽」、「世界之光」進入了充滿了罪惡的黑暗世界，逐漸放射光芒、驅逐黑暗。

平安暝（平安夜）

【piēŋ-ān-mê】

ㄅㄧㄝㄥㄧ　ㄢㄧ　ㄇㄝˊ

禮拜

【le-pài】

ㄌㄝ　ㄅㄞˇ

有些學者認爲耶穌不是在十二月二十五日出生的，他出生的日子可能在十月一日左右，因爲只有在這個時候，牧羊人才會在夜晚的曠野【khɔ̃ŋ-iá，ㄎㆦㄥˋ　ㄧㄚˋ】看守羊群；當地的氣候在十二月底十分寒冷，通常牧羊人會帶羊群躲入山谷裡的羊舍或洞穴中。

十二月二十五日原來是波斯太陽神（就是光明之神）密特拉

（Mithra）的誕辰，是一個異教徒的節日，同時太陽神也是羅馬國教衆神之一。這一天又是羅馬曆書的冬至節，崇拜太陽神的異教徒都把這一天當作春天的希望，萬物復甦的開始。可能由於這個原因，羅馬教會才選擇這一天作爲聖誕節，這是教會初期力圖把異教徒的風俗習慣基督教化的措施之一。

後來，雖然大多數教會都接受十二月二十五日爲聖誕節，但又因爲各地教會使用的曆書不同，具體日期不能統一，於是就把十二月二十四日到第二年的一月六日定爲聖誕節節期（Christmas Tide），各地教會可以根據當地具體情況，在這段節期之內慶祝聖誕節。

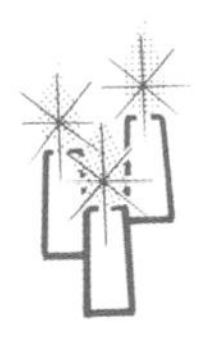

註釋

❶ 儒略曆（Julian calendar）是由羅馬獨裁者儒略・凱撒（Julius Caesar）採納埃及亞歷山大的希臘數學家兼天文學家索西琴尼（Sosigenes）計算的曆法，在西元前四十六年一月一日起執行，取代舊羅馬曆法的一種曆法。
一年設十二個月，大小月交替，四年一閏，平年365日，閏年於二月底增加一閏日，年平均長度為365.25日。
由於儒略曆誤差較大，西元一五〇〇年後被天主教的教宗格里高利十三世（Pope Gregory XIII）改善，變為格里高利曆，即沿用至今的陽曆，因來自西方，又稱為西曆。

❷ 施洗約翰（John the Baptist）的母親「伊莉莎白」（Elisabeth，中文本聖經譯為「以利沙伯」）和耶穌的母親「瑪利亞」有親戚關係，所以約翰是耶穌基督的表兄，耶穌之受洗由約翰主持，因而稱為「施洗約翰」。

拾壹之二 聖誕老人分送歡樂

一、聖誕老人禮送乖寶寶

聖誕節送禮物，幾乎已經成爲一個全球化的習俗，神秘人物帶給小孩子們禮物的概念源自聖尼古拉斯。尼古拉斯是四世紀時，一位生活在小亞細亞（現今土耳其在亞洲的部分）的好心主教。

在歐洲，首先是荷蘭人在聖尼古拉斯節（十二月六日）模仿他送禮物給窮人的善行，而將禮物贈送親人好友。

在北美洲的英國殖民者，將這一傳統溶入聖誕假期的慶祝活動，而Sinterklaas也就成爲聖誕老人或者稱爲Saint Nick（聖尼克）的人物了。

在英國裔美國人的傳統中，認爲聖誕老人總是會在聖誕前夜乘著馴鹿拉的雪橇到來，他從煙囪爬進屋內，留下給孩子們的禮物，吃掉孩子們爲他留下的食物。而聖誕老人在一年中的其他時間，除了忙於製作禮物，就是監督孩子們的行爲並記錄下來。

所以美國當地的父母親在平常就會提醒小朋友，如果聽話做個好孩子，聖誕老人就會在聖誕節送他禮物；如果不聽話變成不乖的孩子，聖誕老人從天上看到了，就會將他的名字從送禮物的名單中刪除，所以在聖誕節就收不到聖誕老人送的禮物了。

其實眞正的聖誕老人就是送禮物的爸爸媽媽，爲人父母的透過虛擬的神秘人物達到鼓勵小朋友做個好孩子的教育目的。

二、「聖旦老阿公」送「聖旦糕」

聖誕禮物的台語發音為【siéŋ-dán-le-būt，ㄙㄧㄝㄥˋ ㄉㄢˋ ㄌㄝ ㄅ"ㄨㄊㄧ】，而聖誕老人在台語若按字面可直接譯為「聖旦❶老侫」【siéŋ-dán-làu-lâŋ，ㄙㄧㄝㄥˋ ㄉㄢˋ ㄌㄠˇ ㄌㄤˊ】，但在台灣的基督教長老教會習慣上稱之為「聖旦老阿公」（就是華語的聖誕老公公）聽起來比較親切。

以往，教會每逢聖誕佳節，都會挑選品德兼優和體格適中的年輕人化妝成「聖旦老阿公」（因較高或較矮，容易被會友認出而失去神秘感），筆者就讀台灣大學時曾兩度擔任此榮譽職。

教會在平安暝慶祝救主聖誕的禮拜後，接著舉行聖誕晚會（台語稱為「暗會」），包括教會內各種團體、組織的成員表演各種節目，例如：主日學的學生唱聖詩、表演耶穌救主降生的故事話劇，聖歌隊演唱有關聖誕歌曲等。

我來唸台語

聖旦老阿公

【siéŋ-dán-làu-ā-kɔŋ】

ㄙㄧㄝㄥˋ ㄉㄢˋ ㄌㄠˇ ㄚㄧ ㄍㆲ

主日學

【chu-jìt-ōh】

ㄗㄨ ㄐ"ㄧㄊˇ ㄛㄏㄧ

救主降生

【kiú-chú káŋ-sieŋ】

ㄍㄧㄨˋ ㄗㄨˋ ㄍㄤˋ ㄙㄧㄝㄥ

我來唸台語

暗會（晚會）

【ám-hūe】

ㄚㄇˋ ㄏㄨㄝ一

聖詩

【siéŋ-si】

ㄙ一ㄝㄥˋ ㄙ一

聖歌隊

【siéŋ-kūa-dūi】

ㄙ一ㄝㄥˋ ㄍㄨㄚ一 ㄉㄨ一一

歌曲

【kūa-khiék】

ㄍㄨㄚ一 ㄎ一ㄝㄍˋ

牧師

【bɔ̄k-su】

ㄅ˙ㄛㄍˇ ㄙㄨ

長老

【diuñ-ló】

ㄉㄥ一ㄨ ㄉㄜˋ

會友

【hùe-iú】

ㄏㄨㄝˇ 一ㄨˋ

「暗會」最後的壓軸好戲就是由牧師或是教會長老介紹特別神秘嘉賓「聖旦老阿公」出場，小朋友最期待的時刻終於來臨了。

依照慣例，先由主持人向「聖旦老阿公」致意，然後請「聖旦老阿公」宣布頒獎的原則：「按照小朋友上主日學的出席率高低來評量，愈高則送愈大的獎品」，這時答案都浮現於小朋友的臉上，出席率高的當然滿臉笑容等著領大獎；而出席率差的其實心裡有數，這時候就皺眉頭了（台語稱爲「面也結結」）；出席率一般的就抱著無所謂的心情（反正少不了一份獎品嘛）。

接著「聖旦老阿公」會遞一份名單給主持人（其實是在出場前由主日學老師先交給「聖旦老阿公」），叫到名字的小朋友就上台向「聖旦老阿公」領獎。主日學老師會顧及小朋友的心理，所以在名單上的只是領取大獎的小朋友；頒完

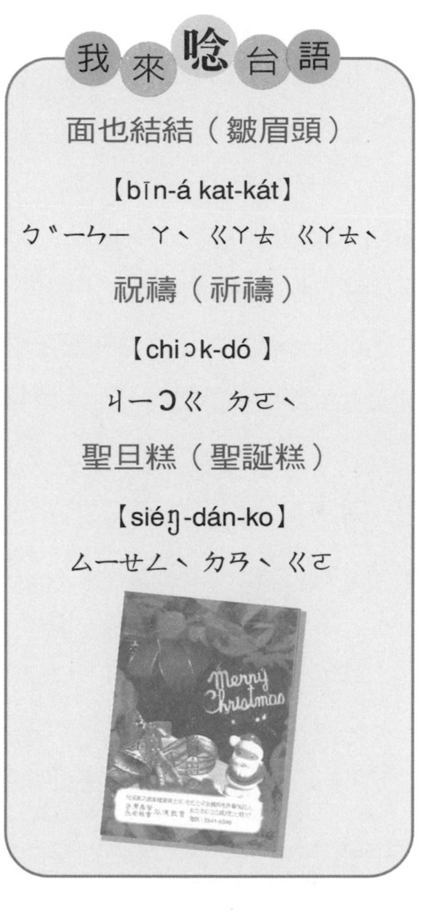

大獎之後，「聖旦老阿公」立即宣布：「其他還沒領到的小朋友請向老師領獎。」老師就把小朋友帶到教室繼續分發獎品。此時「聖旦老阿公」的重頭戲才上場，開始進行有獎搶答，由主持人問有關耶穌生平事蹟的題目，會友和在場的來賓都可參加搶答。

一般來說，前段題目比較簡單，搶答得很激烈；比較深奧的則留在後段提出，大獎往往會落到熟讀聖經的會友手中（對這些會友做一種象徵性鼓勵），答對者由「聖旦老阿公」頒獎。通常最後一題是問：「本年度的聖旦老阿公是誰？答對者中特別獎。」此時叫聲四起，眞的是HIGH到最高潮，愈不容易被猜中，則表示化妝技術愈高明和保密到家。

搶答完後，晚會進入尾聲，由「聖旦老阿公」和主持人帶領會衆齊唱「平安夜、聖誕夜」歌曲（台語稱之爲「平安暝、聖旦暝」【pieŋ-ān-mê siéŋ-dán-mê ,ㄅㄧㄝㄥㄧ ㄢㄧ ㄇㄝˊ ㄙㄧㄝㄥˋ ㄉㄢˋ ㄇㄝˊ】），英文名稱"Silent Night , Holy Night"，德文原名"Stille Nacht , Heilige Nacht"。

唱完後，由牧師做祝福祈禱（台語稱爲「祝禱」）。祝禱完畢，晚會結束，牧師和「聖旦老阿公」則站在教堂門口贈送散會的每一位會友和來賓一項最具本土化的聖誕禮物──台式「聖誕糕」（台語稱爲「聖旦糕」），統統有獎，一人一塊；贈送「聖誕糕」時並說：「聖旦恭喜。」【siéŋ-dàn kiɔ̄ŋ-hi，ㄙㄧㄝㄥˋ ㄉㄢˇ ㄍㄧㄛㄥ一 ㄏㄧˋ】

送完會友和來賓後，「聖旦老阿公」才回教堂的祈禱室或主日學教室卸妝（最主要是將黏在臉上的棉花撕下來），最後將「聖旦老阿公」的紅色套裝收入衣櫃內，至此總算完成教會所賦予的重責大任。

註釋

❶ 因為「誕」字的台語文讀音為【dān，ㄉㄢ一】，見《廣韻》：「誕，徒旱切。」取「徒」【dɔ̂，ㄉㄛˊ】的陽平聲母【d^，ㄉˊ】以及「旱」【hǎn，ㄏㄢ^】的陽上韻母【ǎn，ㄢ^】切合成陽上調【dǎn，ㄉㄢ^】，但「陽上調」發音在台語不明顯，被併入陽去調。

依台語規則變調，「陽上調」、「陽去調」在變調時都轉為「陰去調」。所以「聖誕節」之台語文讀音為【siéŋ-dàn-chiét，ㄙㄧㄝㄥˋ ㄉㄢˇ ㄐㄧㄝㄊˋ】，「誕」由陽去調【dān，ㄉㄢ一】變為陰去調【dàn，ㄉㄢˇ】，而不是通常發音的【siéŋ-dán-chiét，ㄙㄧㄝㄥˋ ㄉㄢˋ ㄐㄧㄝㄊˋ】，「誕」在變調時不應該轉為「陰上調」【dán，ㄉㄢˋ】。

原來上古文中「誕」並無「誕生」的意思，直到《玉篇》（西元五四三年由南朝的梁朝之太學博士「顧野王」撰）才註：「天子生曰降誕。」

「誕」字原意見《說文解字》：「詞誕也。」徐鉉（西元九一六年出生，西元九九一年逝世，五代宋初文學家）注曰：「妄為大言也」。所以成語「荒誕不經」的「誕」就是「言過其實」，也就是「吹牛」的意思。台語的【luàn-duāñ，ㄌㄨㄢˇ ㄉㄥㄨㄚ一】正字就是「亂誕」（胡說八道的意思）。「誕」的口語音是【duāñ，ㄉㄥㄨㄚ一】。

和「誕」同韻母的「旦」口語音為【duàñ，ㄉㄥㄨㄚˇ】，演戲的「花旦」，台語發音為【hūe-duàñ，ㄏㄨㄝ一 ㄉㄥㄨㄚˇ】；另外，和「誕」同韻母的「彈」

聖誕糕的由來

「聖誕糕」是台灣長老教會在聖誕節所準備最具本土化的紀念性食品。台灣的廟宇大都會在神明誕生的日子舉行祭祀慶典，將以米做成的「糕也」【kō-á，ㄍㄛ一 ㄚ丶】作為祭拜的供品；祭拜完，由廟方住持或主事者贈送「糕也」給前來參拜的信徒或會衆。

早年的長老教會會友認為慶祝耶穌基督的生日是一件大喜事，所以在聖誕節前一、兩個禮拜，由教會出面請會做「糕也」的會友或是委託「餅店」【piañ-diàm ,ㄅㄥ一ㄚ ㄉ一ㄚㄇ∨】做「聖誕糕」，在十二月二十四日晚上的「慶祝聖誕禮拜」結束後分贈會友及來賓。為了有別於一般的「糕也」，「聖誕糕」呈長方形（面積和直式明信片略同），上面印著「聖誕快樂」或「聖誕恭喜」字樣；近年來還加印「聖旦老阿公」的圖案。

「聖旦糕也」是以白糯米磨成細緻的粉粒為材料，有的摻黑糖（烏糖），所以做出來是土黃色；有的是摻白砂糖，所以做出來是白色；為了增添喜慶氣氛，於是加了紅色素變成粉紅色；也有直接摻紅色的酸梅干，味道酸甜可口。早年的包裝是用粉紅色薄紙包裹，上面印某某教會敬贈的字樣。後來隨著包裝技術的進步，以透明塑膠袋真空包裝，再裝入印刷精美的紙盒裡。紙盒正面的圖案像似一張聖誕卡，非常引人注目；而為了宣揚福音及耶穌基督的博愛精神，都會在紙盒背面印一些聖經的著名經文以及簡介聖誕節的由來。

西元一九七〇年代之前，台灣的經濟尚處逐漸發展階段，長老教會的「聖誕糕」在許多小朋友的心目中是一項值得懷念珍惜的好吃禮物，教會附近的小朋友聽到教堂免費送「聖誕糕」，都會呼朋引伴相約在教堂門口等著要「聖誕糕」，弄得教會分發「聖誕糕」的負責人員相當為難，因為忽然冒出許多陌生面孔，如果先發了，部分稍後從教堂走出來的會友和來賓就領不到；不發的話，似乎很掃小朋友的興致。

筆者曾多年遇到此種場面（當時擔任主日學老師），於是請小朋友先站在門口邊排成一路，告訴他們等教堂裡面的會友和來賓出來領完後，如果還有剩下再分給大家。有的小朋友沒耐性，等了一下就離開；有耐性的就等到最後。大概有些資深的會友看到排隊等候的小朋友，就對筆者表示：「我的份留給他們好了。」所以每年大致還應付得過去。領到「聖誕糕」的小朋友大都會露出興奮又喜悅的笑容，有的則帶著害羞的臉色說聲謝謝就趕緊離開，此時筆者深深體會到基督教所宣揚的信念：「施比受更有福氣。」

文讀音【dân，ㄉㄢˊ】，「彈鋼琴」【duāñ-kŋ̄-khîm，ㄉㄥㄨㄚ一　ㄍㄥˋ ㄎ一ㄇˊ】的「彈」【duâñ，ㄉㄥㄨㄚˊ】為口語音。

而台語的【dán-sieŋ，ㄉㄢˋ　ㄙ一ㄝㄥ】原本正字為「旦生」，見《唐韻》：「旦，得案切。」取「得」【diék，ㄉ一ㄝㄍˋ】之陰入聲母【d´，ㄉˋ】和「案」【àn，ㄢˇ】之陰去韻母【àn，ㄢˇ】切合成陰去調【dàn，ㄉㄢˇ】。

「旦」本字就依「象形」和「會意」組成，「日」就是太陽的象形字、「一」就是地平線或海平線的象形字，「日」、「一」會意成「旦」，就是太陽從地平線或海平線生出來；「元旦」就是指一年的第一次「日出」。所以「旦」有「出生」的意思，見《說文解字》：「从日見一上。」以及《代醉篇》：「日出一上為旦。」因此，「聖誕節」在台語正字應寫為「聖旦節」。

拾壹之三 聖誕卡聯繫感情

聖誕卡是一張爲慶祝聖誕節而印製的賀卡。圖案內容以耶穌誕生的主題爲最多，或是和聖誕節有關的三位東方的博士、伯利恆之星、聖誕老人、聖誕樹及聖誕燈飾等，另外還包括冬季的雪景、雪花或是各地美麗的風景等等。

每當聖誕節來臨的前一個月開始，在美國和歐洲各地就非常流行互寄聖誕卡，這也是和遠方的親人、親戚、朋友保持聯繫的一種好方法；許多家庭還會隨賀卡附上當年度家庭成員的合照，表示全家由衷道賀和謹致敬意。自西元一九六〇年代起，美洲和歐洲各國郵政當局，爲了配合聖誕節民衆郵寄聖誕卡而發行應節的聖誕郵票。到了西元一九七〇年代，甚至不少曾經是歐洲殖民地的非洲國家郵政當局也加入發行聖誕郵票的行列，目的就是希望從世界各國的集郵迷賺一些外

匯，所以聖誕郵票的圖案設計和印刷都十分精美，也頗具吸引力。

聖誕卡

【siéŋ-dán-kháh】

ㄙㄧㄝㄥˋ ㄉㄢˋ ㄎㄚ˙

聖誕郵票

【siéŋ-dán-iū-phiò】

ㄙㄧㄝㄥˋ ㄉㄢˋ ㄧㄨ ㄆㄧㄛˇ

世界上第一張商業聖誕卡，是西元一八四三年由倫敦的亨利・高爾爵士（Sir Henry Cole）印製，卡片上印著由John Callcott Horsley繪製、圖案主題是一家人在聖誕節喝酒的畫像。

而高爾早在當時的三年前（西元一八四〇年）就替英國剛創辦的廉價郵政服務（Penny Post，就是現代的新式郵政），印製了一批共一千張聖誕卡，並且以每張一先令的價格發售。西元二〇〇五年十二月，這批聖誕卡的其中一張，在拍賣會中以接近九千英鎊的高價成交。

台灣自西元一九六一年起，由行政院明令十二月二十五日這一天同時慶祝「行憲紀念日」，紀念在西元一九四七年十二月二十五日制訂的「中華民國憲法」，所以很湊巧地聖誕節也放假一天。

西元一九九八年，台灣實施隔週週休二日，當時行政院以十二月二十五日放假可以跟國際接軌爲由而維持放假；但西元二〇〇一年正式實施雙休日制之後，行憲紀念日已經不放假（但部份適用工時雙週八十四小時制的勞工，仍然有放假），不過民衆慶祝聖誕節的氣氛卻愈來愈濃厚。

拾貳、辦桌吃「尾牙」

陰曆十二月十五日（或十六日）

商場的生意人，每逢陰曆初一、十五或初二、十六要打一次牙祭慰勞員工，爲什麼呢？原來這是台灣生意人祭拜土地公的日子，在祈求土地公保佑之餘，老闆便將祭拜的供品當作加菜，慰勞員工。

所以在陰曆二月初一或初二是每年頭一次做牙，稱做「頭牙」；而陰曆十二月十五或十六是每年最後一次做牙，便稱爲「尾牙」。

後來，這樣的習俗漸漸演變成各商家公司行號、甚至工廠的「頭家」，都要在尾牙當天宴請員工，以犒賞大家過去一年來的辛勞。

拾貳之一 頭牙尾牙，員工打牙祭

在傳統上，只有經商的廈門和泉州裔人家過尾牙[1]，主要以務農維生的漳州裔人家根本沒有所謂的「尾牙」。

因爲商場的生意人除了陰曆正月過年，其餘月份，每逢陰曆初一、十五或在初二、十六要打一次牙祭慰勞員工[2]，究其原因，原來這幾天是台灣的生意人（台語稱爲「生理俍」）祭拜土地公福德正神的日子，希望能保佑平安。

在陰曆二月初一或初二是每年頭一次做牙，稱做「頭牙」；陰曆十二月十五或十六是每年最後一次做牙，稱爲「尾牙」。老闆（台語稱爲「頭家」）就把祭拜的供品當作加菜慰勞員工；而員工稱好吃的供品爲「好料兮」。

後來漸漸演變成各商家公司行號、甚至工廠的「頭家」都要在尾牙當天宴請員工，以犒賞過去一年來大家的辛勞，順便提早頒發獎金給表現優良的員工。

以前的舊習俗，如果頭家在來年不預備繼續聘用某位員工，就在尾牙筵席中以全雞這道菜的「雞頭」對準該位員工，暗示解聘的意思。

不過此種習俗，因爲經常引起不被續聘員工不悅，輕者當場和「頭家」起爭執互相指責怒罵；重者發飆動手修理「頭家」，甚至大動干戈而發生傷亡不幸事件。爲了避免發生不愉快的事情發生，如今「雞頭對員工」的習俗已經絕跡了。

外燴（台語稱爲「辦桌兮」）和餐廳業者也爲了避免引起不必要的誤會或尷尬場面，於是在尾牙宴上「全雞」的這一道菜（台語稱爲「即齣菜」），都會囑咐做

我來唸台語

生理俍（生意人）

【siēŋ-li-lâŋ】

ㄙㄧㄝㄥㄧ　ㄌㄧ　ㄌㄤˊ

頭牙

【tāu-gê】

ㄊㄠㄧ　ㄍ˝ㄝˊ

頭家（老闆）

【tāu-ke】

ㄊㄠㄧ　ㄍㄝ

好料兮

【ho-liāu-ē】

ㄏㄛ　ㄌㄧㄠㄧ　ㄝㄧ

雞頭

【kē-tâu】

ㄍㄝㄧ　ㄊㄠˊ

辦桌兮（外燴）

【pàn-dóh-è】

ㄅㄢˇ　ㄉㄛ˙　ㄝˇ

即齣菜（這道菜）

【chit-tsut-tsài】

ㄐㄧㄊ　ㄘㄨㄊ　ㄘㄞˇ

菜餚的師傅先將雞頭斬掉，所以現代台語的俗諺流行一句：「尾牙雞頭去了了。」【bue-gê kē-tâu khí-liau-liáu， ㄅˇㄨㄝ ㄍˇㄝˊ ㄍㄝ一 ㄊㄠˊ ㄎ一ˋ ㄌ一ㄠ ㄌ一ㄠˋ】

拾貳之二 割一刀，素包變割包

按照廈門和泉州裔人家的習俗，在尾牙當天晚上，全家人團圓聚在一起「吃尾牙」（廈門腔稱爲「嚼尾牙」），主要的食物是「潤餅」[3]和「割包」。

廈門和泉州人稱「潤餅」，至於潤餅的詳細介紹，請參看本書第肆章的內文。

所謂的割包，是將不摻料的素包子以刀子切割一刀，方便夾各種配料，所以稱爲「割包」；現今的割包已經做成有缺口狀，所以不必再操刀一次。

割包裡包的食物是五花肉、酸菜、筍干、香菜、花生粉等，都是美味可口的鄉土食品。

嚼尾牙（吃尾牙）

【chiàh-be-gê】

ㄐ一ㄚㄏˇ ㄅˇㄝ ㄍˇㄝˊ

潤餅

【jùn-piáñ 】

ㄗˇㄨㄣˇ ㄅㄥ一ㄚˋ

割包

【kuá(h)-pau】

ㄍㄨㄚˋ ㄅㄠ

茲將上述華語字詞與台語字詞、拼音之對照列表於下：

華語	台語	國際音標	注音符號
五花肉	三層膊	sā m-chā n-báh	ㄙㄚㄇ一　ㄗㄢ一　ㄅ˜ㄚ˙
酸菜	鹹菜	kiā m-tsài	ㄍ一ㄚㄇ一　ㄘㄞˇ
筍干	筍干	sun-kuañ	ㄙㄨㄣ　ㄍㄥㄨㄚ
香菜	芫荽	iē n-sui	一ㄝㄣ一　ㄙㄨ一
花生粉	塗豆麩	tɔ̄-dàu-hu	ㄊɔ一　ㄉㄠˇ　ㄏㄨ

註釋

❶ 尾牙的台語漳州腔發音是【bue-gê，ㄅ˜ㄨㄝ　ㄍ˜ㄝˊ】、廈門腔發音為【be-gê，ㄅ˜ㄝ　ㄍ˜ㄝˊ】、泉州腔發音是【bə-gê，ㄅ˜ㄜ　ㄍ˜ㄝˊ】。

❷ 在台語稱為「做牙請薪勞（員工）」【chó-gê tsiañ-sī n-lô（uā n-kaŋ），ㄗㄛˋ　ㄍ˜ㄝˊ　ㄑㄥ一ㄚ　ㄙ一ㄣ一　ㄌㄛˊ（ㄨㄢ一　ㄍㄤ）】。

❸ 來台灣移民的祖先為漳州籍，在清明時節照俗例要吃潤餅（嚼潤餅）。所以台語的俗諺：「漳州侬（人）清明嚼（吃）潤餅，泉州侬（人）尾牙嚼（吃）潤餅。」【chiā ŋ-chiū-lâŋ tsiē ŋ-biêŋ chiàh-jùn-piáñ，chuàn-chiū-lâŋ be-gê chiàh-lùn-piáñ, ㄐ一ㄤ一　ㄐ一ㄨ一　ㄌㄤˊ　ㄑ一ㄝㄥ一　ㄅ˜一ㄝㄥˊ　ㄐ一ㄚㄏˇ　ㄗ˜ㄨㄣˇ　ㄅㄥ一ㄚˋ，ㄗㄨㄢˇ　ㄐ一ㄨ一　ㄌㄤˊ　ㄅ˜ㄝ　ㄍ˜ㄝˊ　ㄐ一ㄚㄏˇ　ㄌㄨㄣˇ　ㄅㄥ一ㄚˋ】

猜謎：「美國割包」是什麼？

【bi-kɔk-kuá(h)-pau ,ㄅˇㄧ ㄍɔㄍ ㄍㄨㄚˋ ㄅㄠ】)

■ 謎底

「漢堡」

■ 解謎題

早年，台灣留學生前往美國深造，留在美國就業略有成就後，接父母親前往美國遊玩；當代的父母親大都不諳英語，嚐到「漢堡」時，就問子女如何稱呼這種食物，一般都以英語的"hamburg"回答。

年紀大的父母親一則發音不清，二則無法記住"hamburg"這名稱，於是便因爲「漢堡」中間夾肉片，外形頗像台灣的割包，不少年紀大的長者乾脆（台語稱爲「規氣」）就稱呼「漢堡」爲「美國式割包」，簡稱爲「美國割包」（發音）。

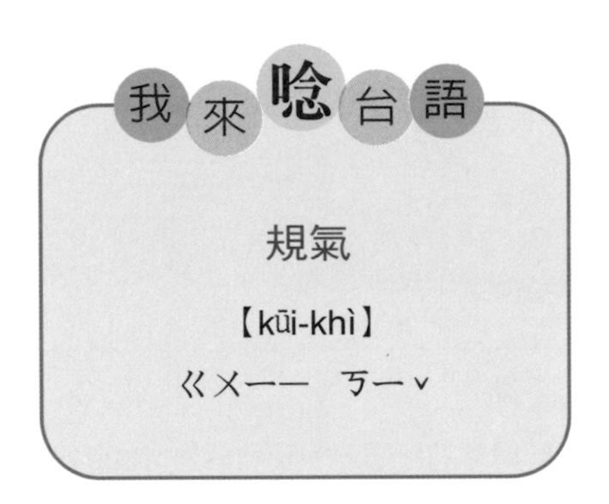

第二部

一口台語吃四方

【台灣美食字詞】

民以食為天！台語俗話說「嚼飯皇帝大」，更傳神地形容了飲食對普羅大家的重要性。

在台灣，如果你能說一口流利的台語，那麼不僅能應用許多美食的正確用詞，如：「油炙粿」、「策也麵」、「輦物」、「綠豆胖」、「九棧疊」、「茼也菜」和「桲也」等，更能解釋許多華語無法詮釋的語言用詞。

領略台語的奧妙，在會心一笑之餘，即使你的嘴不大，也可以吃遍四方美食。

壹、食與主食

你知道「吃稀飯」、「吃葷」的台語如何說嗎？
你聽得懂「糴米」和「糶米」是什麼意思嗎？
原來「糴米」就是現代語的「買米」；
而「糶米」就是現代語的「賣米」……

壹之一 食

華語	台語	國際音標	注音符號
食	食	sı̍t	ㄙㄧㄊ一
食物	食物	sìt-bū̍t	ㄙㄧㄊˇ ㄅ"ㄨㄊ一
食品	食品	sìt-phín	ㄙㄧㄊˇ ㄆㄧㄣˋ
糧食	糧食	niū-sı̍t	ㄋㄧㄨ一 ㄙㄧㄊ一
乾糧	凋糧	dā-niû	ㄉㄚ一 ㄋㄧㄨˊ
主食	主食	chu-sı̍t	ㄗㄨ ㄙㄧㄊ一
副食	副食	hú-sı̍t	ㄏㄨˋ ㄙㄧㄊ一
米食	米食	bi-sı̍t	ㄅ"ㄧ ㄙㄧㄊ一
麵食	麵食	mì-sı̍t	ㄇㄧˇ ㄙㄧㄊ一
素食	素食	sɔ́-sı̍t	ㄙƆˋ ㄙㄧㄊ一
肉食	腬食	bá(h)-sı̍t	ㄅ"ㄚˋ ㄙㄧㄊ一
草食	草食	tsau-sı̍t	ㄘㄠ ㄙㄧㄊ一
雜食	雜食	chàp-sı̍t	ㄗㄚㄅˇ ㄙㄧㄊ一
速食	速食	sɔk-sı̍t	ㄙƆㄍ ㄙㄧㄊ一

華語	台語	國際音標	注音符號
食堂	食堂	sìt-dŋ̂	ㄙㄧㄊˇ ㄉㄥˊ
食客	食客	sìt-khéh	ㄙㄧㄊˇ ㄎㄝ˙
食譜	食譜	sìt-phɔ́	ㄙㄧㄊˇ ㄆㆦˋ
食用油	食用油	sìt-iɔ̀ŋ-iû	ㄙㄧㄊˇ ㄧㆦㄥˇ ㄧㄨˊ
食用糖	食用糖	sìt-iɔ̀ŋ-tŋ̂	ㄙㄧㄊˇ ㄧㆦㄥˇ ㄊㄥˊ

壹之二 吃

華語	台語	國際音標	注音符號
吃	嚼	chiāh	ㄐㄧㄚㄏˉ
吃東西	嚼乜件	chiàh-mìh-kiāñ	ㄐㄧㄚㄏˇ ㄇㄧㄏˇ ㄍㄥㄧㄚˉ
食物	嚼乜	chiàh-mīh	ㄐㄧㄚㄏˇ ㄇㄧㄏˉ
吃飯	嚼飯	chiàh-pŋ̄	ㄐㄧㄚㄏˇ ㄅㄥˉ
吃稀飯	嚼糜	chiàh-mûe	ㄐㄧㄚㄏˇ ㄇㄨㄝˊ
吃米	嚼米	chiàh-bí	ㄐㄧㄚㄏˇ ㆠㄧˋ
吃麵	嚼麵	chiàh-mī	ㄐㄧㄚㄏˇ ㄇㄧˉ
吃素	嚼素	chiàh-sɔ̀	ㄐㄧㄚㄏˇ ㄙㆦˇ
吃菜	嚼菜	chiàh-tsài	ㄐㄧㄚㄏˇ ㄘㄞˇ
吃草	嚼草	chiàh-tsáu	ㄐㄧㄚㄏˇ ㄘㄠˋ
吃魚	嚼魚	chiàh-hî	ㄐㄧㄚㄏˇ ㄏㄧˊ
吃肉	嚼膊	chiàh-báh	ㄐㄧㄚㄏˇ ㆠㄚ˙
吃葷	嚼臊	chiàh-tso	ㄐㄧㄚㄏˇ ㄘㄜ
吃酒	嚼酒	chiàh-chiú	ㄐㄧㄚㄏˇ ㄐㄧㄨˋ
吃冰	嚼冰	chiàh-pieŋ	ㄐㄧㄚㄏˇ ㄅㄧㄝㄥ
吃飽	嚼飽	chiàh-pá	ㄐㄧㄚㄏˇ ㄅㄚˋ

華語	台語	國際音標	注音符號
吃完	嚼了	chiàh-liáu	ㄐㄧㄚㄏˇ ㄌㄧㄠ丶
吃垮	嚼倒	chiàh-dó	ㄐㄧㄚㄏˇ ㄉㄜ丶
嚼菸葉	嚼薰葉	chiàh-hūn-hiōh	ㄐㄧㄚㄏˇ ㄏㄨㄣㄧ ㄏㄧㄜㄏㄧ
抽菸	嚼薰	chiàh-hun	ㄐㄧㄚㄏˇ ㄏㄨㄣ

壹之三 主食

一、米類

華語	台語	國際音標	注音符號
主食	主食	chu-sīt	ㄗㄨ ㄙㄧㄊㄧ
米類	米類	bi-lūi	ㄅ゛ㄧ ㄌㄨㄧㄧ
水稻	水粙	chui-diū	ㄗㄨㄧ ㄉㄧㄨㄧ
稻子	粙也	diū-á	ㄉㄧㄨㄧ ㄚ丶
稻穗	粙穗	diù-sūi	ㄉㄧㄨˇ ㄙㄨㄧㄧ
稻穀	粙穀	diù-kɔ̄k	ㄉㄧㄨˇ ㄍㆦㄍ丶
穀子	粟也	tsiek-á	ㄑㄧㄝㄍ ㄚ丶
曬穀子	曝粟也	phàk-tsiek-á	ㄆㄚㄍˇ ㄑㄧㄝㄍ ㄚ丶
穀倉	粟倉	tsiek-tsŋ	ㄑㄧㄝㄍ ㄘㄥ
搗米	舂米	chiēŋ-bí	ㄐㄧㄝㄥㄧ ㄅ゛ㄧ丶
碾米	絞米	ka-bí	ㄍㄚ ㄅ゛ㄧ丶
碾米廠	米絞也	bi-ka-á	ㄅ゛ㄧ ㄍㄚ ㄚ丶
米糠	米糠	bi-khŋ	ㄅ゛ㄧ ㄎㄥ
粗糠	粗糠	tsɔ̄-khŋ	ㄘㆦㄧ ㄎㄥ
糙米	糙米	tsó-bí	ㄘㄜ丶 ㄅ゛ㄧ丶

華語	台語	國際音標	注音符號
白米	白米	pèh-bí	ㄅㄝㄏˇ ㄅ˙ㄧˋ
黑米	烏米	ɔ̄-bí	ㄛㄧ ㄅ˙ㄧˋ
黏米	黏米	liām-bí	ㄌㄧㄚㄇㄧ ㄅ˙ㄧˋ
糯米	秫米	chùt-bí	ㄗㄨㄊˇ ㄅ˙ㄧˋ
在來米	在來米	chài-lāi-bí	ㄗㄞˇ ㄌㄞㄧ ㄅ˙ㄧˋ
蓬萊米	蓬萊米	phɔ̄ŋ-lāi-bí	ㄆㄛㄥㄧ ㄌㄞㄧ ㄅ˙ㄧˋ
米糧	米糧	bi-niû	ㄅ˙ㄧ ㄋㄧㄨˊ

「糴米」、「糶米」？

古字的「糴米」、「糶米」，是台語保存最文雅的古音。

「糴米」【diàh-bí , ㄉㄧㄚㄏˇ ㄅ˙ㄧ】就是現代語的「買米」；而「糶米」【tiò-bí , ㄊㄧㄛˋ ㄅ˙ㄧ】就是現代語的「賣米」。

《廣韻》：「糴，入米也，徒歷切。」取「徒」【dɔ̂, ㄉㄛˊ】的陽濁聲母【dˆ, ㄉˊ】和「歷」【liēk , ㄌㄧㄝㄍㄧ】的陽入韻母【iēk , ㄧㄝㄍㄧ】，切合成【diēk , ㄉㄧㄝㄍㄧ】。【iek , ㄧㄝㄍ】的文讀音韻母在台語口語音可訓讀爲【iah , ㄧㄚㄏ】。

「主席」【chu-siēk, ㄗㄨ ㄙㄧㄝㄍㄧ】中「席」的文讀音爲【siēk, ㄙㄧㄝㄍㄧ】，在「筵席」【iēn-siāh , ㄧㄝㄣㄧ ㄙㄧㄚㄏㄧ】中「席」口語音【siāh , ㄙㄧㄚㄏㄧ】。

同理，「糴」的文讀音爲【diēk , ㄉㄧㄝㄍㄧ】、口語音爲【diāh , ㄉㄧㄚㄏㄧ】。「翟」字在《廣韻》：「徒歷切。」文讀音亦爲【diēk , ㄉㄧㄝㄍㄧ】，所以「翟」字在「糴」字中成爲「聲符」，也就是表示該字發聲的符號。

《左傳莊公二十八年》：「臧孫辰告糴于齊。」《疏》：「買穀曰糴；告糴者，將貨財告齊（國），以買穀。」

台語說：「去糶十斤米。」就是「去買十斤米」的意思。

「糶，他弔切」，取「他」【ta，ㄊㄚ】的陰清聲母【t，ㄊ】和「弔」【diàu，ㄉㄧㄠˋ】的陰去韻母【iàu，ㄧㄠˋ】，切合成爲【tiàu，ㄊㄧㄠˋ】。【iau，ㄧㄠ】文讀音韻母在台語口語音可訓讀爲【io，ㄧㄛ】。

「招待」【chiāu-dāi，ㄐㄧㄠ一 ㄉㄞ一】中「招」的文讀音發音爲【chiau，ㄐㄧㄠ】，在「招呼」【chiō-hɔ，ㄐㄧㄛ一 ㄏㄛ】中「招」口語音爲【chio，ㄐㄧㄛ】。

同理，「糶」的文讀音爲【tiàu，ㄊㄧㄠˋ】、口語音發音爲【tiò，ㄊㄧㄛˇ】。

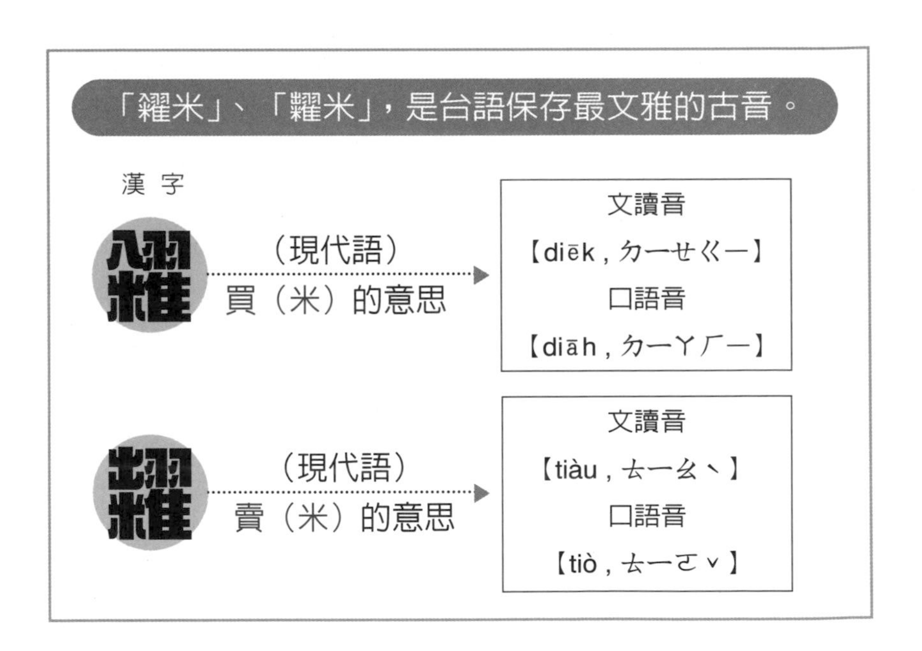

《說文解字》：「糶，出穀也。」「出穀」就是「出脫稻穀」、「賣出稻穀」的意思，台語說：「糶一百斤米。」就是「賣一百斤米」的意思。

「糴」、「糶」都是古文中的正字、雅字，只因爲北京話的口語幾乎不再使用這兩個字，一般人知道這兩個字的不多，而能夠將「糴」、「糶」的文讀音訓爲口語音的則更少，才會造成所謂台語專家異口同聲說：「【diāh，ㄉㄧㄚㄏㄧ】和【tiò，ㄊㄧㄛˇ】根本是有音無字。」

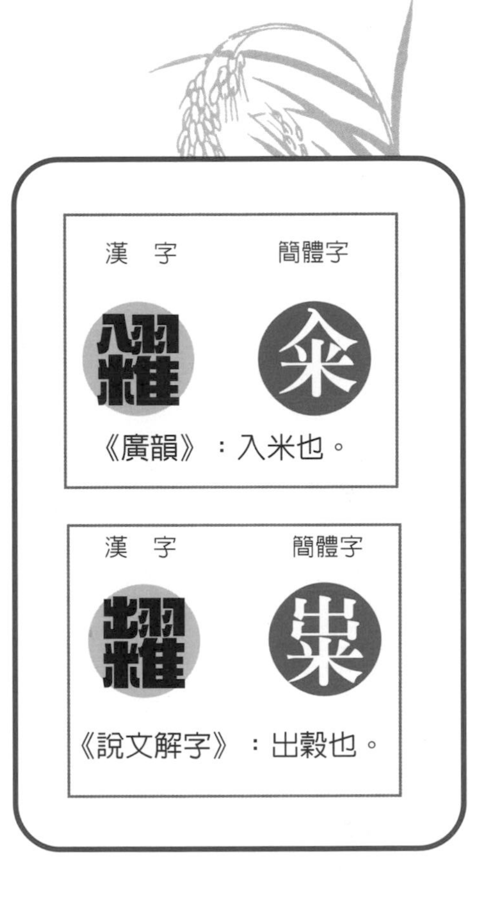

有些專家還酸酸地說：「糴、糶都是借意字。」殊不知「糴」、「糶」皆爲台語實實在在的正音、正字。

由於「糴」、「糶」兩字筆畫太多，所以在中國大陸將「翟」旁去掉，分別簡寫成「籴」、「粜」。

二、麥類

華語	台語	國際音標	注音符號
麥類	麥也類	bēh-a-lūi	ㆠㄝㄏㄧ ㄚ ㄌㄨㄧㄧ
麥子	麥也	bēh-á	ㆠㄝㄏㄧ ㄚˋ
麥穗	麥穗	bèh-sūi	ㆠㄝㄏˇ ㄙㄨㄧㄧ
麥芽	麥芽	bèh-gê	ㆠㄝㄏˇ ㆣㄝˊ
麥麩	麥麩	bèh-hu	ㆠㄝㄏˇ ㄏㄨ
麥片	麥片	bèh-phìñ	ㆠㄝㄏˇ ㄆㄥㄧˇ
麥角	麥角	bèh-kák	ㆠㄝㄏˇ ㄍㄚㄍˋ
小麥	小麥	sio-bēh	ㄙㄧㄜ ㆠㄝㄏㄧ
大麥	大麥	duà-bēh	ㄉㄨㄚˇ ㆠㄝㄏㄧ
春麥	春麥	tsūn-bēh	ㄘㄨㄣㄧ ㆠㄝㄏㄧ
燕麥	燕麥	ién-bēh	ㄧㄝㄣˋ ㆠㄝㄏㄧ
黑麥	烏麥	ɔ̄-bēh	ㆦㄧ ㆠㄝㄏㄧ
麵粉	麵粉	mì-hún	ㄇㄧˇ ㄏㄨㄣˋ
麵包	麵包	mì-pau	ㄇㄧˇ ㄅㄠ
黑麵包	烏麵包	ɔ̄-mì-pau	ㆦㄧ ㄇㄧˇ ㄅㄠ

三、雜糧

華語	台語	國際音標	注音符號
雜糧	雜糧	chàp-niû	ㄗㄚㄅˇ ㄋㄧㄨˊ
玉米	番麥	huān-bēh	ㄏㄨㄢㄧ ㆠㄝㄏㄧ
番薯	番薯	hān-chî	ㄏㄢㄧ ㄐㄧˊ
馬鈴薯	馬鈴薯	ma-liēŋ-chî	ㄇㄚ ㄌㄧㄝㄥㄧ ㄐㄧˊ
樹薯	樹薯	tsiù-chî	ㄘㄧㄨˇ ㄐㄧˊ
芋頭	芋也	ɔ̄-á	ㆦㄧ ㄚˋ
高粱	高粱	kō-liɔ̂ŋ	ㄍㄜㄧ ㄌㄧㆦㄥˊ

貳、米食和麵食

台灣有兩樣傳統美食，稱爲「紅龜粿」和「紅龜」。「紅龜」是用麵粉做成；「紅龜粿」則是用糯米做成。

這兩樣美食，用途相同的是都用於祝壽慶生，但是「紅龜粿」的用途比「紅龜」廣，主要是閩南與台灣地區盛產稻米，而「紅龜粿」的材料是糯米，價格便宜又容易取得的緣故……

貳之一 米食

華語	台語	國際音標	注音符號
米食	米食	bi-sīt	ㄅˊㄧ ㄙㄧㄊㄧ
洗米水	潘	phun	ㄆㄨㄣ
米汁	飲	ám	ㄚㄇ丶
稀飯	糜	mûe , mê	ㄇㄨㄝˊ , ㄇㄝˊ
米飯	米飯	bi-pn̄g	ㄅˊㄧ ㄅㄥㄧ
油飯	油飯	iū-pn̄g	ㄧㄨㄧ ㄅㄥㄧ
煮飯	煮飯	chi-pn̄g	ㄐㄧ ㄅㄥㄧ
炒飯	炒飯	tsa-pn̄g	ㄘㄚ ㄅㄥㄧ
蒸飯	炊飯	tsūe-pn̄g	ㄘㄨㄝㄧ ㄅㄥㄧ
熱飯	燒飯	siō-pn̄g	ㄙㄧㄜㄧ ㄅㄥㄧ
冷飯	冷飯	lieŋ-pn̄g	ㄌㄧㄝㄥ ㄅㄥㄧ
過頓冷飯	清飯	tsín-pn̄g	ㄑㄧㄣ丶 ㄅㄥㄧ
盛飯	貯飯	de-pn̄g	ㄉㄝ ㄅㄥㄧ
端飯	捧飯	phāŋ-pn̄g	ㄆㄤㄧ ㄅㄥㄧ

華語	台語	國際音標	注音符號
飯團	飯團	pn̄g-tuân	ㄅㄥˇ ㄊㄨㄢˊ
飯丸	飯丸	pn̄g-uân	ㄅㄥˇ ㄨㄢˊ
鍋粑	鼎疕	diañ-phí	ㄉㄥㄧㄚ ㄆㄧˋ
飯粑	飯疕	pn̄g-phí	ㄅㄥˇ ㄆㄧˋ
米製糕點	糕也	kō-á	ㄍㄛㄧ ㄚˋ
蒸年糕	炊粿	tsūe-kúe	ㄘㄨㄝㄧ ㄍㄨㄝˋ
甜年糕	甜粿	dīñ-kúe	ㄉㄥㄧㄧ ㄍㄨㄝˋ
鹹甜年糕	鹹甜粿	kiām-dīñ-kúe	ㄍㄧㄚㄇㄧ ㄉㄥㄧㄧ ㄍㄨㄝˋ
紅豆年糕	紅豆也甜粿	āŋ-dàu-a-dīñ-kúe	ㄤㄧ ㄉㄠˇ ㄚ ㄉㄥㄧㄧ ㄍㄨㄝˋ
蘿蔔糕	菜頭粿	tsái-tāu-kúe	ㄘㄞˋ ㄊㄠㄧ ㄍㄨㄝˋ
炸蘿蔔糕	糋粿	chíñ-kúe	ㄐㄥㄧˋ ㄍㄨㄝˋ
發糕	發粿	huat-kúe	ㄏㄨㄚㄊ ㄍㄨㄝˋ
紅龜糕	紅龜粿	āŋ-kū-kúe	ㄤㄧ ㄍㄨㄧ ㄍㄨㄝˋ
碗糕	碗粿	uañ-kúe	ㄥㄨㄚ ㄍㄨㄝˋ
油蔥糕	油蔥粿	iū-tsāŋ-kúe	ㄧㄨㄧ ㄘㄤㄧ ㄍㄨㄝˋ
豬血糕	豬血粿	dī-hué(h)-kúe	ㄉㄧㄧ ㄏㄨㄝˋ ㄍㄨㄝˋ
粿粞[1]	粿粞	kue-tsè	ㄍㄨㄝ ㄘㄝˇ
粿條	粿也	kue-á	ㄍㄨㄝ ㄚˋ
湯圓	圓也	īñ-á	ㄥㄧㄧ ㄚˋ
做湯圓的米屑	圓也粞	īñ-a-tsè	ㄥㄧㄧ ㄚ ㄘㄝˇ
糯米飯	米糕	bi-ko	ㄅ˝ㄧ ㄍㄛ
米粉	米粉	bi-hún	ㄅ˝ㄧ ㄏㄨㄣˋ
粉狀米屑	米粞[2]	bi- tsè	ㄅ˝ㄧ ㄘㄝˇ
米篩目[3]	米 篩 目	bi-tāi-bāk	ㄅ˝ㄧ ㄊㄞㄧ ㄅ˝ㄚㄍㄧ
粉圓	粉圓	hun-îñ	ㄏㄨㄣ ㄥㄧˊ
粉條[4]	粉條	hun-diâu	ㄏㄨㄣ ㄉㄧㄠˊ

「紅龜粿」倒底是什麼粿？

在台灣有一種食物稱爲「紅龜粿」，名稱比「紅龜」多一個字，沒吃過的人大多弄不清楚「紅龜粿」和「紅龜」有什麼不同。

這兩者外形稍有差異，「紅龜」從側面看像隆起的龜殼，也像座小山丘；「紅龜粿」從側面看像一塊大餅，從上看是橢圓形，用木刻模印蓋上龜殼圖紋。兩者相同的是紅色橢圓形外皮及裡面的紅豆餡，至於素材則大不同。「紅龜」是用麵粉做成；「紅龜粿」則是用糯米做成。

在用途上，兩者相同的都是用於祝壽慶生，但是「紅龜粿」的用途更廣，祭神、祭祖、過年、過節都可派上用場。

爲何「紅龜」用途較少？主要是閩南、台灣盛產稻米，「紅龜粿」的材料是糯米，價格便宜又容易取得。在西元一九五〇年代以前，做「紅龜」的麵粉得自外地輸入，而且又限量，價格當然貴，所以只用在比較特殊的場合；就算後來有美國援助麵粉，而現今麵粉的價格也很便宜，吃到「紅龜」的機會仍然很少，在一般糕餅店也買不到，只有少數傳統糕餅店還接受「注文」【chú-bûn ,ㄗㄨˋ ㄅ"ㄨㄣˊ】（從日語引進的詞彙，就是訂購的意思）。因此在台灣年輕的一輩不要說是沒吃過「紅龜」，可能從未聽過「紅龜」是什麼玩意。

因爲「紅龜粿」用糯米（台語稱爲「秫米」【chùt-bí ,ㄗㄨㄊˇ ㄅ"ㄧˋ】）做成，而糯米黏性強，所以放入蒸籠之前，必須在粿底抹上花生油或麻油再墊上荷葉或竹葉，直到要吃的時候才將荷

葉或竹葉撕下。而做「紅龜」則比較簡單，只要在紅龜底附上一張白紙，就可送入蒸籠，當然在食用前也得先將紙撕下。

至於糯米如何做成粿皮？其中學問可就大了。做粿師傅指導學徒的第一口訣：「做粿愛（要）先做粿粞【kue-tsè ,ㄍㄨㄝ ㄘㄝˇ】。」

以往都是母親指導女兒做粿的手藝，筆者的外婆早逝，先母的手藝都由大舅媽（台語稱為「大妗」【dùa-kīm , ㄉㄨㄚˇ ㄍㄧㄇㄧ】）教導，所以俗諺說得好：「長嫂如母。」

以前人做粿粞相當辛苦，首先要準備專用的圓形石磨（台語稱為石硍【chiòh-ue ,ㄐㄧㄛㄏˇ ㄨㄝ】），先將糯米倒入石磨孔內，再將清水慢慢倒入，然後推動硍柄（台語稱為挼【ue、ㄨㄝ 或e、ㄝ】），硍內的米和水被挼成米汁，再從石硍下面洞口流出，滴入已備妥的水桶內布袋。

滿了以後，用繩索將布袋綁緊，再將裝滿米汁的布袋放在特製木架上，然後用大石頭鎮壓；水受壓擠，漸漸滲出布袋，等到袋中水大都滲出，鬆綁打開，將袋中米團倒出，再撒些細粉、摻紅色料，用力搓

紅龜粿

【āŋ-kū-kúe】

ㄤㄧ ㄍㄨㄧ ㄍㄨㄝˋ

紅龜

【āŋ-ku】

ㄤㄧ ㄍㄨ

秫米（糯米）

【chùt-bí】

ㄗㄨㄊˇ ㄅ˝ㄧˋ

籠盛（蒸籠）

【lāŋ-sŋ̂】

ㄌㄤㄧ ㄙㄥˊ

揉均勻，就做成粿粞。現在做粿粞方便多了，先用電動磨米機，再用濾水機，很快就可以做成泥狀米團。

接著用木棍將粿粞滾平，攤平後就用橢圓形模壓成一片一片，然後包紅豆餡，再用木刻模印蓋上龜殼圖紋，就成爲名副其實的紅龜；龜底抹油貼上葉子，最後一隻一隻送進蒸籠，蒸熟出籠，就是可口美味的甜食。

華語	台語	國際音標	注音符號
粿粽	粿糉	kue-chàŋ	ㄍㄨㄝ ㄗㄤˇ
肉粽	膊糉	bá(h)-chàŋ	ㄅ˝ㄚ˙ ㄗㄤˇ
甜粽	甜糉	dī ñ-chàŋ	ㄉㄥ一一 ㄗㄤˇ
鹹粽	鹼糉	kī ñ-chàŋ	ㄍㄥ一一 ㄗㄤˇ
漳州粽	漳州糉	chiāŋ-chiū-chàŋ	ㄐ一ㄤ一 ㄐ一ㄨ一 ㄗㄤˇ
泉州粽	泉州糉	chuān-chiū-chàŋ	ㄗㄨㄢ一 ㄐ一ㄨ一 ㄗㄤˇ
麻荖	麻荖	mā-láu	ㄇㄚ一 ㄌㄠˋ
麻糬[5]	麻餈	muā-chî	ㄇㄨㄚ一 ㄐ一ˊ
紅豆餈	紅豆餈	āŋ-dàu-chî	ㄤ一 ㄉㄠˇ ㄐ一ˊ
花生餈	塗豆餈	tɔ̄-dàu-chî	ㄊㄛ一 ㄉㄠˇ ㄐ一ˊ
爆米花	磅米芳	pɔ̄ŋ-bi-phaŋ	ㄅㄛㄥˇ ㄅ˝一 ㄆㄤ

註釋

❶ 類篇：「米粹曰粞。」集韻：「粞，米屑。思計切。」「思計切」取「思」【su，ㄙㄨ】的陰清聲母（子音）【s，ㄙ】和「計」【kè，ㄍㄝˇ】的陰去聲韻母（母音）【è，ㄝˇ】切合成陰去音調【sè，ㄙㄝˇ】。
在台語的文讀音聲母為【s，ㄙ】的「試」【sì，ㄙ一ˇ】、「手」【siu，ㄙ一ㄨˋ】其口語音轉發為「試」【tsì，ㄘ一ˇ】、「手」【tsiú，ㄘ一ㄨˋ】，也就是文讀音的【s，ㄙ】聲母轉發為口語音的【ts，ㄘ】聲母，故可循此法則，將「粞」的文讀音【sè，ㄙㄝˇ】轉發為口語音【tsè，ㄘㄝˇ】。

❷「米粞」簡單地說就是：將米和水一起磨研後，裝在布袋內綁緊，再壓濾其中水分而形成類似麵團狀的米屑，用來做成「粿」、「圓也」（湯圓）等米製食物。如果作為「粿」之用，稱為「粿粞」；作為「圓也」（湯圓）之用，則稱為「圓也粞」。

❸ 在來米磨成米漿，脫過水之後，就變成米粞。將米粞混拌適量的地瓜粉（台語稱為番薯粉【hān-chī-hún，ㄏㄢ一 ㄐ一一 ㄏㄨㄣ丶】）或太白粉【tái-pèh-hún，ㄊㄞ丶 ㄅㄝㄏˇ ㄏㄨㄣ丶】，接著將拌過粉的米粞用力搓過米篩目板的孔眼（台語稱為「目」【bāk，ㄅ˜ㄚㄍ一】），讓穿出孔眼的雪白米條掉落下面的熱鍋滾水中，煮成一條一條的米篩目；再將煮熟的米篩目撈起來，放在竹籮篩框內，用冷開水沖泡幾遍，使溫度下降免得黏在一起。

米篩目可以做成甜的或鹹的點心。大熱天，挑到田裡補充「做田人」（台語稱為「做田佷」【chó-tsān-lâŋ，ㄗㄛ丶 ㄘㄢ一 ㄌㄤ╯】或是「做穡佷」【chó-sit-lâŋ，ㄗㄛ丶 ㄙ一ㄊ ㄌㄤ╯】）的體力，一般是放了糖水和一些碎冰，吃起來清涼舒暢的甜米篩目；如果將肉絲、豆芽菜、韮菜放進鍋中，和米篩目一起煮，則做成鹹的口味。

❹ 製作粉條的方法和米篩目相似，只是材料用太白粉，可以做成甜的或鹹的點心。

❺「餈」在北京話是屬於罕用字。

台灣人經過日本人五十年統治，再加上國民黨政權五十多年來對台灣鄉土語文的壓制，許多台語常用語詞的正字幾乎到了無人研究的窘境。在商言商，為了將北京話無法表達的台語字詞用漢字寫出，商人只好硬著頭皮自創文字，因為「麻餈」是米做成的，所以利用「番薯」的「薯」，造出諧音的「麻糬」，有的甚至在「麻」的左旁加了米字作為部首，說起來也算是有造字的天份與勇氣；如今積非成是，筆者認為在此有加以說明的必要。

「餈」字最早出處可參見《周禮天官籩人》：「羞籩之實，糗餌粉餈。」疏：「今餈糕之名出於此。」「麻餈」用糯米做成的，所以容易黏手，因此做成扁圓形之後必須裹上太白粉或番樹粉，才不至於每個「麻餈」都黏在一起而不便於取食。

《廣韻》：「餈，飯餅也。疾資切。」取「疾」【chīt，ㄐ一ㄊ一】陽濁聲母【ch⁻，ㄐ一】和「資」【chu，ㄗㄨ】的陰平韻母【u，ㄨ】，切合成陽平調【chû，ㄗㄨ╯】。但在中古漢語將「餈」列入「脂」或「支」韻【chi，ㄐ一】，所以在漳州腔發【chî，ㄐ一╯】、廈門腔發【chû，ㄗㄨ╯】；同理，「番薯」的「薯」在漳州腔發【chî，ㄐ一╯】、廈門腔發【chû，ㄗㄨ╯】。

《玉篇》：「餈，糕也。」「麻餈」就是一種用糯米做成的甜糕餅，或滾沾芝麻、或以芝麻為餡；而以紅豆沙為餡則稱為「紅豆餈」；或滾沾花生粉、或以花生粉（台語稱塗豆粉）為餡則稱為「塗豆餈」。

貳之二 麵食

華語	台語	國際音標	注音符號
麵食	麵食	mì-sīt	ㄇㄧˇ ㄙㄧㄊㄧ
麵	麵	mī	ㄇㄧ—
麵粉	麵粉	mì-hún	ㄇㄧˇ ㄏㄨㄣˋ
麵團	麵團	mì-tuân	ㄇㄧˇ ㄊㄨㄢˊ
麵糊	麵糊	mì-kɔ̂	ㄇㄧˇ ㄍㄛˊ
麵筋	麵炙	mì-chià	ㄇㄧˇ ㄐㄧㄚˇ
麵黐	麵黐	mì-ti	ㄇㄧˇ ㄊㄧ
麵條	麵條	mì-diâu	ㄇㄧˇ ㄉㄧㄠ
麵線	麵線	mì-suàñ	ㄇㄧˇ ㄙㄥㄨㄚˇ
麵包[1]	麵包	mì-pau	ㄇㄧˇ ㄅㄠ
麵龜	麵龜	mì-ku	ㄇㄧˇ ㄍㄨ
紅麵龜	紅麵龜	āŋ-mì-ku	ㄤㄧ ㄇㄧˇ ㄍㄨ
紅龜	紅龜	āŋ-ku	ㄤㄧ ㄍㄨ

「紅龜」和「麵龜」一樣嗎？

「紅龜」原本稱爲「麵龜」，因爲用麵粉做成，外形像烏龜，所以稱爲「麵龜」。那麼爲何又稱爲紅龜？其實麵龜外皮原本是白色，但是主要用途是慶祝長輩生日，爲了表示歡喜氣氛，所以在「麵龜」外皮抹上用紅花子所做成的天然色料（台語稱爲紅花米【āŋ-hūe-bí，ㄤㄧ ㄏㄨㄝㄧ ㄅ"ㄧˋ】），現在改用人工食用色素。

至於爲何做成龜形呢？自古以來，在東方的海洋民族都將「龜」【ku，ㄍㄨ】當作吉祥動物，直到現代，韓國人替長輩慶賀生日也有做龜形糕餅的習俗。

因爲「龜」是長壽動物，有些大海龜甚至可以活到一百歲，所以在長輩生日時做「紅龜」分贈親朋好友，也就是分享祝賀長輩「長歲壽」（長壽在台語稱爲長歲壽【dŋ̄-húe-siū，ㄉㄥ－ ㄏㄨㄟˋ ㄙㄧㄨ－】）的喜悅氣氛，因此「紅龜」就成爲喜慶與長壽的象徵。

■ 謎題：「紅關公，白劉備，烏張飛。臆什麼？」

【āŋ-kuān-kɔŋ，pèh-lāu-pī，ɔ̄-diūñ-hui。ió(h)-sim-míh？, ㄤ－ㄍㄨㄢ－ ㄍㄛㄥ，ㄅㄝㄏˇ ㄌㄠ－ ㄅㄧ－－，ㄛ－ ㄉㄧㄨ－ㄏㄨ－ㄧ。ㄧㄜˋ ㄙㄧㄇ ㄇㄧ˙ ？】

提示：「臆（猜）一項台員（台灣）本土食物。」

【ió(h)-chìt-hāŋ dāi-uân pun-tɔ-sìt-būt , ㄧㄜˋ ㄐㄧㄊˇ ㄏㄤ－ ㄉㄞ－ ㄨㄢˊ ㄅㄨㄣ ㄊㄛ ㄙㄧㄊˇ ㄅ"ㄨㄊ－】

■ 答案

「紅麵龜」，簡稱爲「紅龜」。台語發音依次爲【āŋ-mì-ku，ㄤ－ ㄇㄧˇ ㄍㄨ】，【āŋ-ku，ㄤ－ ㄍㄨ】。

■ 解說

關公、劉備與張飛是東漢末年至三國鼎立時代的人物，三人雖不同姓，但結拜爲兄弟。

關公面色紅潤，是一員武將；劉備是一位白面書生；張飛面黑粗魯，也是一員武將。三人面色不同，形成強列對比；爲了區分三兄弟，後人於是就將三人的所屬特徵顏色冠在姓名之前，稱爲紅關公、白劉備、烏張飛（台語稱黑色爲烏色【ɔ̄-sék，ㄛ－ ㄙㄝㄍˋ】）。

至於爲何用「紅關公、白劉備、烏張飛」來比喻「紅龜」呢？因為「紅龜」的素材是麵粉，裡面包著「紅豆餡」【āŋ-dàu-āñ ，ㄤ一ㄉㄠˇ ㄥㄚ一】。「紅豆餡」呈現近於黑色的暗紅色，所以用「烏張飛」來比喻；「紅龜」的內層是白麵粉，用「白劉備」來比喻；「紅龜」的外皮是紅色，用「紅關公」來比喻。又三人是異姓結拜兄弟，但在彼此感情上勝過一般親兄弟，如同「紅龜」的內、中、外三層緊密相連。

「紅龜」內層的「紅豆餡」口感甜蜜；中層麵粉發酵蒸熟之後，吃起來鬆軟可口；鮮紅色外皮激發食慾，令人垂涎，尤其剛蒸好時熱騰騰，立即享用，的確是人間上品美味甜食。

華語	台語	國際音標	注音符號
油麵	油麵	iū-mī	一ㄨ一 ㄇ一一
鹹麵	鹹麵	kīñ-mī	ㄍㄥ一一 ㄇ一一
薏麵	薏麵	í-mī	一丶 ㄇ一一
湯麵	湯麵	tŋ̄-mī	ㄊㄥ一 ㄇ一一
乾麵	凋麵	dā-mī	ㄉㄚ一 ㄇ一一
炒麵	炒麵	tsa-mī	ㄘㄚ ㄇ一一
擔子麵	擔也麵	dañ-a-mī	ㄉㄥㄚ ㄚ ㄇ一一
策子麵	策也麵	tsiēk-a-mī	ㄑ一ㄝㄍ一 ㄚ ㄇ一一
肉絲麵	膊絲麵	bá(h)-sī-mī	ㄅ〃ㄚ丶 ㄙ一一 ㄇ一一
肉羹麵	膊羹麵	bá(h)-kēñ-mī	ㄅ〃ㄚ丶 ㄍㄥㄝ一 ㄇ一一
排骨麵	排骨麵	pāi-kut-mī	ㄅㄞ一 ㄍㄨㄊ ㄇ一一
雞腿麵	雞腿麵	kē-tui-mī	ㄍㄝ一 ㄊㄨ一 ㄇ一一
牛肉麵	牛膊麵	gū-bá(h)-mī	ㄍ〃ㄨ一 ㄅ〃ㄚ丶 ㄇ一一
餛飩麵	扁食麵	pien-sīt-mī	ㄅ一ㄝㄣ ㄙ一ㄊˇ ㄇ一一
什錦麵	雜菜麵	chàp-tsái-mī	ㄗㄚㄅˇ ㄘㄞ丶 ㄇ一一
餛飩	扁食	pien-sìt	ㄅ一ㄝㄣ ㄙ一ㄊ一
水餃	水餃	chui-kiáu	ㄗㄨ一 ㄍ一ㄠ丶

華語	台語	國際音標	注音符號
煎餃	煎餃	chiēn-kiáu	ㄐㄧㄝㄣㄧ ㄍㄧㄠˋ
包子	包也	pāu-á	ㄅㄠㄧ ㄚˋ
菜包	菜包	tsái-pau	ㄘㄞˋ ㄅㄠ
肉包	膊包	bá(h)-pau	ㄅ˙ㄚˋ ㄅㄠ
油條	油炙粿	iū-chià-kúe	ㄧㄨㄧ ㄐㄧㄚˇ ㄍㄨㄝˋ

「油炙粿」，油炸秦檜？

台語稱油條爲「油炙粿」，它的名稱源自「油炸檜」、「油炸鬼」，「檜」即南宋奸臣「秦檜」【chīn-kùe ,ㄐㄧㄣㄧ ㄍㄨㄝˇ】（生於西元一〇九〇年，卒於西元一一五五年），「鬼」指「秦檜」死後變成鬼；香港地區仍稱油條爲「油炸鬼」。

「檜」在台語發音讀爲【kùe , ㄍㄨㄝˇ】，和「粿」的台語發音【kúe ,ㄍㄨㄝˋ】相近；「鬼」台語的發音爲【kúi ,ㄍㄨㄧˋ】，也和「粿」的台語發音【kúe , ㄍㄨㄝˋ】相近。

「檜」見《唐韻》：「古會切。」「古會切」是指取「古」字【kɔ̄ , ㄍㄛˋ】的陰上調聲母（子音）【kˊ , ㄍˋ】與「會」字【hūe, ㄏㄨㄝㄧ】的陽去調韻母（母音）

油條的作法

製作油條的材料通常包括高筋麵粉、明礬、小蘇打（台語稱為重曹[2]）、發酵粉和細鹽。作法如下：將麵粉發酵後，揉搓成長條狀，然後放到油鍋中炸至金黃色後用長箸（就是長筷子）夾起。

而「油炙粿」入炙熱油鍋之後會發泡膨脹，就是摻了「發酵粉」；「油炙粿」吃起來口感酥脆，就是摻了「明礬、小蘇打」。

【ūe ,ㄨㄝ一】切合成陰去調【kùe, ㄍㄨㄝˇ】。

「炙」見《唐韻》：「之夜切。」若依照正切法則（以下字的韻母所屬音調來決定），取「之」【chi ,ㄐ一】的陰平聲母（子音）【ch ,ㄐ】與「夜」【iā,一ㄚ一】的陽去韻母（母音）【iā,一ㄚ一】可切合成陽去調【chiā,ㄐ一ㄚ一】。

至於「油炙粿」名稱的由來有以下兩種說法，都與秦檜陷害岳飛有關：

一、由於秦檜陷害岳飛致死，百姓敢怒不敢言，所以作「油炸檜」為食物，以消解對秦檜的憤怒。

二、由於陷害岳飛的秦檜死後，百姓無法釋恨，於是取麵團捏成秦檜人偶造形，放入炙熱油鍋內炸熟而後夾起來食用。「油炙粿」由兩根麵條組成，就是象徵秦檜與秦檜的妻子王氏。

我來唸台語

長箸（長筷子）

【dn̄g-dī】

ㄉㄥ一 ㄉ一一

煏（炸）

【chìñ】

ㄐㄥ一丶

高筋麵粉

【kō-kīn-mì-hún】

ㄍㄛ一 ㄍ一ㄣ一 ㄇ一ˇ ㄏㄨㄣ丶

明礬

【biēng-huân】

ㄅ˜一ㄝㄥ一 ㄏㄨㄢˊ

發酵

【huat-kàñ】

ㄏㄨㄚㄊ ㄍㄥㄚˇ

發粉（發酵粉）

【huat-hún】

ㄏㄨㄚㄊ ㄏㄨㄣ丶

幼鹽（細鹽）

【iú-iâm】

一ㄨ丶 一ㄚㄇˊ

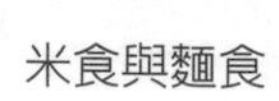

有關「油炙粿」由來的民間故事：
西元一一四二年，民族英雄岳飛被奸臣秦檜和他的妻子王氏設計，遭陷害而死於風波亭。
南宋京城臨安（現今之杭州市）的百姓知道了這件事後，個個都義憤填膺，對秦檜、王氏深惡痛絕。
當時風波亭附近有一家專賣油炸食品的店家，店老闆正在油鍋旁炸食品，得知岳飛被秦檜夫婦害死的消息後，按捺不住心中的怒火，從盆中抓起一塊麵團，捏成一男一女兩個小人偶，並且將他們背靠背黏在一起，丟進油鍋，口裡還連續喊著：「吃油炸秦檜啦！」
他這麼一喊，周圍的百姓個個心裡就都明白他的意思了，便一齊擁上來，一邊動手幫著做，一邊幫著喊，還一邊吃。其他賣食品的店家看見這種狀況，也爭相效仿。當時，整個臨安城都做起「油炸檜」，而且很快地傳遍全國。

「策也麵」，愈「策」愈好吃

台灣特有的「策也麵」，是因爲煮麵時必須將麵條放在「策也」【tsiēk-á ,ㄑㄧㄝㄍㄧ ㄚ丶】裡面，然後將「策也」放進鍋內熱水中煮，煮熟之後再將「策也」舉起「策策兮」【tsièk-tsiēk-è ，ㄑㄧㄝㄍˇ ㄑㄧㄝㄍㄧ ㄝ丶】，就是上下策動的意思，所以稱爲「策也麵」。

「策也」的前端頗像竹簍，是用竹子皮編織而束成，彼此交錯的地方有縫隙，在上下策動時，麵湯會從縫隙中流出，等瀝乾後，才將麵倒在碗內，這也就是「策也麵」的麵條不會像一般湯麵中的麵條糊成一團的原因。

現今麵店、麵攤業者皆採用不知何方神聖所創的「切仔麵」，不知

者還以爲「切仔麵」是用刀子切成的麵條，其實「切仔麵」的「切」【tsie ,ㄑㄧㄝ】是北京話，是接近台語「策」【tsiēk ,ㄑㄧㄝㄍㄧ】的諧音字。

註釋

❶「麵包」在台語的日常用語稱為「pháŋ , ㄆㄤˋ」，它的發音是源自於日語的外來語「パン」【pháŋ , ㄆㄤˋ】，根據日本人所說，在十六世紀末葡萄牙傳教士將「パン」(麵包）傳入，「パン」是葡萄牙語 “Pão “(日語記音為【ポン】) 所轉音而來。

但另有一說「パン」的發音是源自於法語，「麵包」在法語拼音為「pain」，而實際發音（法語音標為【pɛñ】）非常接近「パン」。

而「パン」裡包餡的日語稱為「あんパン（餡パン）」，「あん」的日語漢字用「餡」，與台語的「餡」發音【āñ , ㄥㄚㄧ】接近，「麵包」裡包餡的台語稱為【àñ-pháŋ , ㄥㄚˇ　ㄆㄤˋ】，包紅豆餡的稱為「紅豆餡パン」【āŋ-dāu-āñ pháŋ ,ㄤㄧ　ㄉㄠㄧ　ㄥㄚˇ　ㄆㄤˋ】；“Toast “(土司麵包) 因為沒有包餡，價格最便宜，而便宜在台語稱為「俗」【siɔ̄k , ㄙㄧɔㄍㄧ】，所以台語稱「土司麵包」為「俗パン」【siɔ̄k-pháŋ ,ㄙㄧɔㄍˇ　ㄆㄤˋ】。

❷「重曹」是台語引進日語「重曹」【じゅうそう, jūsou】的外來語，正式的化學名稱為「碳酸氫鈉」，化學式「$NaHCO_3$」，常溫時呈白色粉末狀，所以在台語也稱為「重曹粉」【diɔ̄ŋ-chō-hún , ㄉㄧɔㄥˇ　ㄗㄛㄧ　ㄏㄨㄣˋ】，在中藥店（台語稱為漢藥店【hán-iòh-diàm , ㄏㄢˋ　ㄧㄛㄏˇ　ㄉㄧㄚㄇˇ】）可以買得到。它的英文名稱是"Sodium Hydrogen Carbonate"，中文譯為「小蘇打」。

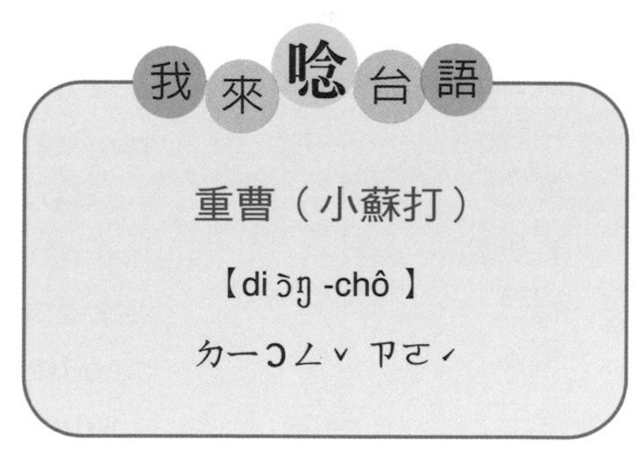

參、豆類食品以及糕餅糖

客家話稱為「柿餅」的柿子干，在台語稱為「柿粿」，其中以「新埔柿餅」最為著名。

新埔的柿餅之所以能歷久不衰，是因為當地得天獨厚的丘陵地形，配合乾燥少雨的氣候，再加上旱坑里每年九至十二月就會吹起具有天然烘乾效果的乾燥風，使得當地無論是自然的地理與天候條件，完全符合柿餅製作過程中最重要的曝曬、乾燥及脫水等要素，才能製作出口感十足的柿餅……

參之一 豆類食品

華語	台語	國際音標	注音符號
豆類	豆也類	dāu-a-lūi	ㄉㄠ一　ㄚ　ㄌㄨ一一
豆子	豆也	dāu-á	ㄉㄠ一　ㄚ丶
大豆	大豆	duà-dāu	ㄉㄨㄚˇ　ㄉㄠ一
白豆	白豆	pèh-dāu	ㄅㄝㄏˇ　ㄉㄠ一
黃豆	黃豆	ŋ̄-dāu	ㄥ一　ㄉㄠ一
紅豆	紅豆	āŋ-dāu	ㄤ一　ㄉㄠ一
綠豆	綠豆	lièk-dāu	ㄌ一ㄝㄍˇ　ㄉㄠ一
青豆	青豆	tsēñ-dāu	ㄑㄥㄝ一　ㄉㄠ一
黑豆	烏豆	ɔ̄-dāu	ɔ一　ㄉㄠ一
甜豆	甜豆	dīñ-dāu	ㄉㄥ一一　ㄉㄠ一
蠶豆	蠶豆	tsān-dāu	ㄘㄢ一　ㄉㄠ一

華語	台語	國際音標	注音符號
蠶豆	馬齒豆	be-khi-dāu	ㄅˇㄝ ㄎㄧ ㄉㄠㄧ
豌豆	葫蓮豆	hɔ̄ -liēn-dāu	ㄏㄛㄧ ㄌㄧㄝㄣㄧ ㄉㄠㄧ
菜豆	敏豆	bin-dāu	ㄅˇㄧㄣ ㄉㄠㄧ
四季豆	四季豆	sú-kúi-dāu	ㄙㄨˋ ㄍㄨㄧˋ ㄉㄠㄧ
皇帝豆	皇帝豆	hɔ̄ŋ-dé-dāu	ㄏㄛㄥㄧ ㄉㄝˋ ㄉㄠㄧ
花生	塗豆	tɔ̄-dāu	ㄊㄛㄧ ㄉㄠㄧ
豆類食品	豆類食品	dàu-lūi sìt-phín	ㄉㄠˇ ㄌㄨㄧㄧ ㄙㄧㄊˇ ㄆㄧㄣˋ
豆腐	豆腐	dàu-hū	ㄉㄠˇ ㄏㄨㄧ
臭豆腐	臭豆腐	tsáu-dàu-hū	ㄘㄠˋ ㄉㄠˇ ㄏㄨㄧ
杏仁豆腐	杏仁豆腐	hièŋ-jīn-dàu-hū	ㄏㄧㄝㄥˇ ㄐˇㄧㄣㄧ ㄉㄠˇ ㄏㄨㄧ
豆腐乳	豆乳	dàu-jí	ㄉㄠˇ ㄐˇㄧˋ
豆干	豆干	dàu-kuañ	ㄉㄠˇ ㄍㄥㄨㄚ
豆干絲	豆簽	dàu-tsiam	ㄉㄠˇ ㄑㄧㄚㄇ
豆枝❶	豆枝	dàu-ki	ㄉㄠˇ ㄍㄧ
豆皮	豆皮	dàu-phûe	ㄉㄠˇ ㄆㄨㄝˊ
豆包	豆包	dàu-pau	ㄉㄠˇ ㄅㄠ
豆醬	豆醬	dàu-chiùñ	ㄉㄠˇ ㄐㄥㄧㄨˇ
豆漿	豆奶	dàu-lieŋ	ㄉㄠˇ ㄌㄧㄝㄥ
豆花	豆花	dàu-hue	ㄉㄠˇ ㄏㄨㄝ
豆芽菜	豆菜	dàu-tsài	ㄉㄠˇ ㄘㄞˇ
豆豉❷	蔭豉	ím-sī , ím-sīñ	ㄧㄇˋ ㄙㄧㄧ , ㄧㄇˋ ㄙㄥㄧㄧ

註釋

❶ 豆枝是用豆干絲浸泡糖汁，再添加紅色素滷成的，形狀如同細細的小松枝，味道甘甜，是配稀飯（台語稱為「配糜」【phúe-mûe，ㄆㄨㄝˋ ㄇㄨㄝˊ】）和放進便當的最佳開胃（台語稱為「開脾」【khūi-pî，ㄎㄨㄧㄧ ㄅㄧˊ】）小菜。

❷ 醅豉是用甕（台語稱為【àŋ，ㄤˇ】）密封釀製的豆醬，俗寫成「蔭豉」。醅見《康熙字典》的記載，意思為「釀氣」，音同「蔭」。見《正字通》：「醅與醃，音別義通；凡物漬藏揜覆不泄氣者謂之醅。」

參之二 糕、餅與糖

一、糕

華語	台語	國際音標	注音符號
糕餅	糕也餅	kō-a-piáñ	ㄍㄜ一 ㄚ ㄅㄥ一ㄚˋ
糖果、餅乾	糖也餅	tŋ̄-a-piáñ	ㄊㄥ一 ㄚ ㄅㄥ一ㄚˋ
綠豆糕	綠豆糕	lièk-dàu-ko	ㄌ一ㄝㄍˇ ㄉㄠˇ ㄍㄜ
茯苓糕	茯苓糕	hɔ̀k-liē ŋ-ko	ㄏㄛㄍˇ ㄌ一ㄝㄥ一 ㄍㄜ
蛋糕	雞卵糕	kē-nŋ̀-ko	ㄍㄝ一 ㄋㄥˇ ㄍㄜ
芋頭糕	芋粿	ɔ̀-kúe	ㄛˇ ㄍㄨㄝˋ
芋泥	芋泥	ɔ̀-nî	ㄛˇ ㄋ一ˊ
芋圓	芋圓	ɔ̀-îñ	ㄛˇ ㄥ一ˊ
芋頭餅	芋也餅	ɔ̄-a-piáñ	ㄛ一 ㄚ ㄅㄥ一ㄚˋ
柿餅	柿餅	khì-piáñ	ㄎ一ˇ ㄅㄥ一ㄚˋ
柿子干	柿粿	khì-kúe	ㄎ一ˇ ㄍㄨㄝˋ

北風起，柿餅香

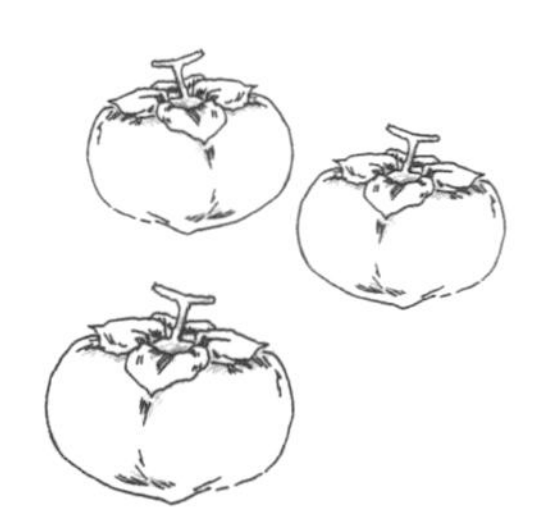

「柿子干」在台語稱爲「柿粿」，客家話稱爲「柿餅」。台灣的柿子（台語稱爲「柿也」【khī-á，ㄎ一一 ㄚˋ】）主要產於嘉義縣番路鄉、台中縣東勢鎭、苗栗縣公館鄉、

台東縣卑南鄉及新竹縣的北埔鄉與新埔鎮等地。

其實新埔地區產柿並不多，卻成爲台灣柿子加工的重鎮，這是因爲當地得天獨厚的丘陵地形，配合乾燥少雨的氣候，再加上旱坑里每年在九至十二月就會吹起具有天然烘乾效果的乾燥風（當地人稱爲九降風），使得旱坑里自然的地理與天候條件，完全符合了柿餅製作過程中最重要、也最需要的曝曬、乾燥及脫水等要件，才能製作出口感十足的「新埔柿餅」。

曬製柿餅可說是層層皆辛苦，製作的過程更是十分繁瑣，因此柿餅的製作，屬於特殊技術的工作，同時必須倚靠經驗。一般來說，柿子的採收期約在陰曆九月，前後爲期兩個月。柿子採收後必須先用刨刀將外皮削去，削柿皮時刨刀不可重覆在同一處上刨二次，而且刨的深度要一致，否則會造成柿青外皮破傷腐爛，便無法做出品質優良的柿餅了。

去了皮的柿青，第一天要將柿蒂朝下整齊地排列在圓形的竹篩上，然後放在室外的棚架上曝曬。如果天氣晴朗，柿青約曝曬三至四天即開始變軟且糖分增加，色澤也由橙黃色變成棕褐色；此時，需經人工用手擠壓，將柿青捏成扁平狀，並加以翻曬，此一過程柿農稱爲「定型」，柿餅經過這一道手續後，才能維持扁平狀。往後還要經過多次的「捻壓」，並繼續進行日曬風乾才算完工，前後約要七天的時間。

風乾期間，乾燥的北風最受歡迎，最忌遇到下雨天，因爲去了皮的柿子一沾到水，就會發霉、腐敗，使得一切努力前功盡棄；因此，若刮起「南風天」，空氣中的相對溼度提高，對柿子也會有不良的影響。

為了應付陰雨天和南風天，製餅人家均設有簡易的窯，充作烘乾室。烘烤柿青時，須使用硫磺燻蒸或用內含硫磺的煤球乾，這是因為硫磺燃燒時，會產生二氧化硫將柿果表面的水分吸乾，化為亞硫酸成還原狀態，可防止果肉氧化加速乾燥，達到殺菌的功能，並保持柿餅鮮豔的色澤，預防維他命C的流失。但長時間的烘烤，畢竟不是提早收成的捷徑，因為烘烤過久，柿餅會呈現「外乾內濕」狀，風味很差；因此，充份地曝曬陽光，才是做好「柿餅」的不二法門。

柿青日曬約經五至六天後，柿農就必須（作者註：台語漢字應為「必需」，古文中「須」即鬍鬚的「鬚」的意思，「必需」才為正確。）「捻壓」柿餅，直到第八、九天時，柿餅已被「定型」成餅狀，再送入乾燥室燻蒸；燻蒸完畢後不可將柿餅立即取出，必須把室門打開與室外空氣對流、冷卻約半小時，待柿餅所含的熱氣消散時才可取出；然後分級包裝出售或置入冷凍庫中冷藏，以保持柿餅的鮮度。

二、餅

華語	台語	國際音標	注音符號
餅、餅乾	餅、餅乾	piáñ ,piañ-kuañ	ㄅㄥ一ㄚ丶,ㄅㄥ一ㄚ ㄍㄥㄨㄚ
燒餅	燒餅	siō-piáñ	ㄙ一ㄛ一 ㄅㄥ一ㄚ丶
油餅	油餅	iū-piáñ	一ㄨ一 ㄅㄥ一ㄚ丶
蔥油餅	蔥油餅	iū-tsāŋ-piáñ	一ㄨ一 ㄘㄤ一 ㄅㄥ一ㄚ丶
煎餅	煎餅	chiēn-piáñ	ㄐ一ㄝㄣ一 ㄅㄥ一ㄚ丶
蘇打餅	鹹餅	kiām-piáñ	ㄍ一ㄚㄇ一 ㄅㄥ一ㄚ丶
酥餅	酥餅	sɔ̄-piáñ	ㄙɔ一 ㄅㄥ一ㄚ丶
麥芽膏餅	麥芽膏餅	bèh-gē-kō-piáñ	ㄅ〃ㄝㄏˇ ㄍ〃ㄝ一 ㄍㄛ一 ㄅㄥ一ㄚ丶

華語	台語	國際音標	注音符號
太陽餅[1]	太陽餅	tái-iɔ̄ŋ-piáñ	ㄊㄞˋ ㄧㆦㄥˉ ㄅㄥㄧㄚˋ
鳳梨酥	王梨酥	ɔ̄ŋ-lāi-sɔ	ㆦㄥˉ ㄌㄞˉ ㄙㆦ
洋香瓜酥	蜜瓜酥	bìt-kūe-sɔ	ㄅ〃ㄧㄊˇ ㄍㄨㄝˉ ㄙㆦ
夾心餅	夾心餅	kiap-sīm-piáñ	ㄍㄧㄚㄅ ㄙㄧㄇˉ ㄅㄥㄧㄚˋ
紅豆餅	紅豆也餅	āŋ-dāu-a-piáñ	ㄤˉ ㄉㄠˉ ㄚ ㄅㄥㄧㄚˋ
中秋餅	中秋餅	diɔ̄ŋ-tsiū-piáñ	ㄉㄧㆦㄥˉ ㄑㄧㄨˉ ㄅㄥㄧㄚˋ
月餅	月餅	gùeh-piáñ	ㄍ〃ㄨㄝㄏˇ ㄅㄥㄧㄚˋ
蛋黃酥	卵仁酥	nŋ̀-jīn-sɔ	ㄋㄥˇ ㄐ〃ㄧㄣˉ ㄙㆦ
豆沙餅	豆沙餅	dàu-sē-piáñ	ㄉㄠˇ ㄙㄝˉ ㄅㄥㄧㄚˋ
紅豆餡	紅豆餡	āŋ-dàu-āñ	ㄤˉ ㄉㄠˇ ㄥㄚˉ
紅豆沙	紅豆沙	āŋ-dàu-se	ㄤˉ ㄉㄠˇ ㄙㄝ
黑豆沙	烏豆沙	ɔ̄-dàu-se	ㆦˉ ㄉㄠˇ ㄙㄝ
綠豆餡	綠豆餡	lièk-dàu-āñ	ㄌㄧㄝㄍˇ ㄉㄠˇ ㄥㄚˉ
綠豆沙	綠豆沙	lièk -dàu-se	ㄌㄧㄝㄍˇ ㄉㄠˇ ㄙㄝ
白豆沙	白豆沙	pèh-dàu-se	ㄅㄝㄏˇ ㄉㄠˇ ㄙㄝ
綠豆凸	綠豆凸	lièk-dàu-tút	ㄌㄧㄝㄍˇ ㄉㄠˇ ㄊㄨㄊˋ
綠豆椪[2]	綠豆胖	lièk-dàu-phɔ̄ŋ	ㄌㄧㄝㄍˇ ㄉㄠˇ ㄆㆦㄥˇ
加里酥	加里酥	kā-li-sɔ	ㄍㄚˉ ㄌㄧ ㄙㆦ
豐原餅	豐原餅	hɔ̄ŋ-guān-piáñ	ㄏㆦㄥˉ ㄍ〃ㄨㄢˉ ㄅㄥㄧㄚˋ
繼光餅	繼光餅	kè-kɔ̄ŋ-piáñ	ㄍㄝˋ ㄍㆦㄥˉ ㄅㄥㄧㄚˋ
鹹光餅	鹹光餅	kiām-kɔ̄ŋ-piáñ	ㄍㄧㄚㄇˉ ㄍㆦㄥˉ ㄅㄥㄧㄚˋ
春餅	春餅	tsūn-piáñ	ㄘㄨㄣˉ ㄅㄥㄧㄚˋ
春捲	潤餅	jùn-piáñ	ㄗ〃ㄨㄣˉ ㄅㄥㄧㄚˋ
禮餅	禮餅	le-piáñ	ㄌㄝ ㄅㄥㄧㄚˋ
訂婚餅	訂婚餅	dièŋ-hūn-piáñ	ㄉㄧㄝㄥˇ ㄏㄨㄣˉ ㄅㄥㄧㄚˋ
盒裝餅	盒也餅	āp-a-piáñ	ㄚㄅˉ ㄚ ㄅㄥㄧㄚˋ
芝麻餅	麻也餅	muā-a-piáñ	ㄇㄨㄚˉ ㄚ ㄅㄥㄧㄚˋ

豐原餅，綠豆胖

豐原糕餅的發展大約始於清末至日本統治初期，因豐原地區擁有大甲溪乾淨的水質，當地所產的製餅原料，例如糖、麵粉、綠豆、鳳梨等品質良好，加上日本人在豐原設立製麵粉工廠，因此豐原地區的糕餅業十分發達，「豐原餅」從此聞名全台。

豐原餅是將綠豆仁蒸熟，壓榨成泥狀，再加入細糖攪拌製成綠豆沙餡，另外將豬肉的肉臊加入特殊調味拌炒，並加入芝麻、紅油蔥調合而成的配料，經高溫烘焙後將餡料與綠豆餡充分融合，更能顯出它的特殊口味。

製餅所用的主要原料——綠豆，也是一時之選。豐原出產的綠豆，由於溫度、溼度適中，味道濃郁芬芳，口感極佳；而加工製成的綠豆餡吃起來不油不膩，因此造就了豐原「綠豆胖」的入口即化，讓人吃了還想再吃。

繼光餅，小餅立大功

「繼光餅」，相傳是明朝大將軍戚繼光於清剿福建、浙江一帶的倭寇（日本海盜）時，爲縮短軍隊的用餐時間所發明的簡便乾糧。

它的傳統作法是，先將麵粉灑上一點鹽巴，揉成麵團之後，再捏成中間有孔的圓形小餅圈，灑上芝麻，貼在壁爐上烘烤。繼光餅長相類似硬式的「甜甜圈」，士兵可以用繩子將餅串成一串，掛在身上，以便在行軍時食用。

此外，「光餅」的由來還有個小故事：

明朝中國沿海倭寇猖獗且行跡不定，朝廷派遣軍隊前往圍剿，卻只能看著倭寇一溜煙地跑掉，因此戚繼光認爲軍隊的機動速度一定要提高，才能成功圍勦倭寇。然而行軍不便攜帶米糧，再加上做飯常花費很多時間，士兵常常要餓著肚子打仗，但又想不出其他的辦法。

有一次，戚繼光行軍到慈溪（地處東海之濱，東南緊靠寧波、西臨杭州、北與上海隔海相望，位於建設中的杭州灣跨海大橋南岸）的龍山東門外，有一個老農獻上許多中間有個小孔，外皮裏著芝麻的鹹餅，以慰勞辛苦的將士，並且說：「別看這餅光光的，它可以用繩子串起來帶在身邊，餓時取下，即可充飢。」戚繼光聽了連聲稱讚說：「謝謝老伯。」

有了「光餅」以後，於是戚繼光下令行軍時每位將士必須攜帶一串「光餅」；有些士兵乾脆把一串「光餅」掛在頸項（脖子）上，如果肚子餓了也可邊走邊吃，如此一來就可以「急行軍」（軍隊急速行進）而不會耽誤時間了。消息一傳開，各地百姓都爭先做光餅獻給軍隊，「光餅」的名稱因此而流傳下來。

因爲這種餅略帶鹹味，有的地方又稱它爲「鹹光餅」；而當地民衆爲感念戚繼光將軍勦寇成功，於是將「光餅」改名爲「繼光餅」。

由於以往在台灣做「繼光餅」的都是福州師傅，所以在台灣也有人稱它爲「福州也光餅」【hɔk-chiū-a-kɔ̄ŋ-piáñ，ㄏㄛㄍ ㄐㄧㄨㄧ ㄚ ㄍㄛㄥㄧ ㄅㄧㄚㄧ】。

三、糖

華語	台語	國際音標	注音符號
糖漿	糖漿	tŋ-chiuñ	ㄊㄥ一 ㄐㄥ一ㄨ
糖膏	糖膏	tŋ-ko	ㄊㄥ一 ㄍㄜ
粗糖	粗糖	tsɔ̄-tŋ̂	ㄘㆦ一 ㄊㄥˊ
細糖	幼糖	iú-tŋ̂	一ㄨˋ ㄊㄥˊ
砂糖	砂糖	suā-tŋ̂	ㄙㄨㄚ一 ㄊㄥˊ
黑糖	烏糖	ɔ̄-tŋ̂	ㆦ一 ㄊㄥˊ
赤砂糖	赤砂糖	tsiá(h)-suā-tŋ̂	ㄑ一ㄚˋ ㄙㄨㄚ一 ㄊㄥˊ
白砂糖	白砂糖	pèh-suā-tŋ̂	ㄅㄝㄏˇ ㄙㄨㄚ一 ㄊㄥˊ
方糖	角糖	kak-tŋ̂	ㄍㄚㄍ ㄊㄥˊ
冰糖	冰糖	piēŋ-tŋ̂	ㄅ一ㄝㄥ一 ㄊㄥˊ
糖霜	糖霜	tŋ-sŋ	ㄊㄥ一 ㄙㄥ
糖霜丸	糖霜丸	tŋ-sŋ-uân	ㄊㄥ一 ㄙㄥ一 ㄨㄢˊ
糖果	糖也	tŋ-á	ㄊㄥ一 ㄚˋ
金糖丸	金含	kīm-kâm	ㄐ一ㄇ一 ㄍㄚㄇˊ
棒棒糖	糖也枝	tŋ-a-ki	ㄊㄥ一 ㄚ ㄍ一
口香糖	橡奶糖	tsiūñ-liēŋ-tŋ̂	ㄑㄥ一ㄨ一 ㄌ一ㄝㄥ一 ㄊㄥˊ
口香糖	樹奶糖	tsiū-liēŋ-tŋ̂	ㄑ一ㄨ一 ㄌ一ㄝㄥ一 ㄊㄥˊ
花生糖	塗豆糖	tɔ̄-dàu-tŋ̂	ㄊㆦ一 ㄉㄠˇ ㄊㄥˊ
貢糖	貢糖	kɔ́ŋ-tŋ̂	ㄍㆦㄥˋ ㄊㄥˊ
冬瓜糖❸	冬瓜糖	dāŋ-kūe-tŋ̂	ㄉㄤ一 ㄍㄨㄝ一 ㄊㄥˊ
水果糖	水果糖	chui-ko-tŋ̂	ㄗㄨ一 ㄍㄜ ㄊㄥˊ
椰子糖	椰子糖	iā-chi-tŋ̂	一ㄚ一 ㄐ一 ㄊㄥˊ
牛奶糖	牛奶糖	gū-liēŋ-tŋ̂	ㆣㄨ一 ㄌ一ㄝㄥ一 ㄊㄥˊ
咖啡糖	咖啡糖	kā-pī-tŋ̂	ㄍㄚ一 ㄅ一一 ㄊㄥˊ
什錦糖	什錦糖	sìp-gim-tŋ̂	ㄙ一ㄅˇ ㆣ一ㄇ ㄊㄥˊ

「橡奶糖」、「樹奶糖」？

傳統上，口香糖是由糖膠樹膠，一種天然乳膠製造；現在則使用價格低廉的原料——石油生產的聚合物來取代糖膠樹膠。但糖膠樹膠仍然成為某些地區的口香糖原料，例如日本。

橡膠樹莖部的樹皮被割開時會分泌出大量含有橡膠乳劑的樹液，因橡樹液呈乳白色，在台語稱為「橡奶」。

用橡奶做成的擦子就是「橡皮擦」，台語稱為「橡奶拭也」【tsiūñ -liē ŋ̍-tsit-á , ㄑㄥ一ㄨ一　ㄌ一ㄝㄥ一　ㄑ一ㄊ　ㄚ丶】，因為屬於口香糖類的泡泡糖外形像似橡皮擦，所以台語稱為「橡奶糖」。另有一說，口香糖的原料——糖膠樹膠取自樹液的乳膠，台語稱為「樹奶」，所以台語稱為「樹奶糖」。口香糖的英語稱為“chewing gum”，“chew”是咀嚼的意思，但是“chewing”發音和台語「橡奶糖」的「橡奶」或「樹奶糖」的「樹奶」十分接近。

筆者多次在美國巡迴講學介紹「台語的趣味性」時，首先就是舉「橡奶糖」、「樹奶糖」和“chewing gum”的發音為例子，來吸引學員的注意力和提高學習的興趣；在場的美國小朋友聽了都認為“It is incredible. ”（不可思議）。

口香糖通常以蔗糖為甜味劑，過度食用很容易引起蛀牙。不過，一些以代糖如木糖醇（英語"Xylitol"，口香糖生產商「益達」在廣告中稱之為「曬駱駝」）等做為甜味劑的口香糖能減低蛀牙風險，而且咀嚼過程中分泌的唾液更有助牙齒健康。另外，在飛機上咀嚼口香糖可幫助減輕耳腔、頭部等因氣壓改變而引起的不適。

貢糖，不「摃」不成糖

貢糖相傳是明代閩南御膳貢品，深爲明太祖朱元璋所喜愛，爲當時年節納貢之大宗；後來流傳至廈門再傳入金門，並被推廣及研發，至今有多種口味。

貢糖起源有二：一說爲朝聖的御膳貢品。明代初年有位出身閩南的進士，中舉後蒙明太祖朱元璋召見，問及家鄉有何特產，進士上奏有種口味十分特別的花生酥糖。明太祖聽後頗感興趣，於是賜假進士，讓他返鄉將花生酥糖帶回皇宮。果然，明太祖嘗過花生酥糖後龍心大悅，於是下令列爲貢品。消息傳回閩南，製作商家就將此種花生酥糖稱爲「貢糖」。另一說則是這種花生酥糖的製作過程需仰賴人力搥打，以求糖質綿密細緻，而「搥打」在台語稱爲「摃」（【kɔ̄ŋ ,ㄍㄛㄥˇ】），所以將此種糖稱爲「摃糖」。

其實「摃」的正字是「攻」，「攻」有個破音見《集韻》：「古送切、音貢。」「古送切」是取「古」【kɔ̄ ,ㄍㄛˋ】的陰清聲母（子音）【kˊ ,ㄍˋ】和「送」【sɔ̄ŋ , ㄙㄛㄥˋ】的去聲韻母【ɔ̄ŋ , ㄛㄥˋ】，切合成陰去調【kɔ̄ŋ ,ㄍㄛㄥˇ】，發音和「貢」相同，其意爲「敲搥」。

因爲現代人知道「攻」破音的太少了，所以取「貢」的發音加上提手旁造了「摃」字，又造了「摃丸」一詞。依字義學考證，「摃」字不見於古代典籍字書，康熙字典亦未見此字，可見「摃」字爲現代人所造的後起俗字。

花生（台語稱爲「塗豆」【tɔ̄-dāu , ㄊㄛー ㄉㄠー】）和糖是製作貢糖的兩大原料。由於金門空氣新鮮，水質冰冽清爽，加上島上風大造成土壤乾沃，所以金門花生粒小紮實，口味較重。師傅將炒過的花生與溶

解的麥芽糖混合後，再趁熱取出花生糖敲打，直到變成花生酥，然後經過包餡、壓平、切塊、包裝等製作過程，就成了「貢糖」。

所以貢糖可以說是一種特殊風味的「塗豆酥糖」【tō-dàu-sō -tn̂g，ㄊㄛ一 ㄉㄠˇ ㄙㄛ一 ㄊㄥˊ】。

註釋

❶「太陽餅」的原本名稱是「麥芽膏糖酥餅」【bèh-gē-kō-tn̂g-sō-piáñ，ㄅ˟ㄝㄏˇ ㄍ˟ㄝ一 ㄍㄛ一 ㄊㄥ一 ㄙㄛ一 ㄅㄧㄚˋ】，因為餅的內餡用「麥芽膏糖」、外面包酥皮而得名，但名稱較長，所以簡稱為「麥芽膏酥餅」，亦有簡稱為「麥芽酥餅」。

太陽餅是台中地方名產，是由「元明商店」將麥芽膏酥餅帶往太陽餅之路。林能水先生創立的「元明商店」由於經營得宜，生意興隆，其中以麥芽膏酥餅口碑最好、也最受大衆歡迎，更成為最有人氣的餽贈禮品。因為訂單應接不暇，林能水開始訓練製餅師傅，也因此成為台中太陽餅的起源，也使得麥芽膏酥餅成為最具台中地方特色的餅類。

而真正成為太陽餅，是肇因西元一九五四年林紹崧品嘗元明商店的麥芽膏酥餅後創辦的太陽堂【tái-iōŋ-dôŋ，ㄊㄞˋ 一ㄛㄥ一 ㄉㄛㄥˊ】，因為麥芽膏酥餅形狀渾圓，頗似太陽，並且店號名為太陽堂，因而改稱「太陽餅」。

以現今太陽餅的沿革及製作技術來看，可確定源自於社口「崑派商店」的林家，一百多年來於台中開枝散葉，各立門號且均以承傳人自居，但真正傳自社口林家的後代，除了西元一九三〇年代成立「元明商店」的林能水，就是從「元明商店」分支出來在西元一九五四年成立「太陽堂」的林紹崧。目前「太陽堂老店食品有限公司」位於台中市自由路二段二十五號。

❷ 綠豆胖是因為外形如小山丘的胖胖狀而得名，但因當時不知「phōŋ，ㄆㄛㄥˇ」發音的正字，於是造了諧音字「椪」代替它，同時用「椪」字來造「椪柑」一詞，其實正字應寫成「胖柑」。

❸ 在台灣，傳統式的訂婚禮餅中一定會放一些冬瓜糖，比較講究的訂婚禮餅盒中還會放一個長方條紙盒，紙盒內裝著滿滿的冬瓜糖。傳統的冬瓜糖都做成長條形，是象徵和祈願「新郎和新娘的感情」會「甜甜又長長」（台語為「甜甜各長長」【dīñ-diñ ko(h)-dn̂g-dn̂g，ㄉㄥ一一 ㄉㄥ一 ㄍㄛ ㄉㄥ一 ㄉㄥˊ】）。

肆、肉與蛋類食品

「豽也膠」是一首有趣且廣爲大衆熟悉的台灣童謠，其歌詞如下：「豽也膠， 黏著跤，叫阿爸，買豬跤；豬跤箍，渾爛爛，憂鬼孬也，流喙瀾。」

這首童謠的歌詞生動活潑，說唱間浮現的全是鄉野間溫馨的意象，還有燉「豬跤箍」（豬蹄膀）的萬家香。

「豽也膠」，市面出現的歌本、教科書都印成「點仔膠」，事實上，「豽」在北京話爲罕用字，不識者以發音接近的「點」字來代替，久而久之，便積非成是了。

肆之一 肉類食品

華語	台語	國際音標	注音符號
肉[1]	膊	báh	ㄅ˅ㄚ˙
肉俎	膊砧	bá(h)-diam	ㄅ˅ㄚˋ ㄉㄧㄚㄇ
肉類	膊類	bá(h)-lūi	ㄅ˅ㄚˋ ㄌㄨㄧ—
肉品	膊品	bá(h)-phín	ㄅ˅ㄚˋ ㄆㄧㄣˋ
肉牛	膊牛	bá(h)-gû	ㄅ˅ㄚˋ ㄍ˅ㄨˊ
肉豬	膊豬	bá(h)-di	ㄅ˅ㄚˋ ㄉㄧ
肉雞	膊雞	bá(h)-ke	ㄅ˅ㄚˋ ㄍㄝ
肉魚	膊魚	bá(h)-hî	ㄅ˅ㄚˋ ㄏㄧˊ
肉質	膊質	bá(h)-chít	ㄅ˅ㄚˋ ㄐㄧㄊˋ
肉皮	膊皮	bá(h)-phûe	ㄅ˅ㄚˋ ㄆㄨㄝˊ
肉骨	膊骨	bá(h)-kút	ㄅ˅ㄚˋ ㄍㄨㄊˋ

華語	台語	國際音標	注音符號
肉絲	腗絲	bá(h)-si	ㄅ"ㄚˋ ㄙㄧ
肉干	腗干	bá(h)-kuañ	ㄅ"ㄚˋ ㄍㄥㄨㄚ
肉脯	腗脯	bá(h)-hú	ㄅ"ㄚˋ ㄏㄨˋ
肉鬆	腗酥	bá(h)-sɔ	ㄅ"ㄚˋ ㄙɔ
肉醬	腗醬	bá(h)-chiùñ	ㄅ"ㄚˋ ㄐㄥㄧㄨˇ
肉燥	腗燥	bá(h)-sò	ㄅ"ㄚˋ ㄙㄜˇ
肉丸	腗丸	bá(h)-uân	ㄅ"ㄚˋ ㄨㄢˊ
肉羹	腗羹	bá(h)-keñ	ㄅ"ㄚˋ ㄍㄥㄝ
臘腸	臘腸	làh-tsiâŋ	ㄌㄚㄏˇ ㄑㄧㄤˊ
香腸	胭腸	iēn-tsiâŋ	ㄧㄝㄣㄧ ㄑㄧㄤˊ
灌腸	灌腸	kuán-tsiâŋ	ㄍㄨㄢˋ ㄑㄧㄤˊ
粉腸	粉腸	hun-tsiâŋ	ㄏㄨㄣ ㄑㄧㄤˊ
火腿	火腿	hue-túi	ㄏㄨㄝ ㄊㄨㄧˋ
豬腳	豬跤	dī-kha	ㄉㄧㄧ ㄎㄚ
蹄膀	腿腗	tui-báh	ㄊㄨㄧ ㄅ"ㄚ˙
馬肉	馬腗	be-báh	ㄅ"ㄝ ㄅ"ㄚ˙
牛肉	牛腗	gū-báh	ㄍ"ㄨㄧ ㄅ"ㄚ˙
羊肉	羊腗	iūñ-báh	ㄥㄧㄨㄧ ㄅ"ㄚ˙
豬肉	豬腗	dī-báh	ㄉㄧㄧ ㄅ"ㄚ˙
豬肝	豬肝	dī-kuañ	ㄉㄧㄧ ㄍㄥㄨㄚ
蛇肉	蛇腗	chūa-báh	ㄗㄨㄚㄧ ㄅ"ㄚ˙
雞肉	雞腗	kē-báh	ㄍㄝㄧ ㄅ"ㄚ˙
雞肉飯	雞腗飯	kē-bá(h)-pŋ̄	ㄍㄝㄧ ㄅ"ㄚˋ ㄅㄥㄧ
火雞肉	火雞腗	hue-kē-báh	ㄏㄨㄝ ㄍㄝㄧ ㄅ"ㄚ˙
雞頭	雞頭	kē-tâu	ㄍㄝㄧ ㄊㄠˊ
雞脖子	雞頷 頣	kē-àm-kún	ㄍㄝㄧ ㄚㄇˇ ㄍㄨㄣˋ
雞腿	雞腿	kē-túi	ㄍㄝㄧ ㄊㄨㄧˋ

華語	台語	國際音標	注音符號
雞腿飯	雞腿飯	kē-tui-pŋ̄	ㄍㄝ— ㄊㄨ— ㄅㄥ—
雞腳	雞跤	kē-kha	ㄍㄝ— ㄎㄚ
雞爪	雞跤爪	kē-khā-jiáu	ㄍㄝ— ㄎㄚ— ㆢㄧㄠˋ
雞尾椎	雞尾椎	kē-bue-chui	ㄍㄝ— ㆠㄨㄝ ㄗㄨ—
鴨肉	鴨膊	á(h)-báh	ㄚˋ ㆠㄚ•
鴨肉飯	鴨膊飯	á(h)-bá(h)-pŋ̄	ㄚˋ ㆠㄚˋ ㄅㄥ—
鵝肉	鵝膊	gō-báh	ㆣㄛ— ㆠㄚ•
鵝肝	鵝肝	gō-kuañ	ㆣㄛ— ㄍㄥㄨㄚ
魚肉	魚也膊	hī-a-báh	ㄏㄧ— ㄚ ㆠㄚ•
魚翅	魚翅	hī-tsì	ㄏㄧ— ㄑㄧˇ
魚鬆	魚酥	hī-sɔ	ㄏㄧ— ㄙㆦ
螺肉	螺膊	lē-báh	ㄌㄝ— ㆠㄚ•
蛤蜊肉	蟧也膊	lē-a-báh	ㄌㄚ— ㄚ ㆠㄚ•
肥肉	肥膊	pūi-báh	ㄅㄨㄧ— ㆠㄚ•
肥肉	白膊	pèh-báh	ㄅㄝㄏˇ ㆠㄚ•
瘦肉	菁膊	san-báh	ㄙㄢ ㆠㄚ•
瘦肉	赤膊	tsiá(h)-báh	ㄑㄧㄚˋ ㆠㄚ•
裡肌肉	腰内膊	iō-lài-báh	ㄧㄛ— ㄌㄞˇ ㆠㄚ•
排骨肉	排骨膊	pāi-kut-báh	ㄅㄞ— ㄍㄨㄊ ㆠㄚ•
五花肉	三層膊	sām-chān-báh	ㄙㄚㄇ ㄗㄢ— ㆠㄚ•
絞肉	絞膊	ka-báh	ㄍㄚ ㆠㄚ•
薰肉	薰膊	hūn-báh	ㄏㄨㄣ— ㆠㄚ•
烤肉	烘膊	hāŋ-báh	ㄏㄤ— ㆠㄚ•
炕肉[2]	炕膊	khɔ́ŋ-báh	ㄎㆦㄥˋ ㆠㄚ•
炕肉飯	炕膊飯	khɔ́ŋ-bá(h)-pŋ̄	ㄎㆦㄥˋ ㆠㄚˋ ㄅㄥ—
滷肉	滷膊	lɔ-báh	ㄌㆦ ㆠㄚ•
滷肉飯	滷膊飯	lɔ-bá(h)-pŋ̄	ㄌㆦ ㆠㄚˋ ㄅㄥ—

華語	台語	國際音標	注音符號
紅燒肉	紅燒�	āŋ-siō-báh	ㄤㄧ ㄙㄧㄛㄧ ㄅ˶ㄚ˙
紅糟肉	紅糟膊	āŋ-chāu-báh	ㄤㄧ ㄗㄠㄧ ㄅ˶ㄚ˙
白斬肉	白劖膊	pèh-chàm-báh	ㄅㄝㄏˇ ㄗㄚㄇˇ ㄅ˶ㄚ˙

註釋

❶ 台語的「肉」文讀音為【jiɔ̄k，ㄐ˶ㄧㄛㄍㄧ】，「骨肉」的文讀音為【kut-jiɔ̄k，ㄍㄨㄊ　ㄐ˶ㄧㄛㄍㄧ】，「肉」的口語音為【jiâu，ㄐ˶ㄧㄠˊ】，就是「皺」的最古老本字。

而「肉」的最古老本字為「毛」，《禮記禮運篇》：「飲其血，茹其毛。」「茹其毛」的原本意思就是「吃鳥獸的肉」，「毛」在周朝時做為【báh，ㄅ˶ㄚ˙】口語音的借音字。

在台語發音「分別」【hūn-piēt，ㄏㄨㄣㄧ　ㄅㄧㄝㄊㄧ】的「別」文讀音為【piēt，ㄅㄧㄝㄊㄧ】、口語音訓讀為「認別」【jìn-bát，ㄐ˶ㄧㄣˇ　ㄅ˶ㄚㄊˋ】的「別」【bát，ㄅ˶ㄚㄊˋ】，文讀音的【p，ㄅ】聲母可訓讀為口語音的【b，ㄅ˶】聲母。「北」的文讀音為【pɔ́k，ㄅㄛㄍˋ】、口語音訓讀為「台北」的「北」【pák，ㄅㄚㄍˋ】，「薄」的文讀音為【pɔ̄k，ㄅㄛㄍㄧ】、口語音訓讀為「真薄」的「薄」【pōh，ㄅㄛㄏㄧ】，文讀音的【ɔ́k，ㄛㄍˋ】韻母，口語音可訓讀為【áh，ㄚ˙】韻母。

所以「膊」文讀音為【pɔ́k，ㄅㄛㄍˋ】、口語音可訓讀為【báh，ㄅ˶ㄚ˙】，因此將「膊」作為台語表示「肉」口語音的【báh，ㄅ˶ㄚ˙】漢字。而「膊」字本來意思就是指「肉」，見《淮南子繆稱訓》：「故同味而嗜厚膊者，必其甘之者也。」「厚膊，厚切肉也。」北京話的「赤膊」就是光著上身而露出上身肌肉。形容一個人身體肥胖或結實而有肌肉，就稱為「膊膊」【bá(h)-báh，ㄅ˶ㄚˋ　ㄅ˶ㄚ˙】。

❷ 台語的「炕」指細火慢燉的意思，《唐韻》：「炕，苦浪切。」取「苦」【khɔ́，ㄎㄛˋ】陰清聲母【kh，ㄎ】和「浪」【lɔ̄ŋ，ㄌㄛㄥㄧ】陽去韻母【ɔ̄ŋ，ㄛㄥㄧ】切合成陰去調【khɔ̀ŋ，ㄎㄛㄥˇ】，《玉篇》：「炕，炙也。」

台灣童謠「默也膠」

默也膠❶，黏著跤❷，

【dam-a-ka liām-diòh-kha】

ㄉㄚㄇ ㄚ ㄍㄚ，ㄌㄧㄚㄇㄧ ㄌㄧㄛㄏˇ ㄎㄚ，

叫阿爸，買豬跤；

【kió-ā-pa be-dī-kha】

ㄍㄧㄛˋ ㄚㄧ ㄅㄚ，ㄅ˝ㄝ ㄌㄧㄧ ㄎㄚ；

豬跤箍，渾❸爛爛，

【dī-khā-khɔ kūn-nùa-nūa】

ㄌㄧㄧ ㄎㄚ ㄎㄛ，ㄍㄨㄣㄧ ㄋㄨㄚˇ ㄋㄨㄚㄧ，

憂❹鬼𡢃也，流喙瀾❺。

【iāu-kui-gin-á lāu-tsúi-nūa】

ㄧㄠㄧ ㄍㄨㄧ ㄍ˝ㄧㄣㄚˋ，ㄌㄠㄧ ㄘㄨㄧˋ ㄋㄨㄚㄧ。

註釋

❶「默也膠」就是瀝青、柏油，台語稱「柏油路」為「默也膠路」【dam-a-kā-lɔ̄，ㄉㄚㄇ ㄚ ㄍㄚ一 ㄌㄛ一】。《唐韻》：「默，都敢切，音膽【dám，ㄉㄚㄇ丶】。」「都敢切」取「都」【dɔ，ㄉㄛ】的陰清聲母【d，ㄉ】和「敢」【kám，ㄍㄚㄇ丶】的陰上韻母【ám，ㄚㄇ丶】切合成陰上調【dám，ㄉㄚㄇ丶】。

《說文解字》：「默，滓垢也。」瀝青、柏油就是將原油提煉成各種油品之後，沉澱於分餾塔底的黏膠般滓垢，加以利用，可鋪於碎石子路上。「默」在北京話為罕用字，不識者就以發音接近的「點」【diám，ㄉ一ㄚㄇ丶】字來代替，因此市面出現的歌本、教科書都印成「點仔膠」，結果便將「默也膠」【dam-a-ka，ㄉㄚㄇ ㄚ ㄍㄚ】唸成「點仔膠」【diam-a-ka，ㄉ一ㄚㄇ ㄚ ㄍㄚ】，筆者每次聽到小朋友唸成【diam-a-ka，ㄉ一ㄚㄇ ㄚ ㄍㄚ】，感覺十分刺耳，甚至會起雞皮疙瘩（起雞母皮）【khi-kē-bo-phûe，ㄎ一 ㄍㄝ一 ㄅ˙ㄛ ㄆㄨㄝˊ】。

❷《廣韻》：「跤，口交切。」取「口」【khɔ́，ㄎㄛ丶】的陰清聲母【kh，ㄎ】和「交」的陰平韻母【kau，ㄍㄠ】切合成陰平調【khau，ㄎㄠ】，而同韻的「膠」文讀音為【kau，ㄍㄠ】、口語音為【ka，ㄍㄚ】；同理，「跤」的口語音為【kha，ㄎㄚ】。俗寫以北京話的「腳」代替「跤」，然而台語「腳」的文讀音為【kiɔ́k，ㄍ一ㄛㄍ丶】、口語音為【kióh，ㄍ一ㄜㄏ•】，如「腳數」【kió(h)-siàu，ㄍ一ㄜ丶 ㄙ一ㄠˇ】，是傢伙、手腳的意思。

❸ 將食物置於水中煮至沸騰，台語稱為【kûn，ㄍㄨㄣˊ】，其正字為「渾」，「渾」的文讀音為【hûn，ㄏㄨㄣˊ】、口語音為【kûn，ㄍㄨㄣˊ】，同聲母的「糊」文讀音為【hɔ̂，ㄏㄛˊ】、口語音為【kɔ̂，ㄍㄛˊ】。

「渾渾」的原本意思為「波相隨貌」，古人形容天地初開為「沌沌渾渾」，如同溫泉湧出地面一直冒水泡，引伸形容「水煮至滾沸」。

❹「枵」的文讀音為【iu，一ㄨ】、口語音為【iau，一ㄠ】（古文中有訓「枵」讀如「妖」音【iau，一ㄠ】），當胃有飢餓之感，透過神經傳至大腦而顯現「枵意」於顏面，俗寫借用「枵腹」的「枵」字，「枵」的發音為【hiau，ㄏ一ㄠ】。

❺「喙」就是北京話的「嘴」，而「喙瀾」就是北京話的「口水」。「嘴」的發音為陰上調【chúi，ㄗㄨ一丶】，不合陰去調「喙」【tsùi，ㄘㄨ一ˇ】。

肆之二 蛋類食品

華語	台語	國際音標	注音符號
蛋	卵	nŋ̄	ㄋㄥ一
蛋雞	卵雞	nŋ̄-ke	ㄋㄥ∨ ㄍㄝ
孵蛋	窶卵[1]	pù-nŋ̄	ㄅㄨ∨ ㄋㄥ一
下蛋	生卵	sēñ-nŋ̄	ㄙㄥㄝ一 ㄋㄥ一
鮮蛋	鮮卵	tsēñ-nŋ̄	ㄘㄥㄝ一 ㄋㄥ一
蛋白	卵白	nŋ̄-pēh	ㄋㄥ∨ ㄅㄝㄏ一
蛋白質	卵白質	nŋ̄-pèh-chít	ㄋㄥ∨ ㄅㄝㄏ∨ ㄐ一ㄊ丶
蛋清	卵清	nŋ̄-tsieŋ	ㄋㄥ∨ ㄑ一ㄝㄥ
蛋黃	卵仁[2]	nŋ̄-jîn	ㄋㄥ∨ ㄐ˚一ㄣ´
蛋粉	卵粉	nŋ̄-hún	ㄋㄥ∨ ㄏㄨㄣ丶
雞蛋	雞卵	kē-nŋ̄	ㄍㄝ一 ㄋㄥ一
鴨蛋	鴨卵	á(h)-nŋ̄	ㄚ丶 ㄋㄥ一
鵝蛋	鵝卵	gō-nŋ̄	ㄍ˚ㄛ一 ㄋㄥ一
鳥蛋	鳥也卵	chiau-a-nŋ̄	ㄐ一ㄠㄚ ㄋㄥ一
魚卵	魚卵	hī-nŋ̄	ㄏ一一 ㄋㄥ一
鹹蛋	鹹卵	kiām-nŋ̄	ㄍ一ㄚㄇ一 ㄋㄥ一
鹹鴨蛋	鹹鴨卵	kiām-á(h)-nŋ̄	ㄍ一ㄚㄇ一 ㄚ丶 ㄋㄥ一
皮蛋	皮蛋	phī-dàn	ㄆ一一 ㄉㄢ∨
荷包蛋	卵包	nŋ̄-pau	ㄋㄥ∨ ㄅㄠ
煎蛋	煎卵	chiēn-nŋ̄	ㄐ一ㄝㄣ一 ㄋㄥ一
蒸蛋	炊卵	tsūe-nŋ̄	ㄘㄨㄝ一 ㄋㄥ一
白煮蛋	煠卵	sàh-nŋ̄	ㄙㄚㄏ∨ ㄋㄥ一
滷蛋	滷卵	lɔ-nŋ̄	ㄌɔ ㄋㄥ一
蛋炒飯	炒卵飯	tsa-nŋ̄-pŋ̄	ㄘㄚ ㄋㄥ∨ ㄅㄥ一

華語	台語	國際音標	注音符號
蛋包飯	卵包飯	nn̄g-pāu-pn̄g	ㄋㄥˇ ㄅㄠ一 ㄅㄥ一
蛋湯	卵湯	nn̄g-tng	ㄋㄥˇ ㄊㄥ
蛋皮	卵皮	nn̄g-phûe	ㄋㄥˇ ㄆㄨㄝˊ
蛋捲	卵捲	nn̄g-kńg	ㄋㄥˇ ㄍㄥˋ
蛋糕	雞卵糕	kē-nn̄g-ko	ㄍㄝ一 ㄋㄥˇ ㄍㄛ

註釋

❶《集韻》：「𡨧，扶富切。」取「扶」【hû , ㄏㄨˊ】的陽濁聲母【h , ㄏ】和「富」【hù ,ㄏㄨˇ】的陰去韻母【ù , ㄨˇ】切合成陽去調【hū , ㄏㄨ一】，「𡨧」的意思為「鳥抱卵也」。

同聲母的「富」文讀音為【hù ,ㄏㄨˇ】、口語音為【pù ,ㄅㄨˇ】，同理「𡨧」文讀音為【hū , ㄏㄨ一】、口語音可訓讀為【pū ,ㄅㄨ一】。

❷「卵仁」的「仁」是俗寫的借音字，正字是源自於象形文的「臣」，「頤」字的左旁「臣」字中間有個「口」字就是蛋黃，「口」字的上下各一小直線就是繫帶(相當於臍帶)。

也有另一個說法為「臣」【sîn , ㄙ一ㄣˊ】字，古音發【jîn ,ㄐˋ一ㄣˊ】，古文原本意思就是指蛋的內部結構。

伍、蔬菜與水果

「老闆，來一盤『A菜』！」

「A菜」到底是什麼菜？難不成還有B菜、C菜？其實「A菜」就是「萵也菜」，「萵」字廈門腔發音和英語字母“A”相近，因此訛傳成「A菜」。

至於營養又普及的番茄，爲什麼被稱爲「臭柿也」？原來台灣在日本統治時代，日本人剛引進番茄種植時，台北地區的民眾根本無法接受這種外形像柿子、口感卻不佳的水果，所以北部人便稱它爲「臭柿也」。後來經過品種改良，在南部推廣種植，味道變好了，南部人以其外形像橘子，因此稱它爲「柑也蜜」。

伍之一 菜蔬、菇類與瓜類食品

一、菜蔬

華語	台語	國際音標	注音符號
蔬菜	菜蔬	tsái-se	ㄘㄞˋ ㄙㄝ
種菜	種菜	chiéŋ-tsài	ㄐㄧㄝㄥˋ ㄘㄞˇ
菜園	菜園	tsái-hŋ̂	ㄘㄞˋ ㄏㄥˊ
菜子	菜子	tsái-chí	ㄘㄞˋ ㄐㄧˋ
菜葉	菜葉	tsái-hiōh	ㄘㄞˋ ㄏㄧㄜㄏㄧ
菜心	菜心	tsái-sim	ㄘㄞˋ ㄙㄧㄇ

華語	台語	國際音標	注音符號
菜榷	菜榷	tsái-khɔ́k	ㄘㄞˋ ㄎㄛㄍˋ
菜豆	菜豆	tsái-dāu	ㄘㄞˋ ㄉㄠ一
花椰菜	菜花	tsái-hue	ㄘㄞˋ ㄏㄨㄝ
蘿蔔	菜頭	tsái-tâu	ㄘㄞˋ ㄊㄠˊ
紅蘿蔔	紅菜頭	āŋ-tsái-tâu	ㄤ一 ㄘㄞˋ ㄊㄠˊ
蘿蔔干[1]	菜脯	tsái-pɔ́	ㄘㄞˋ ㄅㄛˋ
青椒	青番薑	tsēñ-huān-kiuñ	ㄘㄥㄝ一 ㄏㄨㄢ一 ㄍㄥ一ㄨ
青菜	青菜	tsēñ-tsài	ㄘㄥㄝ一 ㄘㄞˇ
青江菜[2]	青岡菜	tsiēŋ-kāŋ-tsài	ㄘ一ㄝㄥ一 ㄍㄤ一 ㄘㄞˇ
白菜	白菜	pèh-tsài	ㄅㄝㄏˇ ㄘㄞˇ
荇菜	荇菜	hièŋ-tsài	ㄏ一ㄝㄥˇ ㄘㄞˇ
芥菜	芥菜	kúa-tsài	ㄍㄨㄚˋ ㄘㄞˇ
芥菜	長年菜	dŋ̄-nī-tsài	ㄉㄥ一 ㄋ一一 ㄘㄞˇ
芥藍菜	芥藍也菜	ké-nā-a-tsài	ㄍㄝˋ ㄋㄚ一ㄚ ㄘㄞˇ
韭菜	韭菜	ku-tsài	ㄍㄨ ㄘㄞˇ
韭菜花	韭菜花	ku-tsái-hue	ㄍㄨ ㄘㄞˋ ㄏㄨㄝ
九層塔[3]	九棧疊	kau-chán-tāh	ㄍㄠ ㄗㄢˋ ㄊㄚㄏ一
芹菜	芹菜	khīn-tsài	ㄎ一ㄣ一 ㄘㄞˇ
波菜	菠稜也菜	pūe-liēŋ-a-tsài	ㄅㄨㄝ一 ㄌ一ㄝㄥ一 ㄚ ㄘㄞˇ
茼蒿	茼蒿	dāŋ-o	ㄉㄤ一 ㄛ
萵菜	萵也菜	ūe-a-tsài	ㄨㄝ一 ㄚ ㄘㄞˇ
空心菜	蕹菜	iéŋ-tsài	一ㄝㄥˋ ㄘㄞˇ
香菜	芫荽	iēn-sui	一ㄝㄣ一 ㄙㄨ一
酸菜	鹹菜	kiām-tsài	ㄍ一ㄚㄇ一 ㄘㄞˇ
泡菜	泡菜	pháu-tsài	ㄆㄠˋ ㄘㄞˇ
醬菜	醬菜	chiúñ-tsài	ㄐㄥ一ㄨˋ ㄘㄞˇ
榨菜	四川菜	sú-tsuān-tsài	ㄙㄨˋ ㄘㄨㄢ一 ㄘㄞˇ

華語	台語	國際音標	注音符號
豆芽菜	豆菜	dàu-tsài	ㄉㄠˇ ㄘㄞˇ
高麗菜	高麗菜	kō-lē-tsài	ㄍㄛˉ ㄌㄝˉ ㄘㄞˇ
山東大白菜	山東白也	suāñ-dāŋ-pēh-á	ㄙㄥㄨㄚˉ ㄉㄤˉ ㄅㄝㄏˉ ㄚˋ
金針菜	金針	kīm-chiam	ㄍㄧㄇˉ ㄐㄧㄚㄇ
地瓜葉	番薯葉	hān-chī-hiōh	ㄏㄢˉ ㄐㄧˉ ㄏㄧㄛㄏˉ
蓮藕	蓮藕	liēn-gnāu	ㄌㄧㄝㄣˉ ㆣㄥㄠˉ
蓮子	蓮子	liēn-chí	ㄌㄧㄝㄣˉ ㄐㄧˋ
菱角	菱角	liēŋ-kák	ㄌㄧㄝㄥˉ ㄍㄚㄍˋ
荸薺	馬薺	be-chî	ㆠㄝ ㄐㄧˊ
茭白	茭白筍	khā-pèh-sún	ㄎㄚˉ ㄅㄝㄏˇ ㄙㄨㄣˋ
蘆筍	蘆筍	lɔ̄-sún	ㄌㆦˇ ㄙㄨㄣˋ
筍子	筍也	sun-á	ㄙㄨㄣ ㄚˋ
竹筍	竹筍	diek-sún	ㄉㄧㄝㄍ ㄙㄨㄣˋ
綠竹筍	綠竹筍	lièk-diek-sún	ㄌㄧㄝㄍˇ ㄉㄧㄝㄍ ㄙㄨㄣˋ
毛筍	麻也筍	mūa-a-sún	ㄇㄨㄚˉ ㄚ ㄙㄨㄣˋ
冬筍	冬筍	dāŋ-sún	ㄉㄤˉ ㄙㄨㄣˋ
筍絲	筍絲	sun-si	ㄙㄨㄣ ㄙㄧ
筍干	筍干	sun-kuañ	ㄙㄨㄣˋ ㄍㄥㄨㄚ
大蒜	蒜頭	suán-tâu	ㄙㄨㄢˋ ㄊㄠˊ
蒜苗	蒜也	suan-á	ㄙㄨㄢ ㄚˋ
蒜瓣	蒜瓣	suán-pān	ㄙㄨㄢˋ ㄅㄢˉ
蒜泥	蒜蓉	suán-jiɔ̂ŋ	ㄙㄨㄢˋ ㆡㄧㆦㄥˊ
青蔥	蔥也	tsāŋ-á	ㄘㄤˉ ㄚˋ
蔥的根莖	蔥頭	tsāŋ-tâu	ㄘㄤˉ ㄊㄠˊ
蔥花	油蔥	iū-tsaŋ	ㄧㄨˉ ㄘㄤ
洋蔥[4]	白蔥	pèh-tsaŋ	ㄅㄝㄏˇ ㄘㄤ
薑	薑	kiuñ	ㄍㄥㄧㄨ

華語	台語	國際音標	注音符號
薑絲	薑絲	kiūñ-si	ㄍㄥ一ㄨ一 ㄙ一
老薑	薑母	kiūñ-bó	ㄍㄥ一ㄨ一 ㄅ˙ㄛˋ
嫩薑	仔薑	chiñ-kiuñ	ㄐㄥ一 ㄍㄥ一ㄨ
小辣椒	番薑也	huān-kiūñ-á	ㄏㄨㄢ一 ㄍㄥ一ㄨ一 ㄚˋ
辣椒	番薑	huān-kiuñ	ㄏㄨㄢ一 ㄍㄥ一ㄨ
辣椒	薟薑	hiām-kiuñ	ㄏ一ㄚㄇ一 ㄍㄥ一ㄨ
辣椒	薟椒	hiām-chio	ㄏ一ㄚㄇ一 ㄐ一ㄛ
茄	茄	kiô	ㄍ一ㄛˊ
番茄	トマト	tō-ma-tóh	ㄊㄛ一 ㄇㄚ ㄊㄛ˙

來一盤A菜？

「萵也菜」的廈門腔發音【ē-a-tsài ,ㄝ一 ㄚ ㄘㄞˇ】，而「萵」字廈門腔發音和英語字母“A”相近，目前餐廳的服務人員大部分皆不知「萵」爲正字，所以當客人點萵菜時，都寫成「A菜」，有些餐廳的菜單上也出現「A菜」。

筆者在餐廳第一次看到菜單上印著「A菜」的時候，心中十分納悶，於是拿著菜單問服務小姐：「請問什麼是『A菜』？」小姐用台語回答：「就是【ē-a-tsài , ㄝ一 ㄚ ㄘㄞˇ】！」筆者才恍然大悟，頓時頗有「啼笑皆非」的感覺。

番茄又稱「臭柿也」？

台灣在日本統治時代，由日本人引進番茄種植，日本人稱番茄爲「トマト」，是引用英語"tomato"的外來語，台灣人也因此跟著日本人稱

呼番茄爲「トマト」，發音爲【tō-ma-tóh , ㄊㄛ一 ㄇㄚ ㄊㄛ•】。

然而最初日本人在台北地區種植的番茄味道不佳，這種外形像柿子的水果，一般民衆根本無法接受，所以北部人稱它爲「臭柿也」【tsáu-khī-á ,ㄘㄠˋ ㄎ一一 ㄚˋ】。

後來經過品種改良，在南部推廣種植，結果味道較佳、無臭味而略酸，生食時沾甘草粉【kām-tso-hún , ㄍㄚㄇ一 ㄘㄛ ㄏㄨㄣˋ】或砂糖較爲爽口，南部人以其外形像橘子（台語稱爲「柑也」【kām-á , ㄍㄚㄇ一 ㄚˋ】），因此就稱它爲「柑也蜜」【kām-a-bīt , ㄍㄚㄇ一 ㄚ ㄅ˜一ㄊ一】。

「荸薺」，小孩的天然零食

「荸薺」別名馬蹄，又名慈菇，莎草科，生長於沼澤地，地上莖圓柱形，可達 75公分；莖末端膨大成扁圓形球狀，直徑約4公分，黑紫或黑褐色。「荸薺」去皮洗靜後，肉質潔白，味甜多汁，清脆可口，因可生食，以往成爲農家小孩的天然零食。在台菜的美食料理中，「荸薺」切成小方塊（俗稱切丁）可以作爲脆丸、魚漿、雞捲中的添加物；糖醋排骨、糖醋魚也可以加「荸薺小方塊」一起快炒，增加該項料理的芳香滋味。

二、菇類

華語	台語	國際音標	注音符號
菇類	菇類	kɔ̄-lūi	ㄍㆦˉ ㄌㄨㄧˉ
香菇	香菇	hiūñ-kɔ	ㄏㆩㄧㄨˉ ㄍㆦ
草菇	草菇	tsau-kɔ	ㄘㄠ ㄍㆦ
蘑菇	蘑菇	mɔ̄ -kɔ	ㄇㆦˉ ㄍㆦ
金針菇	金針菇	kīm-chiām-kɔ	ㄍㄧㄇˉ ㄐㄧㄚㄇˉ ㄍㆦ
雞肉絲菇	雞膊絲菇	kē-bá(h)-sī-kɔ	ㄍㄝˉ ㆠㄚˋ ㄙㄧˉ ㄍㆦ
松茸	松茸	siɔ̄ŋ-jiɔ̂ŋ	ㄙㄧㆦㄥˉ ㆢㄧㆦㄥˊ
木耳	木耳	bɔ̄k-ní	ㆠㆦㄍˇ ㄋㄧˋ
白木耳	白木耳	pèh-bɔ̄k-ní	ㄅㄝㄏˇ ㆠㆦㄍˇ ㄋㄧˋ
銀耳❺	銀耳	gīn-ní	ㆣㄧㄣˉ ㄋㄧˋ

三、瓜類

華語	台語	國際音標	注音符號
瓜類	瓜類	kūe-lūi	ㄍㄨㄝˉ ㄌㄨㄧˉ
匏瓜	匏也	pū-á	ㄅㄨˉ ㄚˋ
絲瓜	菜瓜	tsái-kue	ㄘㄞˋ ㄍㄨㄝ
胡瓜、黃瓜	刺瓜	tsí-kue	ㄑㄧˋ ㄍㄨㄝ
小黃瓜	刺瓜也	tsí-kūe-á	ㄑㄧˋ ㄍㄨㄝˉ ㄚˋ
南瓜	金瓜❻	kīm-kue	ㄍㄧㄇˉ ㄍㄨㄝ
冬瓜	冬瓜	dāŋ-kue	ㄉㄤˉ ㄍㄨㄝ
苦瓜	苦瓜	khɔ-kue	ㄎㆦ ㄍㄨㄝ
腌瓜	腌瓜	ām-kue	ㄚㄇˉ ㄍㄨㄝ
醬瓜	醬瓜	chiúñ-kue	ㄐㆩㄧㄨˋ ㄍㄨㄝ

「湯匙也菜」的台語正名是「青岡菜」，「岡」字的由來是因為它必須種在排水良好的肥沃砂質土壤，種植的人必須將菜圃的土堆積成一稜一稜的小山岡，而「青岡菜」就種在小山岡上，如此一來，遇到下雨時，雨水就會沿著小山岡的斜坡流下。所以菜農在栽培「青岡菜」的期間必須經常巡視菜圃、修整稜角坡度（雨勢大時，砂土容易被沖刷），否則一旦積水，「青岡菜」的根莖部位便容易腐爛。

「青岡菜」的葉形似湯匙，所以亦有人稱它為「湯匙也菜」【tŋ̄-sī-a-tsài ,ㄊㄥ一 ㄙ一ˊ ㄚ ㄘㄞˇ】。

壞瓜厚子？壞人厚話？

台語有一句意義深遠的俗諺：「痞瓜厚子，痞俍厚言語。」【phaiñ-kue kàu-chí，phaiñ-lâŋ kàu-giē n-gí , ㄆㄥㄞ ㄍㄨㄝ ㄍㄠˇ ㄐ一ˋ，ㄆㄥㄞ ㄌㄤˊ ㄍㄠˇ ㄍˋ一ㄝㄣ一 ㄍˋ一ˋ】「痞瓜厚子」是指不好的瓜裡面有很多子，「痞俍厚言語」是指不好的人話很多；台語的「厚話」【kàu-ūe，ㄍㄠˇ ㄨㄝ一】，是「話很多」的意思。

註釋

❶「蘿蔔干炒蛋」在台語稱為「菜脯卵」【tsái-pɔ -nŋ̄ , ㄘㄞˋ ㄅㄛ ㄋㄥ一】。

❷「青江菜」名稱的由來有一說是因為它原名江門白菜，但本菜名稱在華語卻發音【ㄑ一ㄥ ㄍㄤ ㄘㄞˋ】，「江」在華語的發音【ㄐ一ㄤ】並不符合【ㄍㄤ】。其實它在台語的正名應該是「青岡菜」，而「岡」在台語的口語音和漳州腔皆發音【kaŋ ,ㄍㄤ】（「岡」的文讀音為【kɔŋ ，ㄍㄛㄥ】），與台語的「江」發音【kaŋ ,

ㄍㄤ】相同，「岡」也符合華語發音【ㄍㄤ】；但是台語的【kaŋ ,ㄍㄤ】發音，一般人就聯想到「江」，而知道「岡」字在台語發音【kaŋ ,ㄍㄤ】的人似乎不多，所以俗字寫成「青江菜」。

❸「九棧疊」名稱的由來，有一說是因花簇生於莖枝上部節上，間斷排列成五至九層；另一說是葉子生長得重疊多層，九層表示多層的意思，所以稱為「九層疊」。「第幾層」在台語稱為「第幾棧」【dè-kui-chàn，ㄉㄝˇ　ㄍㄨㄧ　ㄗㄢˇ】，因此「九層疊」的台語正字是「九棧疊」。

但是台語的「疊」【tāh，ㄊㄚㄏㄧ】和北京話的「塔」【ㄊㄚˇ】發音非常接近，所以俗字寫成「九層塔」；而台語的「疊」【tāh，ㄊㄚㄏㄧ】是表示重疊的意思，「疊」的台語文讀音為【tiāp，ㄊㄧㄚㄅㄧ】、口語音為【tāh，ㄊㄚㄏㄧ】，「重疊」的台語發音為【diēŋ-tāh，ㄉㄧㄝㄥㄧ　ㄊㄚㄏㄧ】。

❹「洋蔥」的日語稱為「たまねぎ」，漢字寫成「玉蔥」。台灣在日本統治時代，大部分的人也都跟著用日語說「たまねぎ」【tamanegi】，或是按「玉蔥」的漢字發音【giɔ̄k-tsaŋ，ㄍ〃ㄧㄛㄍˇ　ㄘㄤ】。

❺ 銀耳是白木耳的別稱。

❻ 因為「南瓜」的果肉呈金黃色，所以台語稱它為「金瓜」。

伍之二 水果

華語	台語	國際音標	注音符號
西瓜❶	絲瓜	sī-kue	ㄙㄧㄧ　ㄍㄨㄝ
木瓜	木瓜	bɔ̄k-kue	ㄅ〃ㄛㄍˇ　ㄍㄨㄝ
木瓜干	木瓜干	bɔ̄k-kue-kuañ	ㄅ〃ㄛㄍˇ　ㄍㄨㄝ　ㄍㄥㄨㄚ
木瓜糖	木瓜糖	bɔ̄k-kue-tŋ̂	ㄅ〃ㄛㄍˇ　ㄍㄨㄝ　ㄊㄥˊ
香瓜	芳瓜	phāŋ-kue	ㄆㄤㄧ　ㄍㄨㄝ
洋香瓜	洋芳瓜	iūñ-phāŋ-kue	ㄥㄧㄨㄧ　ㄆㄤㄧ　ㄍㄨㄝ
哈密瓜	哈密瓜	hā-bìt-kue	ㄏㄚㄧ　ㄅ〃ㄧㄊˇ　ㄍㄨㄝ
甜瓜	甜瓜	dīñ-kue	ㄉㄥㄧㄧ　ㄍㄨㄝ
蜜瓜	蜜瓜	bìt-kue	ㄅ〃ㄧㄊˇ　ㄍㄨㄝ
黃瓜❷	黃瓜	ŋ̄-kue	ㄥㄧ　ㄍㄨㄝ

華語	台語	國際音標	注音符號
水果	水果	chui-kó	ㄗㄨㄧ ㄍㄜˋ
果子	果子	kue-chí	ㄍㄨㄝ ㄐㄧˋ
果園	果子園	kue-chi-hŋ̂	ㄍㄨㄝ ㄐㄧ ㄏㄥˊ
果樹	果子樹	kue-chi-tsiū	ㄍㄨㄝ ㄐㄧ ㄑㄧㄨㄧ
果皮	果子皮	kue-chi-phûe	ㄍㄨㄝ ㄐㄧ ㄆㄨㄝˊ
果肉	果子膊	kue-chi-báh	ㄍㄨㄝ ㄐㄧ ㄅ"ㄚ˙
果醬	果子醬	kue-chi-chiùñ	ㄍㄨㄝ ㄐㄧ ㄐㄥㄧㄨˇ
果汁❸	果子汁	kue-chi-chiáp	ㄍㄨㄝ ㄐㄧ ㄐㄧㄚㄅˋ
無花果	無花果	bū-hūa-kó	ㄅ"ㄨㄧ ㄏㄨㄚㄧ ㄍㄜˋ
蜜餞	鹹酸甜	kiām-sŋ̄-diñ	ㄍㄧㄚㄇㄧ ㄙㄥㄧ ㄉㄥㄧ
檸檬❹	檸檬	lē-bɔ̄ŋ	ㄌㄝㄧ ㄅ"ɔㄥˋ
檸檬汁	檸檬汁	lē-bɔŋ-chiáp	ㄌㄝㄧ ㄅ"ɔㄥ ㄐㄧㄚㄅˋ
柚子	柚也	iū-á	ㄧㄨㄧ ㄚˋ
柚子皮	柚也皮	iū-a-phûe	ㄧㄨㄧ ㄚ ㄆㄨㄝˊ
文旦	文旦	būn-dàn	ㄅ"ㄨㄣㄧ ㄉㄢˇ
橘子	柑也	kām-á	ㄍㄚㄇㄧ ㄚˋ
橘子皮	柑也皮	kām-a-phûe	ㄍㄚㄇㄧㄚˋ ㄆㄨㄝˊ
橘子汁	柑也汁	kām-a-chiáp	ㄍㄚㄇㄧㄚˋ ㄐㄧㄚㄅˋ
碰柑	胖柑	phɔ̄ŋ-kam	ㄆɔㄥˋ ㄍㄚㄇ
桶柑	桶柑	taŋ-kam	ㄊㄤ ㄍㄚㄇ
柳橙❺	柳橙	liu-diêŋ	ㄌㄧㄨ ㄌㄧㄝㄥˊ
桔子	桔也	kiet-á	ㄍㄧㄝㄊ ㄚˋ
柿子	柿也	khī-á	ㄎㄧㄧ ㄚˋ
黃柿	黃柿	ŋ̄-khī	ㄥㄧ ㄎㄧㄧ
脆柿❻	脆柿	tsé-khī	ㄘㄝˋ ㄎㄧㄧ
紅柿	紅柿	āŋ-khī	ㄤㄧ ㄎㄧㄧ
軟柿❼	耎柿	nŋ̄-khī	ㄋㄥ ㄎㄧㄧ

「蜜餞」為何叫「鹹酸甜」？

「蜜餞」在台語文讀發音爲【bìt-chiēn, ㄅˋㄧㄊˇ ㄐㄧㄝㄣㄧ】。「蜜餞」在台語爲何稱爲「鹹酸甜」？因爲製作「蜜餞」基本原料就是李子、桔子、梅子、桃子、楊桃、橄欖等生果，由於這些生果基本味道比較酸澀，所以製作過程的第一道手續必須將生果用粗鹽浸漬，以去除苦澀味。鹽漬後的生果用清水洗淨後，進入第二道手續，就是將洗淨的鹽漬生果用甘草粉略加水浸漬，使得甘味滲入鹽漬生果。

滲入甘味的生果再用清水洗淨後，進入第三道手續，便是將滲入甘味的生果用糖漿（粗糖略加水後加溫熬成）浸漬（現代製造商爲縮短浸漬期間以及提高甜度，大都改用糖精）。

綜合蜜餞製作過程，用粗鹽浸漬生果產生「鹹味」，生果本身具有「酸味」，最後用糖漿或糖精浸漬產生「甜味」，因此「蜜餞」具有「鹹、酸、甜」三種味道，所以稱爲「鹹酸甜」。

至於取代糖漿的「糖精」【tn̄g-chieng , ㄊㄥㄧ ㄐㄧㄝㄥ】，在口語中多用「糖丹」【tn̄g-dan , ㄊㄥㄧ ㄉㄢ】一詞。「糖精」(saccharin)屬於有機化合物的人工甘味料，主要原料是甲苯，無色結晶性粉末，可作爲食糖代用品，比蔗糖甜三百至五百倍。

食用柿子的四大禁忌

民間流傳「柿子有四忌」（柿也有四忌【khī-á ù-sú-kī , ㄎㄧㄧ ㄚ丶 ㄨˇ ㄙㄨ丶 ㄍㄧㄧ】），到底是哪四項禁忌呢？

第一忌：空腹勿食

（空腹毋好嚼【kāng-pák m`-ho-chiāh , ㄎㄤㄧ ㄅㄚㄍ丶 ㄇˇ ㄏㄛ ㄐㄧㄚㄏㄧ】）

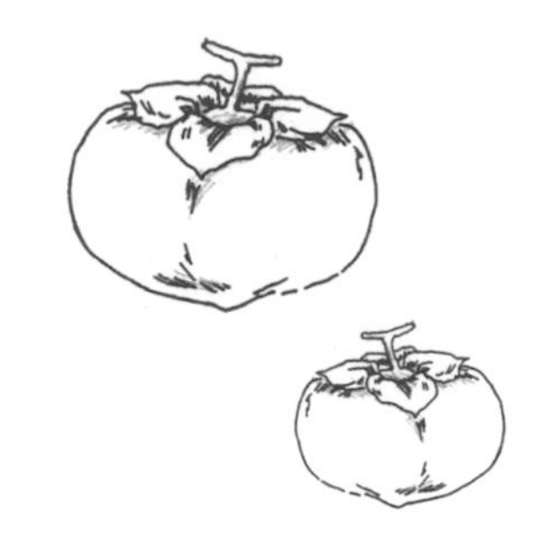

因柿子含有較多的鞣酸及果膠，在空腹的情況下，它們會在胃酸的作用下形成大小不等的硬塊，如果這些硬塊不能通過幽門到達小腸，就會滯留在胃中形成胃柿石，小的胃柿石最初如杏子核，但會愈積愈大。如果胃柿石無法自然被排出，那麼就會造成消化道梗阻，出現上腹部劇烈疼痛、嘔吐，甚至嘔血等癥狀。

第二忌：勿與魚、蝦、蟹等一起共食

（毋好佮魚、蝦、蟹同齊嚼【m`-ho-kap- hî、 hê、hē dāŋ-chē-chiāh，ㄇˇ ㄏㄛ ㄍㄚㄅ ㄏㄧˊ、ㄏㄝˊ、ㄏㄝ— ㄉㄤ— ㄘㄝ— ㄐㄧㄚㄏ—】）

依中醫的觀點，毛蟹與柿子都屬寒性食物，故不能同時食用。從現代醫學的角度來看，含高蛋白的魚、蝦、蟹在鞣酸的作用下，容易凝固成塊，即胃柿石。

第三忌：糖尿病患者勿食

（糖尿病患者毋好嚼【tŋ̄-jiò-pēñ huàn-chiá m`-ho-chiāh，ㄊㄥ— ㄐ˝ㄧㄛˇ ㄅㄥㄝ— ㄏㄨㄢˇ ㄐㄧㄚˋ ㄇˇ ㄏㄛ ㄐㄧㄚㄏ—】）

柿子中因含10.8%的糖類，且大多是簡單的雙糖和單糖（蔗糖、果糖、葡萄糖即屬此類），因此食用後亟易被吸收，使血糖升高。對於糖尿病人而言，尤其對血糖控制不佳的人更是有害。

第四忌：缺鐵性貧血患者勿食

（缺鐵性貧血患者毋好嚼【khuat-tí(h)-sièŋ pīn-hiét huàn-chiá m`-

ho-chiāh，ㄎㄨㄚㄊ　ㄊㄧˋ　ㄙㄧㄝㄥˇ　ㄅㄧㄣㄧ　ㄏㄧㄝㄊˋ　ㄏㄨㄢˇ　ㄐㄧㄚˋ　ㄇˇ　ㄏㄛ　ㄐㄧㄚㄏㄧ】）柿子所含單寧易與鐵質結合，從而妨礙人體對食物中鐵質的吸收，所以對缺鐵性貧血患者而言，還是少吃為妙。

華語	台語	國際音標	注音符號
鳳梨	王梨[8]	ɔŋ̄-lâi	ƆㄥㄧㄌㄞˊE
鳳梨干	王梨干	ɔŋ̄-lāi-kuañ	Ɔㄥㄧ ㄌㄞㄧ ㄍㄥㄨㄚ
鳳梨酥	王梨酥	ɔŋ̄-lāi-sɔ	Ɔㄥㄧ ㄌㄞㄧ ㄙƆ
李子	李也	li-á	ㄌㄧ ㄚˋ
黃肉李	黃脈李	ŋ̄-bá(h)-lí	ㄥㄧ ㄅ"ㄚˋ ㄌㄧˋ
紅肉李	紅脈李	āŋ-bá(h)-lí	ㄤㄧ ㄅ"ㄚˋ ㄌㄧˋ
桃子	桃也	tō-á	ㄊㄛㄧ ㄚˋ
水蜜桃	水蜜桃	chui-bìt-tô	ㄗㄨㄧ ㄅ"ㄧㄊˇ ㄊㄛˊ
楊桃	楊桃	iūñ-tô	ㄥㄧㄨㄧ ㄊㄛˊ
楊桃汁	楊桃汁	iūñ-tō-chiáp	ㄥㄧㄨㄧ ㄊㄛㄧ ㄐㄧㄚㄅˋ
楊桃干	楊桃干	iūñ-tō-kuañ	ㄥㄧㄨㄧ ㄊㄛㄧ ㄍㄥㄨㄚ
櫻桃	櫻桃	iēŋ-tô	ㄧㄝㄥㄧ ㄊㄛˊ
梅子	梅也	mūe-á	ㄇㄨㄝㄧ ㄚˋ
青梅	青梅	tsēñ-mûe	ㄘㄥㄝㄧ ㄇㄨㄝˊ
黃梅	黃梅	ŋ̄-mûe	ㄥㄧ ㄇㄨㄝˊ
烏梅	烏梅	ɔ̄-mûe	Ɔㄧ ㄇㄨㄝˊ
酸梅	酸梅也	sŋ̄-mūe-á	ㄙㄥㄧ ㄇㄨㄝㄧ ㄚˋ
酸梅汁	酸梅也汁	sŋ̄-mūe-a-chiáp	ㄙㄥㄧ ㄇㄨㄝㄧ ㄚ ㄐㄧㄚㄅˋ
酸梅湯	酸梅也湯	sŋ̄-mūe-a-tŋ	ㄙㄥㄧ ㄇㄨㄝㄧ ㄚ ㄊㄥ
話梅	話梅	ùa-mûe	ㄨㄚˇ ㄇㄨㄝˊ

華語	台語	國際音標	注音符號
棗子	棗也	cho-á	ㄗㄜ ㄚˋ
青棗	青棗	tsēñ-chó	ㄘㄥㄝ一 ㄗㄜˋ
紅棗	紅棗	āŋ-chó	ㄤ一 ㄗㄜˋ
黑棗	烏棗	ɔ̄-chó	ɔ一 ㄗㄜˋ
蜜棗	蜜棗	bìt-chó	ㆠ一ㄊˇ ㄗㄜˋ
橄欖	橄欖	kān-ná	ㄍㄢ一 ㄋㄚˋ
草橄欖	草橄欖[9]	tso-kān-ná	ㄘㄜ ㄍㄢ一 ㄋㄚˋ
枇杷	枇杷	pī-pê	ㄅ一一 ㄅㄝˊ
梨子[10]	梨也	lāi-á	ㄌㄞ一 ㄚˋ
梨子樹	梨也樹	lāi-a-tsiū	ㄌㄞ一 ㄚ ㄑ一ㄨ一
梨子園	梨也園	lāi-a-hŋ̂	ㄌㄞ一 ㄚ ㄏㄥˊ
土梨子	土梨也[11]	tɔ-lāi-á	ㄊɔ ㄌㄞ一 ㄚˋ
粗梨子	粗梨也[12]	tsɔ̄-lāi-á	ㄘɔ一 ㄌㄞ一 ㄚˋ
嫩梨子	幼梨也[13]	iú-lāi-á	一ㄨˋ ㄌㄞ一 ㄚˋ
水梨	水梨	chui-lâi	ㄗㄨ一 ㄌㄞˊ
梨山	梨山[14]	lē-san	ㄌㄝ一 ㄙㄢ

「梨子」、「梨花」趣事多！

甜脆多汁的梨子可是有許多有趣的傳說呢！

1. 豬八戒偷吃的人參果

傳說《西遊記》中豬八戒偷吃的人參果就是一種香梨，台語稱爲：「芳梨也」【phāŋ-lāi- á , ㄆㄤ一 ㄌㄞ一 ㄚˋ】。

2. 萊陽梨的神祕傳說

古時有一個姓董的書生，在赴京趕考途中得了重病，來到萊陽（位於山東省的東部）境內，病情加重，咳嗽不止，虛汗淋漓，頭重腳輕，他與書童二人只好投宿一間小店。

書童趕緊請了一位醫生替少爺診病，董生雖然依醫生所開藥方服用湯藥，病情卻不見好轉，書童只好請問店主附近是否另有名醫；店主思索了一會兒說：「聽說五龍村有個姓王的太醫，最近回家省親，不妨求他看看。」

書童便與公子一起走向五龍村，來到村中一打聽，果然有一位在家省親的太醫。書童先封了十兩紋銀，送到太醫家中，請求太醫爲少爺看病。太醫叫管家傳出話來說：「十兩紋銀求醫，豈不有失身份？要想親手試脈，最少也得紋銀二十兩。」書童再送了十兩紋銀，才扶著少爺進入太醫書房。

太醫把完脈，又看了書生舌頭，然後沉默不語。書生問道：「請問老先生，可有良藥驅病？」那太醫頭不抬眼不睜地說：「你已病入膏肓，應斷絕功名之念，速速回家；一月不歸，必死他鄉。」董生和書童聽了，一齊雙膝跪地，求太醫救命。太醫站起來，搖了搖頭，指著桌上那二十兩紋銀對董生說：「請把銀子拿走，如有郎中能治好公子的病，我寧願再奉送紋銀二十兩給他。」

董生怎敢拿回那二十兩銀子？想到自己將是就木之人，不僅潸然淚下，只覺眼前一片漆黑。董生說：「罷了！慢慢往回走吧！」書童攙扶著他離開太醫的家，兩人行至五龍河畔，聞到一股濃郁的芳香，沁入肺腑，頓覺心頭清爽，他深深地吸了一口氣，抬頭一看，只見一片茂密的梨園，結果累累，在夕陽照射下，金光燦燦。

董生忽覺口乾舌燥，想討粒梨解渴，就進入梨園，卻沒有見到一個人影，只見一株老梨樹枝葉繁茂、果滿枝頭，董生看梨樹蒼勁挺拔，心中敬意油然而生，便向其跪拜。此時，只見從樹後走出一位老人，鶴

髮童顏，雙眸炯炯有神。老人手托一粒金黃色大梨，對董生說：「公子請勿悲傷，你每日飯後食此梨一粒，一個月後病必痊癒。」

董生從長者手中接過梨，拱手道謝後將梨咬了一口，那梨入口味甘如飴，化爲蜜汁，令他口中生津，五臟滋潤，六腑清爽。董生高興地說：「妙哉！莫非神梨？」老者笑說：「公子福相，必爲翰林之才，我送你萊陽梨一籠，你可邊走邊吃，既可治你的病，又可增你的壽命。」董生十分感激，與書童一起跪下向老者叩首致謝；老者還禮後，飄然而去，樹下只留一籠梨。

董生依長者之言，主僕二人，曉行夜宿向京城奔赴。一路上，每頓飯後食梨一枚，病情果然一天比一天好轉；行至長安，病體完全康復。此時筐內尚餘四粒好梨，董生捨不得吃，囑咐書童妥善保管。

秋試日期到了，董生想起長者所言，信心十足地進了考場，結果中了狀元。天子愛才，見董生英俊不凡，將公主下嫁董生。洞房花燭之夜，董生命書童將所剩四粒萊陽梨拿來與公主共同品嘗。雖然公主在宮中什麼稀珍佳果都嘗過了，但是她覺得萊陽梨的滋味沒有一種果子能比得上，因此只吃了兩粒，把剩下的兩粒，獻給皇上和皇后。

皇上皇后吃了萊陽梨之後，讚不絕口。皇帝稱讚道：「梨乃萬果之宗，此梨堪爲梨中之優，美哉此梨！」皇后也讚揚說：「眞乃天生甘露，不可多得也！」從此，萊陽梨便列爲皇家貢品，名揚天下。

且說董生衣錦還鄉之時，特地到五龍河畔尋找那位長者，哪知找

我來唸台語

送梨（萊）也，會來運。

【sáŋ-lāi- á , è-lāi-ūn】

ㄙㄤˋ ㄌㄞ一 ㄚˋ, ㄝˇ ㄌㄞ一 ㄨㄣ一

遍了周圍所有的梨園，也沒有找到。當地人告訴他，他見到的那位長者是「梨仙老人」。這位新科狀元聽了，似有所悟，就在那棵老梨樹下感謝救命大恩，三拜九叩而去。

傳說董大人回京城後，還召見了那位太醫。王太醫認出董大人是當年那位找他看病的書生之後，嚇得面如死灰，六神出竅。董大人對他說：「你身為御醫，醫術理應高人一籌，誰知你卻是個白吃皇糧的庸醫！」當即向皇帝奏了一本，革了王太醫的職。還有傳說王太醫回鄉之後，潛心於萊陽梨入藥的研究，其後代幾世均為當地名醫。

3.「送梨（萊）也，會來運。」

而台語稱「梨」為【lâi ,ㄌㄞˊ】，有此一說，其實是從「萊陽梨」的「萊」字發音【lâi ,ㄌㄞˊ】而來。台語俗諺：「送梨（萊）也，會來運。」意思指「送梨子，會帶來好運」。

但是中國人對梨子卻有兩件忌諱的事：

（1）中國人吃梨不會切開來吃，因為「切梨」與「切離」音同。

（2）中國人探望病人不會送梨，因為「送梨」與「送離」音同。

說到「萊」這個字，台灣霧峰望族林家的林家花園取名「萊園」【lāi-hn̂g，ㄌㄞ－ ㄏㄥˊ】，難道也與梨子有關？其實「萊園」是取自於老萊子彩衣娛親的典故。

據霧峰林氏族譜「林文欽家傳」記載：林文欽於光緒十九年（西元一八九三年）高中舉人之後，「雅慕萊子斑衣之志，築萊園於霧峰之麓，亭台花木，境極幽邃；家蓄梨園一部，春秋佳日，奉觴演戲侍羅太夫人之遊」，可見當時「萊園」只是做爲娛親的場所。林文欽建造此園，就是爲了孝順母親羅太夫人！「家蓄梨園一部」顯示林文欽除了建造萊園，還養了一個戲班供娛親之用。

林文欽就是「台灣議會之父」──林獻堂的父親；林獻堂對近代台灣民主及自治的啓蒙運動有極大的貢獻。西元一九四九年九月二十三日，林獻堂以治頭眩之疾前往日本，治病是藉口，其實有難言之隱；林獻堂出身富家豪族，而且是長期民族運動的領袖人物，竟被長官公署列爲「台省漢奸」，曾遭受以武力徵收米糧的威嚇，而國民政府實施土地改革（「耕者有其田」而大量徵收地主的土地）對其家族地主資產的經濟基業影響甚鉅。加上他對政府的主張和批評皆未被接納，對政治灰心之餘，於是決定脫離是非漩渦，留下傷感詩句：「異國江山堪小住，故國花草有誰憐。」而客居日本，西元一九五六年九月八日病逝東京，享年七十六歲。

我來唸台語

異國江山堪小住，故國花草有誰憐。

【ì-kɔ̄k kāŋ-san kām-siau-chū，kɔ̄-kɔ̄k hūa-tsó iu-sūi-liên】

ㄧˇ ㄍㄛㄍˋ ㄍㄤㄧ ㄙㄢ ㄎㄚㄇㄧ ㄙㄧㄠ ㄗㄨㄧ，

ㄍㄛˋ ㄍㄛㄍˋ ㄏㄨㄚㄧ ㄘㄛˋ ㄧㄨ ㄙㄨㄧㄧ ㄌㄧㄝㄣˊ

4.梨園、梨花與戲劇

至於「梨園」一詞，原意是皇帝禁苑中的果木園圃，設有亭台、球場供皇帝及皇親貴族遊玩。

唐玄宗開元二年（西元七一四年），將其當作教習歌舞的處所，從宮廷燕樂「坐部伎」中選出三百人在此習藝，所排演的多是唐玄宗自己創作的法曲，號稱該等藝人爲「皇帝梨園弟子」。後世於是稱演劇之所爲「梨園」，又稱優伶爲「梨園弟子」，「梨園」就成爲戲班、劇團的雅稱。「梨園」的台語發音【lē-uân , ㄌㄝㄧ ㄨㄢˊ】、「梨園弟子」的台語發音【lē-uân dè-chú , ㄌㄝㄧ ㄨㄢˊ ㄉㄝˇ ㄗㄨˋ】。

梨可食用，梨花也深受人們喜愛。梨花盛開時，朵朵雪白的梨花綻滿枝頭，有詩形容：「忽如一夜春風來，千樹萬樹梨花開。」其實梨花是個好名字，韓國人對梨花情有所鍾，甚至將一所最好的女子大學取名爲「梨花」，梨花女子大學校“Ewha Womans University”成立於西元一八八六年，是南韓最具威望的幾所大學之一，該校座落在南韓首都首爾市（舊名漢城）中心。

我來唸台語

忽如一夜春風來，千樹萬樹梨花開。

【hut-jû it-iā tsūn-hɔŋ lâi，tsiēn-sū bàn- sū lē-hua khai】

ㄏㄨㄊ ㄗˇㄨˊ ㄧㄊ ㄧㄚㄧ ㄘㄨㄣㄧ ㄏㄛㄥ ㄌㄞˊ，

ㄑㄧㄝㄣㄧ ㄙㄨㄧ ㄅˇㄢˇ ㄙㄨㄧ ㄌㄝㄧ ㄏㄨㄚ ㄎㄞ。

薛丁山與樊梨花

【sí(h)-diēŋ-san i-huān-lē-hua】

ㄙㄧˋ ㄉㄧㄝㄥㄧ ㄙㄢ ㄧ ㄏㄨㄢㄧ ㄌㄝㄧ ㄏㄨㄚ

韓國總統金大中曾在西元二〇〇二年七月十一日對內閣進行重大改組，出人意料地任命梨花女子大學校長、女教育家張裳爲韓國新總理。張裳因而成爲韓國歷史上的第一位女總理。

韓語稱「梨花」爲「ewha」，「梨」發音「e」就是來自台語的源頭商代語「梨」字發音【lê , ㄌㄝˊ】中的韻母【ê , ㄝˊ】。

另一位以梨花爲名的，是中國著名的故事人物「樊梨花」。「樊梨花」在正史中並無記載，該人物最早出現於清朝乾隆年間如蓮居士所作的《說唐三傳》，即《異說後唐三集薛丁山征西樊梨花全傳》，亦稱《征西全傳》，該書記述了薛丁山和樊梨花的愛情故事；後來很多戲劇及文學作品中都出現了樊梨花這個人物，例如《馬上緣》、《三休樊梨花》；而當代很多電影和電視作品亦有以樊梨花爲劇中人物，例如《烽火奇遇結良緣》。

「樊梨花」是文學作品中虛構的一位唐初西涼國（西突厥）女將，她是寒江關守將樊洪之女，投降唐朝後和薛丁山成親。在薛家被滿門抄斬後，樊梨花率其子薛剛反唐，報仇除奸。

台語的歌也戲（此爲台語漢字正名，發音爲【kūa-a-hì ,ㄍㄨㄚ一ㄚ ㄏ一ˇ】）有一齣戲名爲「薛丁山與樊梨花」。「歌也戲」是「戲中有歌、歌中也有戲」，就是台灣式的歌劇，筆者將「歌也戲」的英文名譯爲“Taiwanese Opera”。

時下原本寫成「歌子戲」，後來亂載一通改成「歌仔戲」，更離譜的是「肉麻當有趣」還將「仔」字套用廣東話讀成【ㄗㄞˇ】，「子」、「仔」在北京話發【ㄗˇ】、在台語發音爲【chú ,ㄗㄨˋ】，何來「仔」【ㄗㄞˇ】音呢？

「歌也」的「也」在文言文體中是當作「單字詞」的尾音接字，「也」最古老的發音爲【á , ㄚˋ】，後來受到阿爾太語系（蒙古語、滿語等）捲舌音的影響轉爲【ㄦ】，北京話的語體文就改用「兒」字，後來的白話文改爲和「兒」字相同意義的「子」字。

茲以文言文的「一下也」爲說明，「一下也」在古漢語（就是台語）發音【chìt-ē-á ,ㄐ一ㄊˇ ㄝ一 ㄚˋ】。「一下也」在北京話的語體文變爲「一會兒」和「一下子」，而「會」和「下」在古漢語皆發【ē , ㄝ一】，「會」就是「下」的借音字。著名的《紅樓夢》則用「一會子」，就是從「一會兒」演變到「一下子」過程的中間用字。

華語	台語	國際音標	注音符號
葡萄	葡萄	pɔ̄-dô	ㄅㆦ— ㄉㄜˊ
酸葡萄	酸葡萄	sŋ̄-pɔ̄-dô	ㄙㄥ— ㄅㆦ— ㄉㄜˊ
黃葡萄	黃葡萄	ŋ̄-pɔ̄-dô	ㄥ— ㄅㆦ— ㄉㄜˊ
青葡萄	青葡萄	tsēñ-pɔ̄-dô	ㄘㄥㄝ— ㄅㆦ— ㄉㄜˊ
紅葡萄	紅葡萄	āŋ-pɔ̄-dô	ㄤ— ㄅㆦ— ㄉㄜˊ
紫葡萄	紫葡萄	chi-pɔ̄-dô	ㄐㄧ ㄅㆦ— ㄉㄜˊ
葡萄子	葡萄子	pɔ̄-dō-chí	ㄅㆦ— ㄉㄜ— ㄐㄧˋ
葡萄枝	葡萄枝	pɔ̄-dō-ki	ㄅㆦ— ㄉㄜ— ㄍㄧ
葡萄藤	葡萄藤	pɔ̄-dō-dîn	ㄅㆦ— ㄉㄜ— ㄉㄧㄣˊ
葡萄園	葡萄園	pɔ̄-dō-hŋ̂	ㄅㆦ— ㄉㄜ— ㄏㄥˊ
葡萄干	葡萄干	pɔ̄-dō-kuañ	ㄅㆦ— ㄉㄜ— ㄍㄥㄨㄚ
葡萄汁	葡萄汁	pɔ̄-dō-chiáp	ㄅㆦ— ㄉㄜ— ㄐㄧㄚㄅˋ
葡萄酒	葡萄酒	pɔ̄-dō-chiú	ㄅㆦ— ㄉㄜ— ㄐㄧㄨˋ
葡萄糖	葡萄糖	pɔ̄-dō-tŋ̂	ㄅㆦ— ㄉㄜ— ㄊㄥˊ
芒果	檨也	suāiñ-á	ㄙㄥㄨㄞ— ㄚˋ
芒果干	檨也干	suāiñ-a-kuañ	ㄙㄥㄨㄞ— ㄚ ㄍㄥㄨㄚ
釋迦	釋迦	siek-khia	ㄙㄧㄝㄍ ㄎㄧㄚ
瓜子	瓜子	kūe-chí	ㄍㄨㄝ— ㄐㄧˋ
栗子	栗子	làt-chí	ㄌㄚㄊˇ ㄐㄧˋ
椰子	椰子	iā-chí	ㄧㄚ— ㄐㄧˋ
椰子樹	椰子樹	iā-chi-tsiū	ㄧㄚ— ㄐㄧ ㄑㄧㄨ—
椰子干	椰子干	iā-chi-kuañ	ㄧㄚ— ㄐㄧ ㄍㄥㄨㄚ
椰子粉	椰子粉	iā-chi-hún	ㄧㄚ— ㄐㄧ ㄏㄨㄣˋ
椰子汁	椰子汁	iā-chi-chiáp	ㄧㄚ— ㄐㄧ ㄐㄧㄚㄅˋ
椰子糖	椰子糖	iā-chi-tŋ̂	ㄧㄚ— ㄐㄧ ㄊㄥˊ
甘蔗	甘蔗	kām-chià	ㄍㄚㄇ— ㄐㄧㄚˇ
甘蔗園	甘蔗園	kām-chiá-hŋ̂	ㄍㄚㄇ— ㄐㄧㄚˋ ㄏㄥˊ

華語	台語	國際音標	注音符號
甘蔗汁	甘蔗汁	kām-chiá-chiáp	ㄍㄚㄇ一 ㄐ一ㄚˋ ㄐ一ㄚㄅˋ
甘蔗糖	甘蔗糖	kām-chiá-tn̂g	ㄍㄚㄇ一 ㄐ一ㄚˋ ㄊㄥˊ
甘蔗渣⑮	甘蔗粕	kām-chiá-phóh	ㄍㄚㄇ一 ㄐ一ㄚˋ ㄆㄛ˙
甘蔗板	甘蔗枋	kām-chiá-paŋ	ㄍㄚㄇ一 ㄐ一ㄚˋ ㄅㄤ
香蕉	弓蕉、芎蕉	kīn-chio	ㄍ一ㄣ一 ㄐ一ㄛ
香蕉	金蕉	kīm-chio	ㄍ一ㄇ一 ㄐ一ㄛ
蓮霧⑯	輦物	lien-būt	ㄌ一ㄝㄣ ㄅ˜ㄨㄊ一
番石榴⑰	桲也	pāt-á	ㄅㄚㄊ一 ㄚˋ

香蕉？弓蕉？金蕉？

因香蕉外形似弓，最初稱香蕉爲「弓蕉」【kiēŋ-chio ,ㄍ一ㄝㄥ一 ㄐ一ㄛ】(「弓」在台語原鄉的漳州話和廈門話的口語音發音爲【kieŋ , ㄍ一ㄝㄥ】)。

後來傳到台灣，有人認爲「弓蕉」的「弓」應該和「蕉」一樣屬於「艸」字部首，於是將「弓」再加上「艸」字部首寫成「芎」字，而發音由【kieŋ , ㄍ一ㄝㄥ】簡化爲【kin , ㄍ一ㄣ】。

香蕉剛從樹上採下時，香蕉皮呈青綠色，台語稱爲「青蕉」【tsēñ-chio , ㄘㄥㄝ一 ㄐ一ㄛ】。採收後在運輸儲藏的過程中，「青蕉」逐漸變熟（青綠色的皮也漸漸變爲黃色），糖份變多，果膠與香氣也產生，而且變得好吃。北京話因爲它「黃皮蕉帶著香氣」，所以稱爲香蕉；在台灣則因爲果皮變爲金黃色，所以有人稱爲「金蕉」。

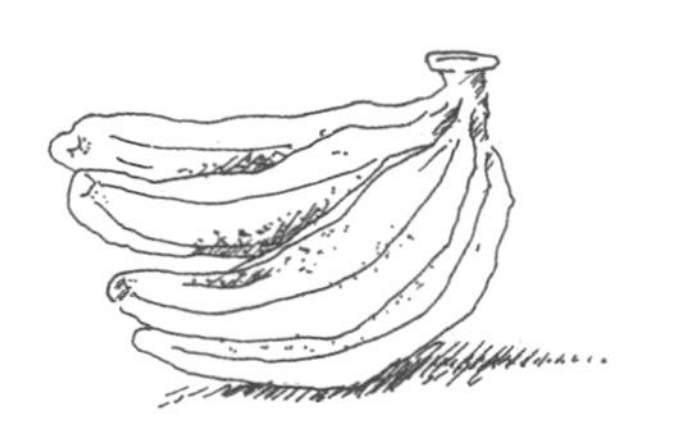

那麼香蕉的種子呢？仔細看，香蕉切開後可見到許多小小的黑點，這就是它的種子，而且以中軸胎座的方式排列。原來香蕉還是有種子的！但食用香蕉的種子已經退化了，改以植株的側芽進行無性繁殖。由橫切面可看出蕉樹的果實是由三個心皮構成的，這就是爲什麼從末端正視香蕉會覺得它好像略呈三角形；至於末稍黑色的突起，是宿存的花萼。

註釋

❶「西」字台語文讀音為【se , ㄙㄝ】，如「西方」發【sē-hɔŋ , ㄙㄝ一 ㄏɔㄥ】，而「西」字台語的口語音為【sai , ㄙㄞ】，如「西北」發【sāi-pák , ㄙㄞ一 ㄅㄚㄍ丶】 ，「西」字在台語並無【si ,ㄙ一】的發音，因為受到北京話的影響，於是借用「西瓜」一詞，真正的台語漢字「絲瓜」【sī-kue ,ㄙ一一 ㄍㄨㄝ】一詞的發音才符合。
「絲瓜」是外皮有深綠色的絲條狀紋路而得名；而北京話所稱的「絲瓜」，在台語稱為「菜瓜」，是外皮呈蔬菜的綠色並且可做為蔬菜食用而得名，「菜瓜」外皮並無絲條狀紋路。
「西瓜」之名出自元、明間的《日用本草》、《食療本草》等古籍，而西瓜在五代之前已引種中國，當初稱為寒瓜（因果肉多汁清涼解渴，當時認為屬性「寒」)。陶弘景（生於西元四五六年，卒於西元五三六年，南齊南梁時期道士、醫學家）在他的著作《本草經集注》中「瓜蒂」一項，曾提到「永嘉（西元三〇七年至西元三一三年四月，是西晉懷帝的年號）有寒瓜甚大，可藏至春者。」《本草綱目》的作者李時珍（生於約西元一五一八年，卒於西元一五九三年）認為寒瓜就是西瓜，又說在五代之前，瓜種已入浙東，但無西瓜之名，因其未遍及的緣故。

❷「黃瓜」就是「黃皮香瓜」，因外皮像梨子，所以台語又稱為梨也瓜【lāi-a-kue, ㄌㄞ一 ㄚ ㄍㄨㄝ】。

❸「果汁」台語文讀音為【ko-chiáp , ㄍㄛ ㄐ一ㄚㄅ丶】。

❹ 檸檬的台語發音係受到日本統治時代引用日語外來語「レモン」(源自英語的「lemon」) 影響。

❺ 柳橙的「橙」正確發音是【diêŋ , ㄉ一ㄝㄥˊ】，但是一般人以「橙」字中的

「登」來發【dieŋ，ㄉㄧㄝㄥ】，以致於俗寫成諧音的「柳丁」【liu-dieŋ，ㄉㄧㄨ ㄉㄧㄝㄥ】。

❻ 黃柿因皮呈黃色而得名，因果肉較堅硬，嚼起來較脆，故又稱為脆柿。

❼ 紅柿因皮呈紅色而得名，因果肉多汁柔軟，故又稱為軟柿。

❽「王梨」是指「大號果物」的意思，在一般水果之中，除了西瓜以外，「王梨」大概是最大者。台語稱胖子為「王哥」【ɔ̂ŋ-kóh，ㄛㄥˊ ㄍㄜ˙】，稱最大者為「天霸王」（【tiēn-pá-ɔ̂ŋ，ㄊㄧㄝㄣㄧ ㄅㄚˋ ㄛㄥˊ】，就是巨無霸的意思）；「王梨」果實外形頗像「王哥」身材。

在台灣一般用諧音的「旺」字代替「王」，最主要是「旺」是吉利字，「旺」有「旺盛」、「興旺」的意思，而「旺梨」又和「旺來」諧音，尤為店家所愛，所以不少店家在供桌或櫃台上經常都會擺著「旺梨」象徵「旺來」。

其實按照變調規則，「王」才是正字，因為「王」屬於陽平調，按規則變調：「前字為陽平調變為【ɔ̄ŋ，ㄛㄥㄧ】陽去調」，而「旺」屬於陽去調，按規則變調：「前字為陽去調變為陰去調」，與【ɔ̄ŋ，ㄛㄥㄧ】不符合。

筆者曾在板信銀行任職國外部經理，當時認識不少分行經理，其中有位「林來旺」經理，人緣不錯，同事都稱他為「王梨」（「旺來」的諧音）經理。

❾ 草橄欖是將生橄欖用甘草粉醃漬而成。

❿「梨」在台語的文讀音為【lî，ㄌㄧˊ】（見集韻：「良脂切。」由「良」【liɔ̂ŋ，ㄌㄧㄛㄥˊ】的陽濁聲母【lˆ，ㄌˊ】和「脂」【chi，ㄐㄧ】的平聲韻母【i，ㄧ】切合而成的）或【lê，ㄌㄝˊ】（見集韻：「憐題切。」由「憐」【liên，ㄌㄧㄝㄣˊ】的陽濁聲母【lˆ，ㄌˊ】和「題」【dê，ㄉㄝˊ】的平聲韻母【ê，ㄝˊ】切合而成），而「梨」發【lâi，ㄌㄞˊ】是口語音。

⓫ 台灣本地出產的梨子稱為「土梨也」。

⓬ 土梨子中果肉粗硬者稱為「粗梨也」。

⓭ 土梨子中果肉細嫩者稱為「幼梨也」。

⓮ 梨山是台灣地名，顧名思義就是生產水梨的一座山，隸屬於台中縣和平鄉，海拔近二千公尺，原名「斯拉茂」，本為泰雅族人聚集的地方。位於中部橫貫公路的中點，是沿線最重要的中途站。

⓯ 甘蔗渣是甘蔗經過壓榨後成為渣狀；甘蔗渣以廢物再利用的觀念經過加工製成甘蔗板，甘蔗板可以做為隔音阪和天花板。

⓰ 蓮霧外形似圓錐體，底部圓中心凹陷，頗像車輪的輻輳，台語稱車輪為車輦【tsiā-lién，ㄑㄧㄚㄧ ㄌㄧㄝㄣˋ】，蓮霧就是像車輦的果物，所以簡稱為「輦物」；北京話不知它的名稱由來，就以接近的發音「蓮霧」代替。北京話的「蓮」

發「ㄌㄧㄢˊ」，接近台語的「ㄌㄧㄝㄣ」；北京話的「霧」和「物」同音，都是發「ㄨˋ」，如果按照台語的漢字發「蓮霧」的音，應該是【liēn-bū，ㄌㄧㄝㄣㄧ ㄅˇㄨㄧ】。

「蓮」字的本調屬於陽平調，按規則變調法則：「陽平調【liên，ㄌㄧㄝㄣˊ】變為陽去調【liēn，ㄌㄧㄝㄣㄧ】」，而「葷」的本調在台語屬於陰上調，按規則變調法則：「陰上調【lién，ㄌㄧㄝㄣˋ】變為陰平調【lien，ㄌㄧㄝㄣ】」，才符合【lien-būt，ㄌㄧㄝㄣ ㄅˇㄨㄊㄧ】的正確發音。

⑰ 據說因從安南（即今的越南）傳入中國大陸，果形又有點像石榴，所以稱為番石榴（番指番邦外地的意思）。西元一六九四年又由中國大陸移民渡海帶來台灣種植，當時有五種稱呼，分別是：

（1）【pāt-á，ㄅㄚㄊㄧ ㄚˋ】

（2）【puāt-á，ㄅㄨㄚㄊㄧ ㄚˋ】

（3）【na-pūt-á，ㄋㄚ ㄅㄨㄊㄧ ㄚˋ】

（4）【na-pāt-á，ㄋㄚ ㄅㄚㄊㄧ ㄚˋ】

（5）【na-puāt-á，ㄋㄚ ㄅㄨㄚㄊㄧ ㄚˋ】

最近一些台語教科書選用了以同音而帶「艸」字部首的「菝」。「菝」見《集韻》：「蒲八切。」由「蒲」【pô，ㄅㄛˊ】的陽濁聲母【p^，ㄅˊ】和「八」【pát，ㄅㄚㄊˋ】的入聲韻母【at，ㄚㄊ】切合成【pāt，ㄅㄚㄊㄧ】，但是按玉篇的釋義「菝」是草，而非果實。「桲」見《唐韻》：「蒲沒切。」由「蒲」【pô，ㄅㄛˊ】的陽濁聲母【p^，ㄅˊ】和「沒」【būt，ㄅˇㄨㄊㄧ】的入聲韻母【ut，ㄨㄊ】切合成【pūt，ㄅㄨㄊㄧ】，此音與台語原鄉的廈門話稱呼「梨桲」【lē-pūt，ㄌㄝㄧ ㄅㄨㄊㄧ】的【pūt，ㄅㄨㄊㄧ】音相同。《廣韻》：「榲桲，果名。」《洛陽花木記》：「梨之別種二十七，榲桲其一也。」以外形而論，番石榴像梨，用「桲」字似乎較為適合。

至於【na-pūt-á，ㄋㄚ ㄅㄨㄊㄧ ㄚˋ】、【na-pāt-á，ㄋㄚ ㄅㄚㄊㄧ ㄚˋ】一詞中【na，ㄋㄚ】的音，筆者以為是「若」的意思，即像似的意思，而「若桲也」則為「像似桲也之果物」。【na，ㄋㄚ】的正字為「ㄋ」，「ㄋ」字後來發展為「乃」、「若」字，【na-pāt-á，ㄋㄚ ㄅㄚㄊㄧ ㄚˋ】以「ㄋ桲也」漢字表示可兼顧字音以及字義。【pāt-á，ㄅㄚㄊㄧ ㄚˋ】快速連讀時產生連結新韻，成為【pā-lá，ㄅㄚㄧ ㄌㄚˋ】，不知原音正字者，就寫成諧音的「芭樂」。

陸、煎和炸以及湯類料理

台灣每逢選舉時刻，「搓圓也」的風聲總會成爲選民間的耳語，但是爲什麼「搓圓也」會演變成政治上的「術語」呢？

究其起源，依據台灣的傳統習俗，若逢遇好事，都會以「圓也湯」招待賓客。台灣在日本統治時代舉辦地方議會的選舉時，當年第一次選上的人也用「圓也湯」招待來賓；但是當時「圓也」（湯圓）都是自家人做，因爲都是第一次，很多當選人的事務所發生「搓不及」的窘境，因此有些來賓便幫忙搓起「圓也」，而後來的人就是吃自己搓的，這就是最早的當選吃「搓圓也湯」了……

陸之一 炸和煎的食物

華語	台語	國際音標	注音符號
炸的食物	糋兮嚼物	chìñ ē-chiàh-mīh	ㄐㄥ一ˇ ㄝ一 ㄐ一ㄚㄏˇ ㄇ一ㄏ一
炸芋頭	芋也糋	ɔ̄-a-chìñ	ɔ一 ㄚ ㄐㄥ一ˇ
炸番薯	番薯糋	hān-chī-chìñ	ㄏㄢ一 ㄐ一ˊ ㄐㄥ一ˇ
炸蝦子	蝦也糋	hē-a-chìñ	ㄏㄝ一 ㄚ ㄐㄥ一ˇ
炸魚	魚也糋	hī-a-chìñ	ㄏ一一 ㄚ ㄐㄥ一ˇ
炸魚漿	魚漿糋	hī-chiūñ-chìñ	ㄏ一一 ㄐㄥ一 ㄨ一 ㄐㄥ一ˇ
炸蔬菜	菜糋	tsái-chìñ	ㄘㄞˋ ㄐㄥ一ˇ
油豆腐	豆干糋	dàu-kuāñ-chìñ	ㄉㄠˇ ㄍㄥㄨㄚ一 ㄐㄥ一ˇ
炸蚵子	蠔也糋	ō-a-chìñ	ㄛ一 ㄚ ㄐㄥ一ˇ

華語	台語	國際音標	注音符號
炸排骨	糋排骨	chìñ-pāi-kút	ㄐㄥ一ˋ ㄅㄞ一 ㄍㄨㄊˋ
炸雞腿	糋雞腿	chìñ-kē-túi	ㄐㄥ一ˋ ㄍㄝ一 ㄊㄨ一ˋ
炸蘿蔔糕	糋粿	chìñ-kúe	ㄐㄥ一ˋ ㄍㄨㄝˋ
炸年糕	糋甜粿	chìñ-dīñ-kúe	ㄐㄥ一ˋ ㄉㄥ一一 ㄍㄨㄝˋ
煎的食物	煎兮嚼物	chien ē-chiàh -mīh	ㄐ一ㄝㄣ ㄝ一 ㄐ一ㄚㄏˇ ㄇ一ㄏ一
煎蘿蔔糕	煎粿	chiēn-kúe	ㄐ一ㄝㄣ一 ㄍㄨㄝˋ
煎年糕	煎甜粿	chiēn-dīñ-kúe	ㄐ一ㄝㄣ一 ㄉㄥ一一 ㄍㄨㄝˋ
煎餅	煎餅	chiēn-piáñ	ㄐ一ㄝㄣ一 ㄅㄥ一ㄚˋ
煎蛋	煎卵	chiēn-nŋ̄	ㄐ一ㄝㄣ一 ㄋㄥ一
煎魚	煎魚	chiēn-hî	ㄐ一ㄝㄣ一 ㄏ一ˊ
蚵子煎	蠔也煎	ō-a-chien	ㄛ一 ㄚ ㄐ一ㄝㄣ

陸之二 湯類料理

以下表格中「(廈)」為廈門腔

華語	台語	國際音標	注音符號
湯	湯	tŋ	ㄊㄥ
煮湯	煮湯	chi- tŋ	ㄐ一 ㄊㄥ
煮湯	煮湯(廈)	chu-tŋ	ㄗㄨ ㄊㄥ
熱湯	燒湯	siō-tŋ	ㄙ一ㄛ一 ㄊㄥ
冷湯	冷湯	lieŋ-tŋ	ㄌ一ㄝㄥ ㄊㄥ
甜湯	甜湯	dīñ-tŋ	ㄉㄥ一一 ㄊㄥ
圓子湯	圓也湯	īñ-a-tŋ	ㄥ一一 ㄚ ㄊㄥ
紅豆湯	紅豆湯	āŋ-dāu-tŋ	ㄤ一 ㄉㄠˇ ㄊㄥ
綠豆湯	綠豆湯	lièk-dàu-tŋ	ㄌ一ㄝㄍˇ ㄉㄠˇ ㄊㄥ
花生湯	塗豆湯	tɔ̄-dàu-tŋ	ㄊㄛ一 ㄉㄠˇ ㄊㄥ

華語	台語	國際音標	注音符號
蓮子湯	蓮子湯	liēn-chi-tŋ	ㄌㄧㄝㄣ一 ㄐㄧ ㄊㄥ
楊桃湯	楊桃湯	iūñ-tō-tŋ	ㄥㄧㄨ一 ㄊㄛ一 ㄊㄥ
紅棗湯	紅棗湯	āŋ-cho-tŋ	ㄤ一 ㄗㄛ ㄊㄥ
黑棗湯	烏棗湯	ɔ̄-cho-tŋ	ɔ一 ㄗㄛ ㄊㄥ
番薯湯	番薯湯	hān-chī-tŋ	ㄏㄢ一 ㄐㄧ一 ㄊㄥ
米粉湯	米粉湯	bi-hun-tŋ	ㄅ˝ㄧ ㄏㄨㄣ ㄊㄥ
冬粉湯	冬粉湯	dāŋ-hun-tŋ	ㄉㄤ一 ㄏㄨㄣ ㄊㄥ
玉米湯	番麥湯	huān-bèh-tŋ	ㄏㄨㄢ一 ㄅ˝ㄝㄏˇ ㄊㄥ
菜湯	菜湯	tsái-tŋ	ㄘㄞˋ ㄊㄥ
白菜湯	白菜湯	pèh-tsái-tŋ	ㄅㄝㄏˇ ㄘㄞˋ ㄊㄥ
韭菜湯	韭菜湯	ku-tsái-tŋ	ㄍㄨ ㄘㄞˋ ㄊㄥ
酸菜湯	鹹菜湯	kiām-tsái-tŋ	ㄍㄧㄚㄇ一 ㄘㄞˋ ㄊㄥ
紫菜湯	紫菜湯	chi-tsái-tŋ	ㄐㄧ ㄘㄞˋ ㄊㄥ
蘿蔔湯	菜頭湯	tsái-tāu-tŋ	ㄘㄞˋ ㄊㄠ一 ㄊㄥ
豆醬湯[1]	豆醬湯	dàu-chiúñ-tŋ	ㄉㄠˇ ㄐㄥㄧㄨˋ ㄊㄥ
匏瓜湯	匏也湯	pū-a-tŋ	ㄅㄨ一 ㄚ ㄊㄥ
絲瓜湯	菜瓜湯	tsái-kue-tŋ	ㄘㄞˋ ㄍㄨㄝ一 ㄊㄥ
胡瓜湯	刺瓜也湯	tsí-kūe-a-tŋ	ㄑㄧˋ ㄍㄨㄝ一 ㄚ ㄊㄥ
冬瓜湯	冬瓜湯	dāŋ-kue-tŋ	ㄉㄤ一 ㄍㄨㄝ一 ㄊㄥ
苦瓜湯	苦瓜湯	khɔ-kue-tŋ	ㄎɔ ㄍㄨㄝ一 ㄊㄥ
魚湯	魚也湯	hī-a-tŋ	ㄏㄧ一 ㄚ ㄊㄥ
魚丸湯	魚丸湯	hī-uān-tŋ	ㄏㄧ一 ㄨㄢ一 ㄊㄥ
魚翅湯	魚翅湯	hī-tsí-tŋ	ㄏㄧ一 ㄑㄧˋ ㄊㄥ
蚶湯	蚶也湯	hām-a-tŋ	ㄏㄚㄇ一 ㄚ ㄊㄥ
蠔湯	蠔也湯	ō-a-tŋ	ㄛ一 ㄚ ㄊㄥ
蛤蜊湯	蟧也湯	lā-a-tŋ	ㄌㄚ一 ㄚ ㄊㄥ
摃丸湯	攻丸湯	kɔ̄ŋ-uān-tŋ	ㄍɔㄥˋ ㄨㄢ一 ㄊㄥ

華語	台語	國際音標	注音符號
牛肉湯	牛膊湯	gū-bá(h)-tŋ	ㆣㄨ－ ㆠㄚ丶 ㄊㄥ
豬血湯	豬血湯	dī-hué(h)-tŋ	ㄉ一－ ㄏㄨㄝ丶 ㄊㄥ
豬肚湯	豬肚湯	dī-dɔ̆-tŋ	ㄉ一－ ㄉㆦˇ ㄊㄥ
豬肝湯	豬肝湯	dī-kuāñ-tŋ	ㄉ一－ ㄍㄥㄨㄚ－ ㄊㄥ
腰子湯	腰子湯	iō-chi-tŋ	一ㄜ－ ㄐ一 ㄊㄥ
蛋花湯	卵湯	nŋ̆-tŋ	ㄋㄥˇ ㄊㄥ
雞湯	雞湯	kē-tŋ	ㄍㄝ－ ㄊㄥ
麻油雞湯	麻油雞湯	mūa-iū-kē-tŋ	ㄇㄨㄚ－ 一ㄨ－ ㄍㄝ－ ㄊㄥ
蔘湯	蔘也湯	sīm-a-tŋ	ㄙ一ㄇ－ ㄚ ㄊㄥ
蔘湯	蔘也湯（廈）	sɔ̄m-a-tŋ	ㄙㆦㄇ－ ㄚ ㄊㄥ
蔘雞湯	蔘也雞湯	sīm-a-kē-tŋ	ㄙ一ㄇ－ ㄚ ㄍㄝ－ ㄊㄥ
蔘雞湯	蔘也雞湯（廈）	sɔ̄m-a-kē-tŋ	ㄙㆦㄇ－ ㄚ ㄍㄝ－ ㄊㄥ

「搓圓也湯」到底是要怎樣搓？

台語中有句意境頗高的俗語：「搓圓也湯」【sō-īñ-a-tŋ，ㄙㄜ－ㄥ一－ ㄚ ㄊㄥ】，其源起背景係當台灣在日本統治時代舉辦的地方議會選舉。西元一九三五年四月間，總督府公布了台灣市制（律令第二號）、台灣街庄制（律令第三號）等有關改正台灣地方制度的律令，並在同年十月付諸施行。

根據上開律令，市置享有議決權的市議會，街庄❷則僅設咨詢機關性質的街庄協議會，但市議會議員及街庄協議會員等都是半數官選、半數民選，同時須爲二十五歲以上，且有繳納五圓以上市稅或街庄稅的男子，還得在同一地區設籍居住滿六個月以上的人，才能享有選舉權與被選舉權。當時「第一屆市議會及街庄協議會選舉」的投票日（西元一九

三五年十一月二十二日），日本政府還特地邀請「台灣地方自治聯盟」的領導人楊肇嘉先生到各地投開票所全面視察；同時開票結果揭曉，有的地方投票率竟高達95%。當時選風非常乾淨，毫無宴客、賄選等情事，台灣第一次選舉的過程也展現出台灣人對民主的尊重與渴望。

依據台灣的傳統習俗，若逢遇好事的發生，例如：訂婚、結婚喜宴、入新屋、店家新開業（新開張【sīn-khāi-diaŋ，ㄙㄧ一ㄣ一　ㄎㄞ一　ㄉㄧ一ㄤ】）等，都會以「圓也湯」招待賓客。當年第一次選舉的當選人受到親朋好友及支持者的恭喜道賀，於是也用「圓也湯」招待來賓；但是當時「圓也」（湯圓）都是自家人做，因爲都是第一次，很多當選人的事務所（競選總部）發生「搓不及」（台語爲「搓未赴」【sō-bè-hù，ㄙㄛ一　ㄅ˝ㄝˇ　ㄏㄨˇ】）的窘境，因此有些來賓就加入幫忙「搓圓也」，後來的人就是吃自己搓的，這就是最早的當選吃「搓圓也湯」。

國民黨政權來台以後實施地方選舉，爲了勝選，稀奇古怪的招數就紛紛出籠，最根本就是動用金錢，其中一招就是「搓圓也湯」。譬如某甲和某乙競選鄉長，某甲志在必得，就透過第三者出面向某乙請求讓賢，當然要帶「條件」去「拜託」；「條件」就是由某甲支付一定的金額給某乙，數目由第三者居間協調。

「撨好勢」（【tsiāu-ho-sè，ㄑㄧ一ㄠ一　ㄏㄛ　ㄙㄝˇ】，就是擺平的意思）之後，某乙表面參選，其實是「放水」，根本沒有競選活動，鄉民就知道某乙被某甲「搓」掉了；開票之後，某甲果然當選請大家吃「圓也湯」，成爲新款的「搓圓也湯」。

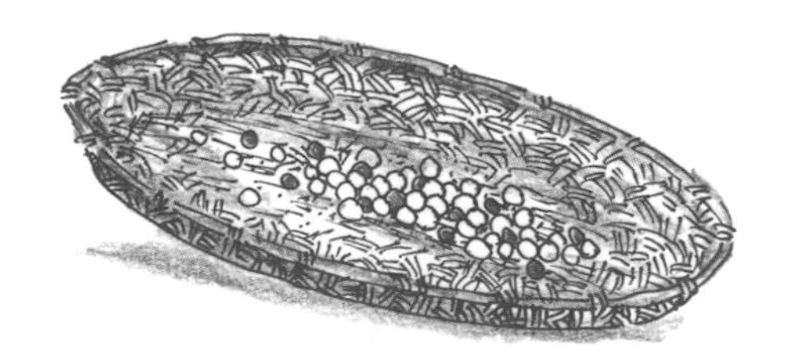

也有一開始就是抱著「搓圓也湯」的心態去參選，例如某丙自知實力都不如某甲和某乙，但在地方仍有影響力，成爲關鍵少數，於是分別向某甲和某乙表示如有某種好處，願意率衆支持。某甲、某乙各自盤算，某丙也會進一步評量誰開的條件較好；某丙精打細算後接受某乙的條件而投靠，這種情形則稱某丙向某乙「搓」成了，結果某乙當選請大家吃「圓也湯」。

選風敗壞，使得有心機的人見縫插針，將「搓圓也湯」變成一種政治謀略，原本是好事一樁，後來卻成爲一句對民主政治最大的諷刺諺語。最近台灣的政治新聞頗流行一個「喬」字，「喬」就是以北京話發音來表達台語的【tsiâu ,ㄑㄧㄠˊ】，台語正字是「撨」字，原本意思爲「推移」，引申爲「調整」、「協調」的意思。

註釋

❶ 日語稱「豆醬」為「味噌」【みそ, miso】，是一種有鹹味的日本調味品，日本料理的主要配料之一。

味噌的種類比較多，主要是原料的成分和比例的不同。製作味噌的原料有豆、米、麥和鹽等。其製作方法是將這些原料蒸熟後，再透過黴菌、酵母菌發酵而製成。日語稱「豆醬湯」為「味噌汁」，因日語發音為【みそしる, misoshiru】，台語就借用「味噌」【みそ, miso】的發音，而將「味噌汁」稱為「味噌湯」，台語發音為【mi-so-tŋ ,ㄇㄧ ㄙㄛ ㄊㄥ】。

❷ 街庄是當時地方行政單位名稱，「街」【ke,ㄍㄝ】相當於現在的「鎮」、「庄」【chŋ ,ㄗㄥ】相當於現在的「鄉」。當時的「西螺街」【sāi-lē-ke ,ㄙㄞ一 ㄌㄝ一 ㄍㄝ】就是現在的「西螺鎮」，筆者之大舅公（即先父的親大舅）「廖承丕」（名人廖文毅的父親）曾任「西螺街街長」。

當時的「龍井庄」【liɔ̄ŋ-cheñ-chŋ ,ㄌㄧㄛㄥ一 ㄗㄥㄝ ㄗㄥ】就是現在的「龍井鄉」，筆者之大舅（即先母的大哥）「陳柑木」醫師曾任「龍井庄庄長」。

柒、茶與酒

台灣位於亞熱帶地區，氣候溫暖，雨量充沛，產茶地區的土質爲含有豐富鐵質成分的黏質壤土，最適合茶樹的生育。

十七世紀荷蘭統治台灣時，已發現野生茶樹，此即清代文獻所謂的山茶。西元一八六六年，英國商人多德在李春生的協助下，從福建安溪引進茶種獲得成功後，大量的茶樹開始在台灣種植；西元一八六九年將製成的烏龍茶直輸紐約銷售，大受歡迎，
從此打開「台灣烏龍茶」的國際知名度。

柒之一 茶類飲品

華語	台語	國際音標	注音符號
茶	茶	dê	ㄉㄝˊ
茶水	茶水	dē-chúi	ㄉㄝ— ㄗㄨㄧˋ
熱茶	燒茶	siō-dê	ㄙㄧㄜ— ㄉㄝˊ
冷茶	冷茶	lieŋ-dê	ㄌㄧㄝㄥ ㄉㄝˊ
冰茶	冰茶	piēŋ-dê	ㄅㄧㄝㄥ— ㄉㄝˊ
花茶	花茶	hūe-dê	ㄏㄨㄝ— ㄉㄝˊ
綠茶	綠茶	lièk-dê	ㄌㄧㄝㄍˇ ㄉㄝˊ
綠茶	青茶	tsēñ-dê	ㄘㄥㄝ— ㄉㄝˊ
紅茶	紅茶	āŋ-dê	ㄤ— ㄉㄝˊ
煎茶	煎茶	chiēn-dê	ㄐㄧㄝㄣ— ㄉㄝˊ
包種茶	包種茶	pāu-chiɔŋ-dê	ㄅㄠ— ㄐㄧㆦㄥ ㄉㄝˊ
烏龍茶	烏龍茶	ɔ¯-liɔ̄ŋ-dê	ㆦ— ㄌㄧㆦㄥ— ㄉㄝˊ

華語	台語	國際音標	注音符號
甜茶	甜茶	dī̃ñ-dê	ㄉㄥ一一　ㄉㄝˊ
苦茶	苦茶	khɔ-dê	ㄎㆦ　ㄉㄝˊ
草茶	草也茶	tsau-a-dê	ㄘㄠ　ㄚ　ㄉㄝˊ
仙草茶	仙草茶	siēn-tsau-dê	ㄙ一ㄝㄣ一　ㄘㄠ　ㄉㄝˊ
菊花茶	菊花茶	kiɔk-hūe-dê	ㄍ一ㆦㄍ　ㄏㄨㄝ一　ㄉㄝˊ
麥子茶	麥也茶	bē(h)-a-dê	ㄅ〃ㄝ一　ㄚ　ㄉㄝˊ
梅子茶	梅也茶	mūe-a-dê	ㄇㄨㄝ一　ㄚ　ㄉㄝˊ
冬瓜茶	冬瓜茶	dāŋ-kūe-dê	ㄉㄤ一　ㄍㄨㄝ一　ㄉㄝˊ
杏仁茶[1]	杏仁茶	hièŋ-jīn-dê	ㄏ一ㄝㄥˇ　ㄐ〃一ㄣ一　ㄉㄝˊ
桂圓茶	福圓茶[2]	hɔk-uān-dê	ㄏㆦㄍ　ㄨㄢ一　ㄉㄝˊ
茶農	茶農	dē-lɔ̂ŋ	ㄉㄝ一　ㄌㆦㄥˊ
茶園	茶園	dē-hŋ̂	ㄉㄝ一　ㄏㄥˊ
茶樹	茶樹	dē-tsiū	ㄉㄝ一　ㄑ一ㄨ一
茶枝	茶枝	dē-ki	ㄉㄝ一　ㄍ一
茶花	茶花	dē-hue	ㄉㄝ一　ㄏㄨㄝ
茶心	茶心	dē-sim	ㄉㄝ一　ㄙ一ㄇ
茶子	茶子	dē-chí	ㄉㄝ一　ㄐ一ˋ
茶子油	茶子油	dē-chi-iû	ㄉㄝ一　ㄐ一　一ㄨˊ
茶葉[3]	茶葉	dē-hiōh	ㄉㄝ一　ㄏ一ㄛㄏ一
茶垢	茶垢	dē-káu	ㄉㄝ一　ㄍㄠˋ
種茶	種茶	chiéŋ-dê	ㄐ一ㄝㄥˋ ㄉㄝˊ
採茶	挽茶	ban-dê	ㄅ〃ㄢ　ㄉㄝˊ
燒茶水	熊茶	hiāñ-dê	ㄏㄥ一ㄚ一　ㄉㄝˊ
泡茶	泡茶	pháu-dê	ㄆㄠˋ　ㄉㄝˊ
倒茶[4]	倒茶	dó-dê	ㄉㄛˋ　ㄉㄝˊ
端茶	捧茶	phāŋ-dê	ㄆㄤ一　ㄉㄝˊ
用茶	用茶	iɔ̄ŋ-dê	一ㆦㄥˇ　ㄉㄝˊ

華語	台語	國際音標	注音符號
奉茶	奉茶	hɔ̄ŋ-dê	ㄏㄛㄥˇ ㄉㄝˊ
茶道	茶道	dē-dō	ㄉㄝ一 ㄉㄜ一
茶具	茶具	dē-kū	ㄉㄝ一 ㄍㄨ一
茶杯	茶杯	dē-pue	ㄉㄝ一 ㄅㄨㄝ
茶甌	茶甌	dē-au	ㄉㄝ一 ㄠ
茶盤	茶盤	dē-puâñ	ㄉㄝ一 ㄅㄥㄨㄚˊ
茶壺	茶鈷[5]	dē-kɔ̄	ㄉㄝ一 ㄍㄛˋ
茶罐	茶罐	dē-kuàn	ㄉㄝ一 ㄍㄨㄢˇ
茶几	茶几	dē-ki	ㄉㄝ一 ㄍ一
茶點[6]	茶點	dē-diám	ㄉㄝ一 ㄉ一ㄚㄇˋ
茶會[7]	茶會	dē-hūe	ㄉㄝ一 ㄏㄨㄝ一
茶室	茶室	dē-siék	ㄉㄝ一 ㄙ一ㄝㄍˋ
茶店[8]	茶店	dē-diàm	ㄉㄝ一 ㄉ一ㄚㄇˇ
茶樓	茶樓	dē-lâu	ㄉㄝ一 ㄌㄠˊ
茶館	茶館	dē-kuán	ㄉㄝ一 ㄍㄨㄢˋ
茶行	茶行	dē-hâŋ	ㄉㄝ一 ㄏㄤˊ
茶莊	茶莊	dē-chŋ	ㄉㄝ一 ㄗㄥ
茶商	茶商	dē-siɔŋ	ㄉㄝ一 ㄙ一ㄛㄥ
茶市	茶市	dē-tsī	ㄉㄝ一 ㄑ一一

享譽國際的台灣茶[9]

根據記載，早在荷蘭時代，台灣就已經有野生茶樹的存在，不過直到西元一八六〇年代台灣開港（依據天津條約西元一八六二年淡水港開闢為國際通商口岸）之前，台灣的茶都只有零星的種植。

等到西元一八六六年（清同治五年），英國商人多德（John Dodd）在李春生（【li-tsūn-sieŋ，ㄌ一 ㄘㄨㄣ一 ㄙ一ㄝㄥ】）的協助下，從福建安溪引進茶種獲得成功後，大量的茶樹才開始在台灣種植，並與糖、樟腦並稱爲清末台灣的三大出口商品。其中台北的大稻埕[10]（台語正字「大粙埕」，由於當時該地有個很大的曬稻穀場而得名），就是清末因從事茶加工及買賣而興起的一個大聚落。

台灣茶的起源與興起

台灣位於亞熱帶地區，氣候溫暖，雨量充沛，產茶地區的土質爲含有豐富鐵質成分的黏質壤土，最適合茶樹的生育。十七世紀荷蘭統治台灣時，已發現野生茶樹，此即清代文獻所謂的山茶。之後，日本統治台灣，也曾對台灣的野生茶樹進行調查，並用來試製紅茶。

台灣人工栽培茶樹，依目前找到的茶園買賣契約文書來看，最遲在清朝乾隆末年（十八世紀末葉），已在今日深坑與木柵一帶進行。而在清朝道光年間（西元一八二一年～西元一八五〇年），已有商人將石碇、文山一帶生產的毛茶（粗製茶）運往福州售賣；所謂一八六一年怡和洋行已在台北購買茶葉，載運出口，或許就是指石碇、文山一帶的粗製茶。

台灣之製茶，始於西元一八六〇年開港通商之後。西元一八六五年英商來台灣調查樟腦事業，卻認爲茶業的經營較易成功，先是在雞籠（今之基隆）與艋舺西南一帶收購茶葉，並在澳門試賣成功，於是透過買辦李春生借貸資金給農民，並從

大粙埕（大稻埕）

【duà-diù-diâñ】

ㄉㄨㄚˇ ㄉㄧㄨˇ ㄉㄥㄧㄚˊ

廈門（一說從安溪）引進茶樹枝條，擴大茶樹的栽培。

英商多德先在艋舺從事小規模的經營，隨後在大稻埕擴大生產；一八六九年將製成的烏龍茶213,100斤，由淡水裝上橫越太平洋船隻，直輸紐約銷售，大受歡迎，從此打開「台灣烏龍茶」（Formosa Oolong Tea）的國際知名度，並吸引外商與福建茶商陸續前來台北的大稻埕設立茶行從事茶葉生意，台灣茶業自此興起，且一躍成爲台灣北部首要產業，更促使台灣經濟、政治重心北移。

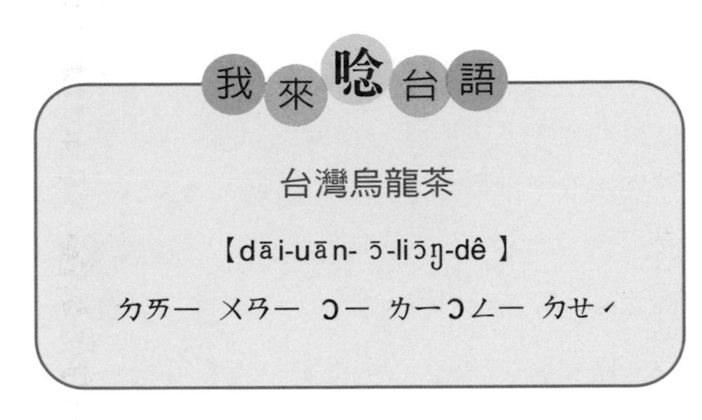

台灣茶葉之父——李春生

李春生於西元一八三八年（清道光十八年）出生於福建廈門，父親是船伕，家境並不富裕。他小時候爲貼補家用，經常和鄰居小孩帶著糖果沿街叫賣，從此立下日後從商的志向。

貧苦出身的茶商

李春生雖然曾經到過私塾讀書，但因付不起學費而中途輟學。十五歲時因家境貧困，李春生的父親將他送到廈門的基督教禮拜堂打工（打掃教堂），並與英國籍傳教士學習英文、查經，於同年受洗成爲長老教會信徒。他曾在錢莊當夥計，由於經常與外國人交往，因此學會了英語及經商之道。

西元一八五七年（清咸豐七年），李春生受聘在廈門英商怡記洋行擔任掌櫃，從事洋貨及茶葉買賣，這段期間，李春生因為做買賣的關係，遊歷許多地方，眼界因而大開。

西元一八六六年（清同治五年），李春生受聘來到台灣的艋舺（現今的萬華）擔任寶順洋行的總辦，負責管理茶葉種植與生產，同時還協助一名英國商人多德（John Dodd）從福建的安溪引進茶種，勸導淡水農戶種植。

數年後，多德引進的茶在台灣種植成功，由淡水銷往紐約，大受歡迎，台灣茶從此揚名海外。不久，李春生也自製茶葉外銷，並經銷煤油，由於經營成功，使他的財富迅速累積，很快就與板橋林家並稱為北台灣最富有的兩大戶人家。 西元一八八九年（清光緒十五年），李春生與板橋林家的林維源共同建造千秋、建昌二街（現今的貴德街），並出租給洋商，從事茶葉的買賣，帶動大稻埕初期的繁榮。

另一方面，由於李春生精通英語、熟悉洋務，很受洋人及官府的信賴，每當官府與洋人有所交涉時，都會邀請他提供意見或擔任翻譯。同時，李春生在劉銘傳駐台期間，還協助清政府推展各項工業建設，不僅擔任募集委員，並不惜投下巨資，積極推動各項公共工程，如台北城的建造、鐵路的興建、八堵煤礦的修復、大稻埕港岸堤防的興建、大稻埕新市街的營造工程，以及擔任蠶桑局副總辦等，後因功獲朝廷頒給「五品同知、賞戴藍翎」功名。

有見解的改革派

經商致富的李春生，並沒有一般商人的市儈銅臭味，卻有著透徹深悟的思想內涵。他的為人行事、思想作風都受基督教義影響頗深，甚

至著書宣揚基督教創造論的觀點（上帝爲創造萬物之源起，沒有任何事物可以超越上帝之創造），對科學家達爾文、斯賓塞、赫胥黎與穆勒等人的「進化論」、「自由論」提出嚴厲批判。

除了對宗教問題提出獨到的見解，李春生也關懷各種社會、文化現象。當時由於西方文化的勢力強大，有許多知識份子主張全面西化，並全盤否定傳統文化。李春生對此提出反駁，認爲「文化不是全盤都不好，將好的精神保留，不好的現象斬除，而不是爲反對而反對，將它們連根拔起」，這樣的想法，在那個全盤否定傳統的年代裡更顯得理性，可看出李春生雖然接觸很多西方文化，卻不會因此完全「崇洋媚外」，在思想見解上展現了哲學家的風範。

西元一八九五年甲午戰爭清軍大敗，清廷割台灣予日本，台灣人群起反抗，而「台灣民主國」官兵卻在日軍登陸澳底後、尙未兵臨台北城前就棄戈逃亡，台北城頓成「無政府」狀態，散兵流民掠奪打劫。李春生見此亂局，與士紳、洋商集商對策，決議邀日軍「和平」入城，之後還協助成立「保良局」（被選爲局長）協助治安，此識時務作法，使他獲得日本總督府敘勳六等，授瑞寶章。

日本在台的殖民政權建立之初，爲了攏絡地方士紳，不但敘勳授章，還延攬有聲望的人出任街庄社長（即現在的鄉里長），又邀請他們到日本參觀。西元一八九六年（日本明治二十九年）春天，李春生帶著家人隨第一任台灣總督樺山資紀到日本考察、遊覽，順便送六名子弟到日本留學，打開了台灣富豪子弟留學日本的風氣；六十四天的日本之行，讓李春生深感「明治維新」的績效、驚覺現代化的重要，更加深他對改革台灣教育文化的期許。

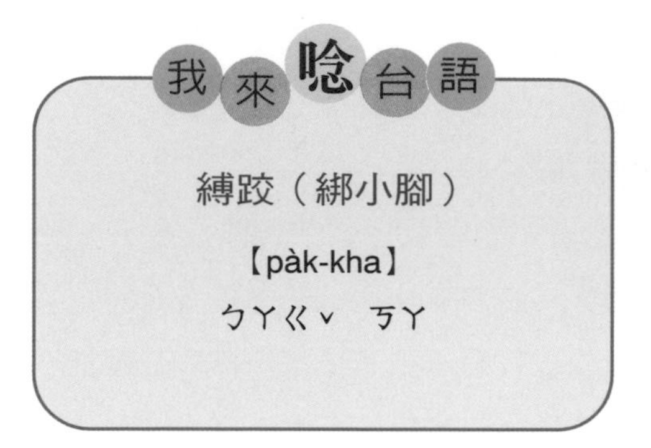

在日本，李春生剪掉前清所遺留的長辮子，換上西式服裝，行動變得自由敏捷、有自信。回台後，鑒於以前清朝時期台灣人留辮子及綁小腳（台語稱爲「縛跤」）風俗不但不符合衛生觀念，也限制了行動自由，因此與大稻埕中醫師黃玉階籌組「台北天然足會」，宣揚剪斷長髮、解放纏足的改革。除此之外，一旦日本政府要籌建公學校、國語傳習所等教育機構時，李春生也一定捐獻巨款、大力資助，以振興地方的學風。

集各家精神成就大愛

李春生深感西方列強的力量和成功來自基督教，日本的富強也是因爲對基督教的支持，而得到上帝的福佑，所以從日本回來之後，李春生就更積極地推動基督教宣傳福音事工。西元一八九七年，李春生爲了讓日本人有固定的教會做禮拜，於是奉獻了三百坪土地興建教堂；西元一九〇〇年完工舉行獻堂感恩禮拜，稱爲「日本基督長老教會」，也就是現今位於中山南路與濟南路交口處、在立法院旁的「濟南長老教會」，當時建築經費的88％由李春生奉獻。

西元一九〇一年（日本明治三十四年），李春生出任大龍峒教會（現今台北市大橋長老教會）長老一職。除了自己任職的教會之外，對於其他教會的各項硬體建設、宣教工作，更是不遺餘力地加以支援，當今坐落於台北市甘州街的大稻埕長老教會禮拜堂，就是在西元一九一四

年由他一手奉獻的，包括一千坪土地及全部的建築經費，並且直到他蒙主恩召為止，該教會的經常經費都由他一人負擔；像他如此「一人建堂」的熱心奉獻，在台灣教會史上是第一位。

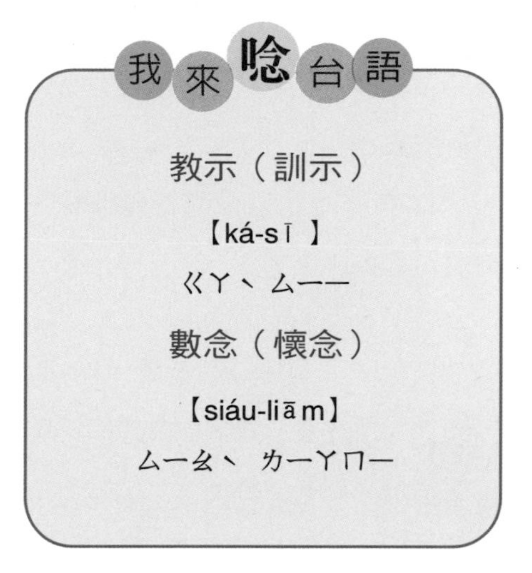

李春生於西元一九二四年（日本大正十三年）過世，享年八十六歲。現在台北市西寧北路86巷巷口斜對面旁的貴德街上，有一座李春生紀念長老教會禮拜堂，是子孫輩與信徒在西元一九三五年為紀念李春生而特別興建的。

綜觀李春生的一生，可說是一位具有特殊地位的歷史人物。他是一位生在清朝統治的廈門、崛起於台灣的富有企業家，其思想混合著儒家固有的傳統倫理道德觀、西方的思維模式、企業理念，以及基督教的博愛、奉獻精神。

在日本殖民統治下，面對西方思想潮流和科技發展的威脅與衝擊，李春生勇於從基督教信仰中尋得有力的支撐觀點，並加以實踐，化思想為具體行動（參與各種公益活動以及捐獻），也展現了最完美的宗教家風範。李春生常常訓示（台語稱為「教示」）子孫：

「萬物攏（都）是主賞賜，佘等（咱們）愛（要）對（從）主得著兮（的）獻與主。」【bàn-mīh lɔŋ-sì-chú siuñ-sù，lan-ái-dúi-chú dít-dióh-éh hién-hɔ̄-chú，ㄅ˙ㄢˇ ㄇㄧㄏㄧ ㄌㄛㄥ ㄙㄧˇ ㄗㄨˋ

ㄙㄥㄧㄨ ㄙㄨˇ，ㄌㄢ ㄞˋ ㄉㄨㄧˋ ㄗㄨˋ ㄉㄧㄊˋ ㄉㄧㄜ˙ ㄝ˙ ㄏㄧㄝㄣˋ ㄏㄛˇ ㄗㄨˋ】（萬物都是主賞賜，我們要將從主得到的獻給主。）

他的高尚品德及善行義舉實在值得後人效法、景仰與懷念（台語稱爲「數念」）。

註釋

❶「杏仁茶」在台語的正式名稱是「杏仁露」【hièŋ-jīn-lɔ̄，ㄏㄧㄝㄥˇ ㄐ˜ㄧㄣ ㄌㄛㄧ】，因為飲「杏仁茶」時不用湯匙，如同飲茶，故名。

❷ 在台語雅稱「龍眼干肉」為「福圓膊（肉）」【hɔk-uān-báh，ㄏㄛㄍ ㄨㄢㄧ ㄅ˜ㄚ˙】，所以用「龍眼干肉」泡製的甜茶，台語稱為「福圓茶」。

❸ 因為煎過的茶葉呈捲曲狀，縮起來有點像米粒，所以台語稱為「茶米」【dē-bí，ㄉㄝㄧ ㄅ˜ㄧˋ】。另外，台語稱泡過的茶渣為「茶米粕」【dē-bi-phóh，ㄉㄝㄧ ㄅ˜ㄧ ㄆㄜ˙】。

❹ 在台語雅稱「倒茶」為「填茶」【tīn-dê，ㄊㄧㄣㄧ ㄉㄝˊ】，如同「斟酒」在台語雅稱為「填酒」【tīn-chiú，ㄊㄧㄣㄧ ㄐㄧㄨˋ】。「填」台語文讀音為【tiên，ㄊㄧㄝㄣˊ】，口語音可訓為【tîn，ㄊㄧㄣˊ】。

❺ 台語稱「茶壺」為【dē-kɔ̄，ㄉㄝㄧ ㄍㄛˋ】，而【kɔ̄，ㄍㄛˋ】的正字為「盬（鹽）」，見《集韻》：「果五切。」（取「果」【kó，ㄍㄜˋ】的陰清聲母【k´，ㄍˋ】和「五」【gnɔ̄，ㄍ˜ㄥㄛˋ】的陰上韻母【ɔ̄，ㄛˋ】切合成陰上調【kɔ̄，ㄍㄛˋ】），見《說文解字》：「器也。」但此字為罕用字，當今「茶壺」也有用不鏽鋼製成，所以俗寫時借用金字旁同音的「鈷」。

❻ 在台語大多稱「茶點」為「茶餅」【dē-piáñ】。

❼ 在台語大多稱「茶會」為「茶餅會」【dē-piañ-hūe】。

❽ 在台語稱「小茶店」為「茶店也」【dē-diam-á，ㄉㄝㄧ ㄉㄧㄚㄇ ㄚˋ】。

❾ 台灣茶，發音為【dāi-uān-dê，ㄉㄞㄧ ㄨㄢㄧ ㄉㄝˊ】。

❿「院子」在台語稱為「埕也」【diāñ-á，ㄉㄥㄧㄚㄧ ㄚˋ】；「運動場」在台語稱為「運動埕」【ùn-dɔ̄ŋ-diâñ，ㄨㄣˇ ㄉㄛㄥˇ ㄉㄥㄧㄚˊ】。

柒之二 酒類飲品

華語	台語	國際音標	注音符號
酒	酒	chiú	ㄐㄧㄨˋ
釀酒	激酒	kiek-chiú	ㄍㄧㄝㄍ ㄐㄧㄨˋ
酒糟	酒糟	chiu-chau	ㄐㄧㄨ ㄗㄠ
酒精	酒精	chiu-chieŋ	ㄐㄧㄨ ㄐㄧㄝㄥ
酒廠	酒廠	chiu-tsiúñ	ㄐㄧㄨ ㄘㄥㄧㄨˋ
薄酒	薄酒	pòh-chiú	ㄅㄜㄏˇ ㄐㄧㄨˋ
烈酒	厚酒	kàu-chiú	ㄍㄠˇ ㄐㄧㄨˋ
烈酒	燒酒	siō-chiú	ㄙㄧㄜ— ㄐㄧㄨˋ
春酒	春酒	tsūn-chiú	ㄘㄨㄣ— ㄐㄧㄨˋ
喜酒	喜酒	hi-chiú	ㄏㄧ ㄐㄧㄨˋ
好酒	好酒	ho-chiú	ㄏㄜ ㄐㄧㄨˋ
美酒	美酒	bi-chiú	ㆠㄧ ㄐㄧㄨˋ
藥酒	藥酒	iòh-chiú	ㄧㄜㄏˇ ㄐㄧㄨˋ
洋酒	洋酒	iūñ-chiú	ㄥㄧㄨ— ㄐㄧㄨˋ
清酒	清酒	tsiēŋ-chiú	ㄑㄧㄝㄥ— ㄐㄧㄨˋ
米酒	米酒	bi-chiú	ㆠㄧ ㄐㄧㄨˋ
紅露酒	紅露酒	āŋ-lɔ̀-chiú	ㄤ— ㄌㆦˇ ㄐㄧㄨˋ
紹興酒	紹興酒	siàu-hiēŋ-chiú	ㄙㄧㄠˇ ㄏㄧㄝㄥ— ㄐㄧㄨˋ
啤酒	麥也酒	bēh-a-chiú	ㆠㄝ— ㄚ ㄐㄧㄨˋ
高粱酒	高粱酒	kō-liɔ̄ŋ-chiú	ㄍㄜ— ㄌㄧㆦㄥ— ㄐㄧㄨˋ
水果酒	水果酒	chui-ko-chiú	ㄗㄨㄧ ㄍㄜ ㄐㄧㄨˋ
水果酒	果子酒	kue-chi-chiú	ㄍㄨㄝ ㄐㄧ ㄐㄧㄨˋ
李子酒	李也酒	li-a-chiú	ㄌㄧ ㄚ ㄐㄧㄨˋ
梅子酒	梅也酒	mūe-a-chiú	ㄇㄨㄝ— ㄚ ㄐㄧㄨˋ
烏梅酒	烏梅酒	ɔ̄-mūe-chiú	ㆦ— ㄇㄨㄝ— ㄐㄧㄨˋ
葡萄酒	葡萄酒	pɔ̄-dō-chiú	ㄅㆦ— ㄉㄜ— ㄐㄧㄨˋ

華語	台語	國際音標	注音符號
白葡萄酒	白葡萄酒	pèh-pɔ̄-dō-chiú	ㄅㄝㄏˇ ㄅㄛ一 ㄉㄜ一 ㄐ一ㄨˋ
紅葡萄酒	紅葡萄酒	āŋ-pɔ̄-dō-chiú	ㄤ一 ㄅㄛ一 ㄉㄜ一 ㄐ一ㄨˋ
下酒	配酒	phúe-chiú	ㄆㄨㄝˋ ㄐ一ㄨˋ
調酒	調酒	diāu-chiú	ㄉ一ㄠ一 ㄐ一ㄨˋ
溫酒	溫酒	ūn-chiú	ㄨㄣ一 ㄐ一ㄨˋ
吃酒	嚼酒	chiàh-chiú	ㄐ一ㄚㄏˇ ㄐ一ㄨˋ
飲酒有興趣	興酒	hiéŋ-chiú	ㄏ一ㄝㄥˋ ㄐ一ㄨˋ
喜好飲酒	好酒	hɔ̃ñ-chiú	ㄏㄥㄛˋ ㄐ一ㄨˋ
敬酒	敬酒	kiéŋ-chiú	ㄍ一ㄝㄥˋ ㄐ一ㄨˋ
陪酒	陪酒	pūe-chiú	ㄅㄨㄝ一 ㄐ一ㄨˋ
解酒	解酒	kai-chiú	ㄍㄞ ㄐ一ㄨˋ
酒量	酒量	chiu-liɔ̄ŋ	ㄐ一ㄨ ㄌ一ㄛㄥ一
酒意	酒意	chiu-ì	ㄐ一ㄨ 一ˇ
酒醉	酒醉	chiu-chùi	ㄐ一ㄨ ㄗㄨ一ˇ
酒仙	酒仙	chiu-sien	ㄐ一ㄨ ㄙ一ㄝㄣ
酒鬼	酒鬼	chiu-kúi	ㄐ一ㄨ ㄍㄨ一ˋ
酒杯	酒杯	chiu-pue	ㄐ一ㄨ ㄅㄨㄝ
酒壺	酒壺	chiu-ɔ̂	ㄐ一ㄨ ㄛˊ
酒瓶	酒矸	chiu-kan	ㄐ一ㄨ ㄍㄢ
酒菜	酒菜	chiu-tsài	ㄐ一ㄨ ㄘㄞˇ
酒宴	酒宴	chiu-ièn	ㄐ一ㄨ 一ㄝㄣˇ
酒會	酒會	chiu-hūe	ㄐ一ㄨ ㄏㄨㄝ一
酒家	酒家	chiu-ka	ㄐ一ㄨ ㄍㄚ
酒莊	酒莊	chiu-chŋ	ㄐ一ㄨ ㄗㄥ
酒館	酒館	chiu-kuán	ㄐ一ㄨ ㄍㄨㄢˋ
酒樓	酒樓	chiu-lâu	ㄐ一ㄨ ㄌㄠˊ
酒店	酒店	chiu-diàm	ㄐ一ㄨ ㄉ一ㄚㄇˇ

捌、果汁、飲料以及冰品

在冰箱尚未普及的年代，家家戶戶都會購置冰罐。冰罐類似熱水瓶，體積和容量較大，裡面裝著從冰店買回來的冰塊。通常先將冰塊鑿成小塊再裝入冰罐，然後在小冰塊上裝一些冰品或需要冷藏的水果等。

當時，賣「枝也冰」的小販就是提著裝「枝也冰」的冰罐沿街叫賣；而家境較差的小孩，會利用放學後或暑假到冰店批一些「枝也冰」，裝入冰罐後，提到電影院前、車站等人多的地方叫賣……

捌之一 果汁與飲料

一、果汁

華語	台語	國際音標	注音符號
果汁	果汁	ko-chiáp	ㄍㄛ ㄐㄧㄚㄅ丶
果汁	果子汁	kue-chi-chiáp	ㄍㄨㄝ ㄐㄧ ㄐㄧㄚㄅ丶
椰子汁	椰子汁	iā-chi-chiáp	ㄧㄚㄧ ㄐㄧ ㄐㄧㄚㄅ丶
甘蔗汁	甘蔗汁	kām-chiá-chiáp	ㄍㄚㄇㄧ ㄐㄧㄚ丶 ㄐㄧㄚㄅ丶
檸檬汁	檸檬汁	lē-bɔŋ-chiáp	ㄌㄝㄧ ㄅ〃Ɔㄥ ㄐㄧㄚㄅ丶
酸梅汁	酸梅也汁	sŋ̄-mūe-a-chiáp	ㄙㄥㄧ ㄇㄨㄝㄧ ㄚ ㄐㄧㄚㄅ丶
葡萄汁	葡萄汁	pɔ̄-dō-chiáp	ㄅƆㄧ ㄉㄛㄧ ㄐㄧㄚㄅ丶
楊桃汁	楊桃汁	iūñ-tō-chiáp	ㄥㄧㄨㄧ ㄊㄛㄧ ㄐㄧㄚㄅ丶
橘子汁	柑也汁	kām-a-chiáp	ㄍㄚㄇㄧ ㄚ丶 ㄐㄧㄚㄅ丶
柳橙汁	柳橙汁	liu-diēŋ-chiáp	ㄌㄧㄨ ㄌㄧㄝㄥˊ ㄐㄧㄚㄅ丶
芭樂汁	桲也汁	pāt-a-chiáp	ㄅㄚㄊㄧ ㄚ ㄐㄧㄚㄅ丶

華語	台語	國際音標	注音符號
西瓜汁	絲瓜汁	sī-kūe-chiáp	ㄙㄧ一 ㄍㄨㄝ一 ㄐㄧㄚㄅ丶
木瓜汁	木瓜汁	bɔ̄k-kūe-chiáp	ㄅ˝ㄛㄍˇ ㄍㄨㄝ一 ㄐㄧㄚㄅ丶
蘆筍汁	蘆筍汁	lɔ̄-sun-chiáp	ㄌㄛˇ ㄙㄨㄣ ㄐㄧㄚㄅ丶

二、飲料

以下表格中「(廈)」為廈門腔

華語	台語	國際音標	注音符號
飲料	飲料	im-liāu	ㄧㄇ ㄌㄧㄠ一
開水	滾水	kun-chúi	ㄍㄨㄣ ㄗㄨㄧ丶
剛滾的水	拄滾兮水	du-kún ē-chúi	ㄉㄨ ㄍㄨㄣ丶 ㄝ一 ㄗㄨㄧ丶
熱開水	燒滾水	siō-kun-chúi	ㄙㄧㄛ一 ㄍㄨㄣ ㄗㄨㄧ丶
冷開水	冷滾水	lieŋ-kun-chúi	ㄌㄧㄝㄥ ㄍㄨㄣ ㄗㄨㄧ丶
冰水	冰水	piēŋ-chúi	ㄅㄧㄝㄥ一 ㄗㄨㄧ丶
冰水	霜也水(廈)	sŋ̄-a-chúi	ㄙㄥ一ㄚ ㄗㄨㄧ丶
咖啡	咖啡	kā-pi	ㄍㄚ一 ㄅㄧ
熱咖啡	燒咖啡	siō-kā-pi	ㄙㄧㄛ一 ㄍㄚ一 ㄅㄧ
冰咖啡	冰咖啡	piēŋ-kā-pi	ㄅㄧㄝㄥ一 ㄍㄚ一 ㄅㄧ
可可	可可亞❶	khō-kho-áh	ㄎㄛ一 ㄎㄛ ㄚ˙
可樂	可樂❷	khó-làh	ㄎㄛ丶 ㄌㄚㄏˇ
汽水	汽水	khí-chúi	ㄎㄧ丶 ㄗㄨㄧ丶
牛奶	牛奶	gū-lieŋ	ㄍ˝ㄨ一 ㄌㄧㄝㄥ
羊奶	羊奶	iûñ-lieŋ	ㄥㄧㄨ一 ㄌㄧㄝㄥ
鮮奶	鮮奶	tsēñ-lieŋ	ㄘㄥㄝ一 ㄌㄧㄝㄥ
煉乳❸	煉奶	lièn-lieŋ	ㄌㄧㄝㄣˇ ㄌㄧㄝㄥ
奶粉	奶粉	liēŋ-hún	ㄌㄧㄝㄥ一 ㄏㄨㄣ丶
蜂蜜水	蜂蜜水	phāŋ-bìt-chúi	ㄆㄤ一 ㄅ˝ㄧㄊˇ ㄗㄨㄧ丶

註釋

❶ 台語的「可可亞」發音是受到日語「ココア」發音影響而相同。
❷ 台語的「可樂」發音是受到日語「コーラ」發音影響而相同。
❸ 也有人稱「煉乳」為「牛奶水」【gū-liē ŋ-chúi ,ㄍ˚ ㄨー ㄌーせㄥー ㄗㄨー丶】。

捌之二 冰品

以下表格中「(廈)」為廈門腔

華語	台語	國際音標	注音符號
冰	冰	pieŋ	ㄅーせㄥ
冰	霜也(廈)	sŋ̄-á	ㄙㄥー ㄚ丶
結冰	結冰	kiet-pieŋ	ㄍーせㄊ ㄅーせㄥ
結冰	結霜(廈)	kiet-sŋ	ㄍーせㄊ ㄙㄥ
堅冰❶	堅冰	kiēn-pieŋ	ㄍーせㄣー ㄅーせㄥ
冰塊	冰角	piēŋ-kák	ㄅーせㄥー ㄍㄚㄍ丶
冰塊	霜角(廈)	sŋ̄-kák	ㄙㄥー ㄍㄚㄍ丶
吃冰	嚼冰	chiàh-pieŋ	ㄐーㄚㄏˇ ㄅーせㄥ
吃冰	嚼霜(廈)	chiàh-sŋ	ㄐーㄚㄏˇ ㄙㄥ
賣冰的	賣冰兮	bè-pieŋ-e	ㄅ˚せˇ ㄅーせㄥ せ
賣冰的❷	賣霜兮(廈)	bè-sŋ-e	ㄅ˚せˇ ㄙㄥ せ
冰店	冰店	piēŋ-diàm	ㄅーせㄥー ㄉーㄚㄇˇ
冰果店	冰果店	piēŋ-ko-diàm	ㄅーせㄥー ㄍㄜ ㄉーㄚㄇˇ
刨冰	擦冰	tsuá (h)-pieŋ	ㄘㄨㄚ丶 ㄅーせㄥ
刨冰	擦霜(廈)❸	tsuá (h)-sŋ	ㄘㄨㄚ丶 ㄙㄥ
削冰	摳冰	khāu-pieŋ	ㄎㄠー ㄅーせㄥ
削冰	摳霜(廈)	khāu-sŋ	ㄎㄠー ㄙㄥ
冰棒	枝也冰❹	kī-a-pieŋ	ㄍーー ㄚ ㄅーせㄥ
冰棒	霜也枝	sŋ̄-a-ki	ㄙㄥー ㄚ ㄍー

華語	台語	國際音標	注音符號
冰棒	霜條（廈）	sŋ-diâu	ㄙㄥ— ㄉㄧㄠˊ
雪糕	霜糕（廈）	sŋ-ko	ㄙㄥ— ㄍㄛ
冰淇淋	冰淇淋	piēŋ-kī-lîm	ㄅㄧㄝㄥ— ㄍㄧ— ㄌㄧㄇˊ
冰淇淋	冰激凌（廈）[5]	piēŋ-kiek-liêŋ	ㄅㄧㄝㄥ— ㄍㄧㄝㄍ ㄌㄧㄝㄥˊ
芋頭冰	芋冰	ɔ̀-pieŋ	ㆦˇ ㄅㄧㄝㄥ
芋頭冰	芋也冰[6]	ɔ̄-a-pieŋ	ㆦ— ㄚ ㄅㄧㄝㄥ
芋圓冰	芋圓冰[7]	ɔ̀-īñ-pieŋ	ㆦˇ ㄥㄧ— ㄅㄧㄝㄥ
粉圓冰	粉圓冰[8]	hun-īñ-pieŋ	ㄏㄨㄣ ㄥㄧ— ㄅㄧㄝㄥ
粉條冰	粉條冰[9]	hun-diāu-pieŋ	ㄏㄨㄣ ㄉㄧㄠ— ㄅㄧㄝㄥ
杏仁冰	杏仁冰[10]	hièŋ-jīn-pieŋ	ㄏㄧㄝㄥˇ ㆡㄧㄣ— ㄅㄧㄝㄥ
清冰	清冰[11]	tsiēŋ-pieŋ	ㄑㄧㄝㄥ— ㄅㄧㄝㄥ
檸檬冰	檸檬冰[12]	lē-bɔŋ-pieŋ	ㄌㄝ— ㆠㆦㄥ ㄅㄧㄝㄥ
牛奶冰	牛奶冰[13]	gū-liēŋ-pieŋ	ㆣㄨ— ㄌㄧㄝㄥ— ㄅㄧㄝㄥ
仙草冰	仙草冰[14]	siēn-tsau-pieŋ	ㄙㄧㄝㄣ— ㄘㄠ ㄅㄧㄝㄥ
紅豆冰	紅豆冰[15]	āŋ-dāu-pieŋ	ㄤ— ㄉㄠˇ ㄅㄧㄝㄥ
綠豆冰	綠豆冰[16]	lièk-dàu-pieŋ	ㄌㄧㄝㄍˇ ㄉㄠˇ ㄅㄧㄝㄥ
花生冰	塗豆冰[17]	tɔ̄-dàu-pieŋ	ㄊㆦ— ㄉㄠˇ ㄅㄧㄝㄥ
蜜餞	鹹酸甜[18]	kiām-sŋ-diñ	ㄍㄧㄚㄇ— ㄙㄥ— ㄉㄥ—
四果冰	四果冰	sú-ko-pieŋ	ㄙㄨˋ ㄍㄛ ㄅㄧㄝㄥ
鳳梨冰	王梨冰[19]	ɔŋ-lāi-pieŋ	ㆦㄥ— ㄌㄞ— ㄅㄧㄝㄥ
楊桃冰	楊桃冰[20]	iūñ-tō-pieŋ	ㄥㄧㄨ— ㄊㄛ— ㄅㄧㄝㄥ
芒果冰	檨也冰[21]	suāiñ-a-pieŋ	ㄙㄥㄨㄞ— ㄚ ㄅㄧㄝㄥ
冰罐	冰罐	piēŋ-kuàn	ㄅㄧㄝㄥ— ㄍㄨㄢˇ
冰罐	霜罐（廈）	sŋ-kuàn	ㄙㄥ— ㄍㄨㄢˇ
冰櫥	冰櫥	piēŋ-dû	ㄅㄧㄝㄥ— ㄉㄨˊ
冰櫃	冰櫃	piēŋ-kūi	ㄅㄧㄝㄥ— ㄍㄨㄧ—
冰箱	冰箱	piēŋ-siuñ	ㄅㄧㄝㄥ— ㄙㄥㄧㄨ

華語	台語	國際音標	注音符號
冰庫	冰庫	piēŋ-khɔ̄	ㄅㄧㄝㄥㄧ　ㄎㆦˇ
冷凍庫	冷凍庫	lieŋ-dɔ̄ŋ-khɔ̄	ㄌㄧㄝㄥ　ㄉㆦㄥˋ　ㄎㆦˇ
冰袋	冰袋	piēŋ-dē	ㄅㄧㄝㄥㄧ　ㄉㄝㄧ
冰枕	冰枕	piēŋ-chím	ㄅㄧㄝㄥㄧ　ㄐㄧㄇˋ

冰罐風行的年代

以前電冰箱尚未普及的時代，家家戶戶都會購置冰罐。冰罐類似熱水瓶，體積和容量較大，裡面裝著從冰店買回來的冰塊。通常先將冰塊鑿成小塊再裝入冰罐，小冰塊上面裝一些冰品或需要冰的水果等。

當時賣「枝也冰」的小販就是提著裝「枝也冰」的冰罐沿街叫賣；而家境較差的小孩，會利用放學後或暑假到冰店批一些「枝也冰」，裝入冰罐後，提到電影院前、車站、公園、廟口等人多的地方叫賣。

筆者還記得就讀國小的時候，在夏天的晚上九點左右，先父會拿五毛錢（五角銀）給我去冰店買冰塊。冰塊買回來之後，先父先將冰塊用開水沖洗，再用鑿子將冰塊鑿成小冰塊放進冰罐內，接著叫大家：「來嚼冰噢！」

先父將一些小冰塊放到每

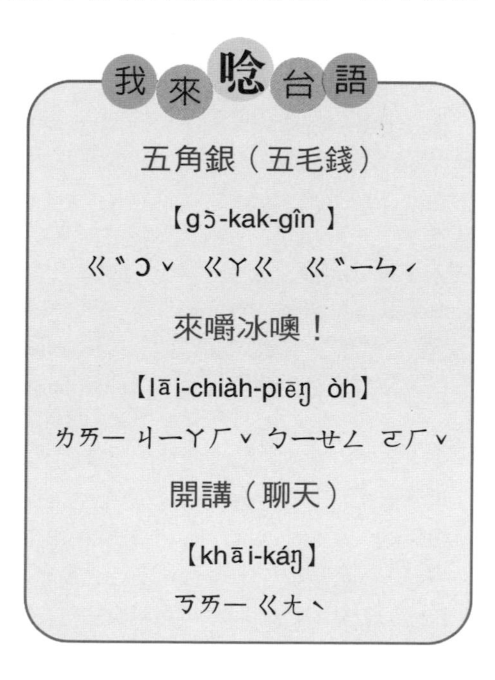

個人的碗裡，然後倒入酸梅汁或楊桃汁（買瓶裝現成的），全家大小邊「嚼冰」邊「開講」（聊天）。通常是先父講家族往事和他到日本求學（先就讀青山學院、再考上東京商科大學──現名「一橋大學」，是日本財經界大老出身的名校）、到馬來亞採礦、到新加坡做生意、到印尼遊覽、到滿州（大陸的東北）做事和當地的見聞等等，因爲先父學經歷豐富，幾乎有講不完的故事；而先母（在日本統治時代曾任國小音樂老師）則會教我們吟唱日本的童謠或唐詩。大家「冰嚼到津津有味」和「故事、詩歌聽到不知夜深」。

這是夏夜最美好的時光，也是筆者兒時最美好的一段回憶。

註釋

❶「堅冰」是指冰凝結後而變得堅硬，而台語的結冰是指冰在凝結過程中。水正在冰箱內凝結成冰，台語稱為結冰；當冰凝結成冰塊，台語稱為堅冰。

❷ 在口語中稱「冰品」為「涼兮」【liāŋ-ē ，ㄌㄧㄤ一 ㄝ一】，稱「吃冰品」為「嚼涼兮」【chiàh-liāŋ-ē ， ㄐㄧㄚㄏˇ ㄌㄧㄤ一 ㄝ一】，稱「賣冰品的」為「賣涼兮」【bè-liāŋ-ē ，ㄅ˵ㄝˇ ㄌㄧㄤ一 ㄝ一】。

❸「擦」見《唐韻》：「七曷切。」取「七」【tsít，ㄘㄧㄊˋ】的陰清聲母【ts´，ㄘˋ】和「曷」【hāt ，ㄏㄚㄊ一】的入聲韻母【at，ㄚㄊ】，切合成為【tsát，ㄘㄚㄊˋ】。而與「曷」字同韻的「割」文讀音發音為【kát，ㄍㄚㄊˋ】，口語音發音為【kuáh，ㄍㄨㄚ •】；同理，「擦」文讀音為【tsát，ㄘㄚㄊˋ】，口語音為【tsuáh，ㄘㄨㄚ •】。「擦」見《集韻》：「摩也。」而擦冰的工具稱為「冰礤」，就是一種鐵製車床磨刀，將冰塊刮刨成碎冰。「礤」發音同「擦」，而「用冰礤擦冰」台語發音為【iɔ̄ŋ- piēŋ-tsuáh ,tsuá (h)-pieŋ， ㄧㄛㄥˇ ㄅㄧㄝㄥ一 ㄘㄨㄚ• ㄘㄨㄚˋ ㄅㄧㄝㄥ】。以文法來分析「擦」是動詞，「礤」是名詞。當今不知正字正音的媒體文字編輯用不倫不類的北京話近似音字來代替，結果出現「挫冰」、「剉冰」等「不知所云」的怪詞，看起來令人「霧灑灑」【bù-sá-sà，ㄅ˵ㄨˇ ㄙㄚˋ ㄙㄚˇ】（一頭霧水）。按：「挫、剉」台語發音【tsò，ㄘㄛˇ】。另外，「菜頭礤」【tsái-tāu-tsuáh，ㄘㄞˋ ㄊㄠ一 ㄘㄨㄚ •】就是將蘿蔔刮刨成碎絲的工具，台語則稱「蘿蔔碎絲」為「菜頭簽」【tsái-tāu-tsiam，ㄘㄞˋ ㄊㄠ一

ㄑㄧㄚㄇ】；而「番薯礤」【hān-chī-tsuáh ，ㄏㄢㄧ ㄐㄧㄧ ㄘㄨㄚ•】就是將番薯刮刨成碎絲的工具，稱「番薯碎絲」為「番薯簽」【hān-chī-tsiam ,ㄏㄢㄧ ㄐㄧㄧ ㄑㄧㄚㄇ】。

❹ 台灣早期的「枝也冰」成圓柱體，中間插一支竹棒，竹棒在台語稱為竹也枝【diek-a-ki , ㄉㄧㄝㄍ ㄚ ㄍㄧ】，所以叫做「枝也冰」，現今大多做成長方體型。「枝也冰」的種類有塗豆、紅豆、綠豆、牛奶、王梨、酸梅汁、楊桃汁等。

❺ 冰激凌之「凌」見《風俗通》：「積冰曰凌。」《前漢高帝紀》：「未央宮凌室。」《註》顏師古曰：「凌室，藏冰之室。」相當於現代的冰庫。冰淇淋必須經過冷凍，所以用「凌」字非常適合表達冷凍的情境。其實「冰淇淋」的「淇淋」（音譯字）和「冰激凌」的「激凌」皆源自英文“ice cream”中的“cream”。

❻ 芋冰又稱為芋也冰，其製作方法如下：先將芋頭去皮，清洗後切成小塊，用慢火熬煮成泥狀，稱為「芋泥」【ɔ`-nî , ɔˇ ㄋㄧˊ】。然後將糖膏【tŋ̄-ko , ㄊㄥㄧ ㄍㄛ 】（指的是濃度高的糖漿）、少許太白粉和「芋泥」攪拌均勻後，送進冷凍櫃中冷凍；冷凍後取出就成為「芋冰」。以往沿街叫賣的冰販就是將「芋冰」放進冰罐內儲藏。

❼ 刨成的碎冰（擦冰）加糖水和芋圓，稱為芋圓冰。

❽ 刨成的碎冰（擦冰）加糖水和粉圓，稱為粉圓冰。

❾ 刨成的碎冰（擦冰）加糖水和太白粉條，稱為粉條冰。

❿ 刨成的碎冰（擦冰）加糖水和杏仁豆腐，為杏仁冰。以前沿街叫賣的冰販則稱它為「杏仁露涼兮」【hièŋ-jīn-lō liāŋ-ē, ㄏㄧㄝㄥˇ ㄐ˙ㄧㄣㄧ ㄌㄛㄧ ㄌㄧㄤㄧ ㄝㄧ】。

⓫ 刨成的碎冰（擦冰）只加糖水或果汁，不再添加其他水果或食物，稱為清冰。

⓬ 刨成的碎冰（擦冰）加糖水和檸檬汁，稱為檸檬冰。

⓭ 刨成的碎冰（擦冰）只加煉乳或鮮奶，稱為牛奶冰。

⓮ 刨成的碎冰（擦冰）加糖水和仙草汁凝結切塊，稱為仙草冰。

⓯ 刨成的碎冰（擦冰）加已經煮熟摻糖的紅豆餡，稱為紅豆冰。

⓰ 刨成的碎冰（擦冰）加已經煮熟摻糖的綠豆餡，稱為綠豆冰。

⓱ 刨成的碎冰（擦冰）加已經煮熟摻糖的塗豆餡，稱為塗豆冰。

⓲ 刨成的碎冰（擦冰）加四種水果蜜餞，稱為四果冰。當今冰店推出任君挑選各種蜜餞（類似自助餐式）作為添加料，以吸引顧客上門。

⓳ 刨成的碎冰（擦冰）加王梨切片，稱為王梨冰。

⓴ 刨成的碎冰（擦冰）加楊桃干蜜餞，稱為楊桃冰。

㉑ 刨成的碎冰（擦冰）加青綠色的樣也干蜜餞，稱為樣也冰。

玖、香料與油

在中式料理，往往少不了一道爆香的手續。加入少許油熱鍋，鍋熱後再拌炒各式香料，如薑絲、辣椒、蒜頭或青蔥等，等到香料的味道撲鼻，也添加了食物的美味。

話說回來，爆香的台語字為何？正確的寫法是「䓴芳」。《爾雅釋蟲》：「蒿䓴。」《疏》：「今人呼青蒿，香中炙啖者為䓴。」「香中炙啖者」就是指有香味的物料經加熱而食用。而「䓴芳」的「䓴」，在台語引申為動詞，相當於「爆香料」中的「爆」。

玖之一 香料

華語	台語	國際音標	注音符號
香料	芳料	phāŋ-liāu	ㄆㄤ一 ㄌ一ㄠ一
爆香料	䓴芳	khièn-phaŋ	ㄎ一ㄝㄣ丶 ㄆㄤ
芝麻	烏麻也	ɔ̄-mūa-á	ㄛ一 ㄇㄨㄚ一 ㄚ丶
八角	八角	pé(h)-kák	ㄅㄝ丶 ㄍㄚㄍ丶
茴香	茴香	hūe-hiaŋ ,-hiɔŋ	ㄏㄨㄝ一 ㄏ一ㄤ，ㄏ一ㄛㄥ
蝦米	蝦卑	hē-pi	ㄏㄝ一 ㄅ一
蒜頭	蒜頭	suán-tâu	ㄙㄨㄢ丶 ㄊㄠ╱
青蔥	蔥也	tsāŋ-á	ㄘㄤ一 ㄚ丶
蔥的根莖	蔥頭	tsāŋ-tâu	ㄘㄤ一 ㄊㄠ╱
紅蔥花	油蔥	iū-tsaŋ	一ㄨ一 ㄘㄤ
薑	薑	kiuñ	ㄍㄥ一ㄨ
薑絲	薑絲	kiūñ-si	ㄍㄥ一ㄨ一 ㄙ一

華語	台語	國際音標	注音符號
老薑	薑母	kiūñ-bó	ㄍㄥㄧㄨㄧ ㄅˇㄜˋ
嫩薑	仔薑	chiñ-kiuñ	ㄐㄥㄧ ㄍㄥㄧㄨ
小辣椒	番薑也	huān-kiūñ-á	ㄏㄨㄢㄧ ㄍㄥㄧㄨㄧ ㄚˋ
辣椒	番薑	huān-kiuñ	ㄏㄨㄢㄧ ㄍㄥㄧㄨ
辣椒	薟薑	hiām-kiuñ	ㄏㄧㄚㄇㄧ ㄍㄥㄧㄨ
辣椒	薟椒	hiām-chio	ㄏㄧㄚㄇㄧ ㄐㄧㄜ
調味品	調味品	diāu-bì-phín	ㄉㄧㄠㄧ ㄅˇㄧˇ ㄆㄧㄣˋ
香油	香油	hiāŋ-iû	ㄏㄧㄤㄧ ㄧㄨˊ
麻油	麻油	mūa-iû	ㄇㄨㄚㄧ ㄧㄨˊ
醬油	豆油	dàu-iû	ㄉˇㄠˇ ㄧㄨˊ
米酒	米酒	bi-chiú	ㄅˇㄧ ㄐㄧㄨˋ
醋	醋	tsɔ̀	ㄘㄛˇ
白醋	白醋	pèh-tsɔ̀	ㄅㄝㄏˇ ㄘㄛˇ
黑醋	烏醋	ɔ̄-tsɔ̀	ㄛㄧ ㄘㄛˇ
紅醋	紅醋	āŋ-tsɔ̀	ㄤㄧ ㄘㄛˇ
糖	糖	tŋ̂	ㄊㄥˊ
粗糖	粗糖	tsɔ̄-tŋ̂	ㄘㄛㄧ ㄊㄥˊ
細糖	幼糖	iú-tŋ̂	ㄧㄨˋ ㄊㄥˊ
鹽	鹽	iâm	ㄧㄚㄇˊ
粗鹽	粗鹽	tsɔ̄-iâm	ㄘㄛㄧ ㄧㄚㄇˊ
細鹽	幼鹽	iú-iâm	ㄧㄨˋ ㄧㄚㄇˊ
味素	味素	bì-sɔ̀	ㄅˇㄧˇ ㄙㄛˇ
味素	味素粉	bì-sɔ́ -hún	ㄅˇㄧˇ ㄙㄛˋ ㄏㄨㄣˋ
胡椒	胡椒	hɔ̄-chio	ㄏㄛㄧ ㄐㄧㄜ
胡椒粉	胡椒粉	hɔ̄-chiō-hún	ㄏㄛㄧ ㄐㄧㄜㄧ ㄏㄨㄣˋ
加里	加里	kā-lí	ㄍㄚㄧ ㄌㄧˋ
加里粉	加里粉	kā-li-hún	ㄍㄚㄧ ㄌㄧ ㄏㄨㄣˋ

華語	台語	國際音標	注音符號
太白粉	太白粉	tái-pèh-hún	ㄊㄞˋ ㄅㄝㄏˇ ㄏㄨㄣˋ
番薯粉	番薯粉	hān-chī-hún	ㄏㄢ— ㄐㄧ— ㄏㄨㄣˋ
樹薯粉	樹薯粉	tsiù-chī-hún	ㄑㄧㄨˇ ㄐㄧ— ㄏㄨㄣˋ

茴芳？爆香？

「茴芳」的「茴」在北京話是極罕用字。

台灣因長期受外族統治而失去大衆教育權，台語的正確漢字更是無人關切，甚至還遭到台灣人自己的輕視，「台語無字啦！」變成衆口鑠金，落得寫出正確漢字的還遭到嘲笑的下場，眞是「啞巴吃黃蓮，有苦說不出」（台語俗諺：「啞口〈啞巴〉砉〈壓〉死囝〈兒子〉」），筆者在此就把它挖苦出來！

《唐韻》：「茴，苦甸切。」是取「苦」【khɔ̄，ㄎㄛˋ】的陰輕聲母【kh´，ㄎˋ】和「甸」【diēn，ㄉㄧㄝㄣ—】的陽去韻母【iēn，ㄧㄝㄣ—】，切合成陰去調【khièn，ㄎㄧㄝㄣˇ】。

《爾雅釋蟲》：「蒿茴。」《疏》：「今人呼青蒿，香中炙啖者爲茴。」「香中炙啖者」就是指有香味的物料經加熱而食用。「茴芳」的「茴」字，在台語引申爲動詞，相當於「爆香料」中的「爆」。

啞口（啞巴）砉（壓）死囝（兒子）

【e-káu dé(h)-si-kiáñ】

ㄝ ㄍㄠˋ ㄉㄝˋ ㄙㄧ— ㄍㄥㄧ— ㄚˋ

玖之二 油

華語	台語	國際音標	注音符號
油	油	iû	一ㄨˊ
食用油	食用油	sìt-iɔ̄ŋ-iû	ㄙ一ㄊˇ 一ㆦㄥˇ 一ㄨˊ
食用油	嚼用油	chiàh-iɔ̄ŋ-iû	ㄐ一ㄚㄏˇ 一ㆦㄥˇ 一ㄨˊ
醬油	豆油	dàu-iû	ㄉㄠˇ 一ㄨˊ
黃豆油	黃豆油	ŋ̄-dàu-iû	ㄥˉ ㄉㄠˇ 一ㄨˊ
花生油	塗豆油	tɔ̄-dàu-iû	ㄊㆦˉ ㄉㄠˇ 一ㄨˊ
菜子油	菜子油	tsái-chi-iû	ㄘㄞˋ ㄐ一 一ㄨˊ
麻油	麻油	mūa-iû	ㄇㄨㄚˉ 一ㄨˊ
白麻油	白麻油	pèh-mūa-iû	ㄅㄝㄏˇ ㄇㄨㄚˉ 一ㄨˊ
黑麻油	烏麻油	ɔ̄-mūa-iû	ㆦˉ ㄇㄨㄚˉ 一ㄨˊ
椰子油	椰子油	iā-chi-iû	一ㄚˉ ㄐ一 一ㄨˊ
橄欖油	橄欖油	kān-na-iû	ㄍㄢˉ ㄋㄚ 一ㄨˊ
豬油	豬油	dī-iû	ㄉ一ˉ 一ㄨˊ
奶油	牛奶油	gū-liēŋ-iû	ㄍ"ㄨˉ ㄌ一ㄝㄥˉ 一ㄨˊ
魚肝油	魚肝油	hī-kuāñ-iû	ㄏ一ˉ ㄍㄥㄨㄚˉ 一ㄨˊ
榨油	榨油	chá-iû	ㄗㄚˋ 一ㄨˊ
抹油	抹油	buá(h)-iû	ㄅ"ㄨㄚˋ 一ㄨˊ
酥油	酥油	sɔ̄-iû	ㄙㆦˉ 一ㄨˊ
香油	芳油	phāŋ-iû	ㄆㄤˉ 一ㄨˊ
油水	油水	iū-chúi	一ㄨˉ ㄗㄨ一ˋ
油腥	油臊	iū-tso	一ㄨˉ ㄘㄛ
油膩	油膩	iū-jī	一ㄨˉ ㄐ"一ˉ
油垢	油垢	iū-káu	一ㄨˉ ㄍㄠˋ
油煙	油煙	iū-ien	一ㄨˉ 一ㄝㄣ

附錄之一 時令篇

1. 五年兩閏，好鄙（壞）照輪。

【gɔ̀-nî nŋ̀-jūn，ho-bái chiáu-lûn】
ㄍ˜ㆦˇ ㄋㄧˊ ㄋㆭˇ ㄗ˜ㄨㄣ－，
ㄏㄜ ㄅ˜ㄞˋ ㄐㄧㄠˋ ㄌㄨㄣˊ。

（「閏」【jūn，ㄗ˜ㄨㄣ－】、「輪」【lûn，ㄌㄨㄣˊ】，同樣為【un，ㄨㄣ】韻）。以往舊社會採用陰曆制，五個陰曆年當中必須插入兩個閏月，所以俗諺稱「五年兩閏」。但是逢閏月不發薪餉，閏月的開銷就得動用積蓄，如果平常無積蓄，就得向親朋好友借貸；萬一借不著，那就要餓肚子走霉運，所以主婦最怕遇到閏月，閏月到了就變「鄙」運，過了閏月才恢復正常。此句諺語是形容人生際遇有高潮亦有低潮，時運有好亦有壞，一生皆平順、如意者實在罕見。

2. 無米兼閏月，有夠衰（倒霉）。

【bō-bí kiām-jùn-guēh，ù-káu-sue】
ㄅ˜ㄜ－ ㄅ˜ㄧˋ ㄍㄧㄚㄇ－ ㄗ˜ㄨㄣˇ ㄍ˜ㄨㄝㄏ－，
ㄨˇ ㄍㄠˋ ㄙㄨㄝ。

(「月」【guēh，ㄍ˜ㄨㄝㄏㄧ】、「衰」【sue，ㄙㄨㄝ】，同爲【ue，ㄨㄝ】韻)。以前的主婦最怕家中無米又遇到閏月，因爲閏月無薪餉可領，當然無錢買米，而此時家中無存米，那眞是倒霉之至，台語稱爲「有夠衰」。此句內涵與「屋漏偏逢連夜雨」相似，主要提醒當家的人在平常要養成儲蓄的好習慣，以應付突來所需。

3. 收成好，好年冬；收成鄙（壞），瘖（歹）年冬。

【siū-siēŋ-hó，ho-nī-daŋ；siū-siēŋ-bái，phaiñ-nī-daŋ】

ㄙㄧㄨㄧ ㄙㄧㄝㄥㄧ ㄏㄛˋ，ㄏㄛ ㄋㄧㄧ ㄉㄤ；

ㄙㄧㄨㄧ ㄙㄧㄝㄥㄧ ㄅ˜ㄞˋ，ㄆㄥㄞ ㄋㄧㄧ ㄉㄤ。

以往農業社會時代，一家大小所期待的就是看農作物收成，收成好，當然好過冬，台語稱爲「好年冬」(相當於豐年)；收成不好，台語稱爲「收成鄙」，當然難過冬，台語稱爲「瘖年冬」(相當於凶年)。

4. 花無百日紅，俍（人）無千日好。

【hue bō-pá（h）-jìt-âŋ，lâŋ bō-tsiēn-jìt-hó】

ㄏㄨㄝ ㄅ˜ㄛㄧ ㄅㄚ・ ㄐ˜ㄧㄊˇ ㄤˊ，

ㄌㄤˊ ㄅ˜ㄛㄧ ㄑㄧㄝㄣㄧ ㄐ˜ㄧㄊˇ ㄏㄛˋ。

上帝對萬物公平，對花也不例外，在大自然每個季節都有代表性的花種，而每一種花也有其專屬的生長季節，一季三個月不足百日，

「花無百日紅」是指鮮豔花蕊的開花期不超過百日。而古代當官一任三年，三年約一千多日，當官風光，日子自然好過，卸任當然就不風光，一般人的人生，很少有人一輩子永遠風光。人生有起有落，此句以自然界的正常現象勸人凡事以平常心看待，所以衍生出下一句俗諺。

5. 天無照甲子[1]，侮（人）無照倫理。

【tiñ bō-chiáu-ká(h)-chí , lâŋ bō-chiáu-lūn-lí】

ㄊㄥ一 ㄅ˘ㄛ一 ㄐ一ㄠˋ ㄍㄚˋ ㄐ一ˋ，

ㄌㄤˊ ㄅ˘ㄛ一 ㄐ一ㄠˋ ㄌㄨㄣ一 ㄌ一ˋ。

天無照甲子的「甲子」是分別指「天干、地支」的第一順位，「甲子」合起來表示「時順」，「天無照甲子」是指天氣變化不照應有的「時順」，也就是不正常。

當氣候呈現許多不正常現象，酷暑嚴寒影響到生態，農作物首先遭殃，收成不好，經濟惡化，人就不照倫理，治安當然差。唐朝末年因長期乾旱，民不聊生，人就不照倫理，盜賊蜂起，以黃巢之亂最爲慘烈，唐朝因此滅亡。

近年來，全球過度追求經濟發展，破壞大自然，氣候變得不正常，反而成爲「侮（人）無照倫理，天無照甲子。」

天干【tiēn-kan , ㄊ一ㄝㄣ一 ㄍㄢ】

甲 káh ㄍㄚ•	乙 ít 一ㄊˋ	丙 piáñ ㄅㄥ一ㄚˋ	丁 dieŋ ㄉ一ㄝㄥ	戊 bɔ̄ ㆠㆦ一
己 kí ㄍ一ˋ	庚 keñ ㄍㄥㄝ	辛 sin ㄙ一ㄣ	壬 jîm ㆡ一ㄇˊ	癸 kúi ㄍㄨ一ˋ

地支【dè-chi , ㄉㄝˇ ㄐ一】

子 chú ㄗㄨˋ	丑 tiú ㄊ一ㄨˋ	寅 în 一ㄣˊ	卯 báu ㆠㄠˋ	辰 sîn ㄙ一ㄣˊ
巳 sǔ ㄙㄨ^	午 gnɔ̃ ㄍㄥㆦˋ	未 bī ㆠ一一	申 sin ㄙ一ㄣ	酉 iú 一ㄨˋ
戌 sút ㄙㄨㄊˋ	亥 hăi ㄏㄞ^			

註釋

❶「巳、亥」兩字本屬陽上調發音【sǔ，ㄙㄨ^】、【hǎi，ㄏㄞ^】，但在現今台語因音域不分（陽上調的發音應較陽去調的發音為長），以致發音併入陽去調【sū，ㄙㄨ一】、【hāi，ㄏㄞ一】。
在廈門腔將「庚」發為【kiň，ㄍㄥ一】。
天干有十個，地支有十二個，天干地支互相搭配組合成「甲子」【ká(h)-chú，ㄍㄚˋ ㄗㄨˋ】、「乙丑」【it- tiú，一ㄊ ㄊ一ㄨˋ】……至「癸亥」【kui-hǎi，ㄍㄨ一 ㄏㄞ^】等共六十組，是因為10、12的最小公倍數為「5 × 4 × 3 = 60」，古代用來做年度的排列順序，所以每60年一輪迴，稱呼「一甲子六十年」【chìt-ká(h)-chí làk-chàp-nî，ㄐ一ㄊˇ ㄍㄚˋ ㄐ一ˋ ㄌㄚㄍˇ ㄗㄚㄅˇ ㄋ一ˊ】。
其中，「甲午」發音【ká(h)-gnɔ̄，ㄍㄚˋ ㄍㄥㄛˋ】、「辛亥」發音【sīn-hǎi，ㄙ一ㄣ一 ㄏㄞ^】。

附錄之二 食物篇

1.嚼好鬥肖報，有好空鬥肖報。

【chiàh-hó dáu-siō-pò，ù-ho-khaŋ dáu-siō-pò】
ㄐ一ㄚㄏˇ ㄏㄛˋ ㄉㄠˋ ㄙ一ㄛ一 ㄅㄛˇ，
ㄨˇ ㄏㄛ ㄎㄤ ㄉㄠˋ ㄙ一ㄛ一 ㄅㄛˇ。

「嚼好」是吃到好的意思，「鬥肖報」是互相通報的意思，「有好空」是有什麼好處、好地方、利之所在的意思。

此兩句就是「有好的事物，互相通報」，也就是「有福共享」，在台語俗諺中是頗有人情味的一句。

2.嚼果子拜樹頭。

【chiàh-kue-chí pái-tsiù-tâu】

ㄐㄧㄚㄏˇ ㄍㄨㄝ ㄐㄧˋ ㄅㄞˋ ㄑㄧㄨˇ ㄊㄠˊ。

「嚼果子」是吃水果的意思，「拜樹頭」是應該思念水果來自樹根頭（拜賜）的意思，而非眞正向水果樹根頭磕拜，此句相當於「飲水思源」【im-súi sū-guân , ㄧㄇ ㄙㄨㄧˋ ㄙㄨㄧ ㄍ˜ㄨㄢˊ】。

3.嚼飲糜（稀飯），配醬菜。

【chiàh-am-mûe，phúe-chiúñ-tsài】

ㄐㄧㄚㄏˇ ㄚㄇ ㄇㄨㄝˊ，ㄆㄨㄝˋ ㄐㄥㄧㄨˋ ㄘㄞˇ。

「嚼飲糜」就是北京話的吃稀飯，而只配醬菜，表示生活十分節儉。台語稱「飲糜」的「飲」是指米漿，可參見論語雍也篇：「子曰：『賢哉！回也。一簞食，一瓢飲。』」，其中「一瓢飲」的「飲」就是台語所稱「飲糜」的「飲」【ám , ㄚㄇˋ】。

4.嚼飯攪豆油（醬油）。

【chiàh-pŋ̄ kiau-dàu-iû】

ㄐㄧㄚㄏˇ ㄅㄥㄧ ㄍㄧㄠ ㄉㄠˇ ㄧㄨˊ。

「嚼飯」就是北京話的吃飯，「攪豆油」就是北京話「拌醬油」，就程度而言，此句和上一句相比，表示生活十分清苦，已到貧窮地步。

5.嚼乎飽飽，革乎椎椎。

【chiàh-hɔ̄ pa-pá，kiek-hɔ̄ tūi-tûi】

ㄐㄧㄚㄏˇ ㄏㄛㄧ ㄅㄚ ㄅㄚˋ，

ㄍㄧㄝㄍ ㄏㄛㄧ ㄊㄨㄧㄧ ㄊㄨㄧˊ。

「嚼乎飽飽」就是北京話的「吃得飽飽」，「革乎椎椎」相當於北京話的「裝得鈍鈍、裝得蠢蠢」。台語稱「革派頭」，相當於北京話的裝得有派頭。「椎椎」原是形容木匠所用的木椎頭呈圓弧形，引申爲愚笨可笑。這兩句話合起來是勸人在局勢動盪不安時所採取的消極處世法則──「吃得飽、裝得笨」，但求平安過日子。

6.嚼俍（吃人）一斤，還俍（人）八兩。

【chiàh-lāŋ-chìt-kin，hiēŋ-lāŋ-pé(h)-niú】

ㄐㄧㄚㄏˇ ㄌㄤㄧ ㄐㄧㄊˇ ㄐㄧㄣ，

ㄏㄧㄝㄥㄧ ㄌㄤㄧ ㄅㄝ˙ ㄋㄧㄨˋ。

嚼俍（吃人）半斤，還俍（人）四兩。

【chiàh-lāŋ-puáñ-kin，hiēŋ- lāŋ-sí-niú】

ㄐㄧㄚㄏˇ ㄌㄤㄧ ㄅㄥㄨㄚˋ ㄐㄧㄣ，

ㄏㄧㄝㄥㄧ ㄌㄤㄧ ㄙㄧˋ ㄋㄧㄨˋ。

本句在指點做人道理，吃別人的東西，至少要回請一半，不能老佔別人便宜，禮尙往來，交情才能持續。

依據台灣的習俗，生兒子滿月時，得請親朋好友、鄰居吃油飯；

當收到送來的油飯時，收者通常會回贈約略一半重的白米，表示賀喜的意思，此外就是並沒有白吃別人的意思。

7.嚼（吃）米不知米價，不知天地幾斤重。

【chiàh-bí m`-chāi-bi-kè，m`-chāi-tīñ-dē kui-kīn-dāŋ】

ㄐㄧㄚㄏˇ ㄅ˝ㄧˋ ㄇˇ ㄗㄞ ㄅ˝ㄧ ㄍㄝˇ，

ㄇˇ ㄗㄞ ㄊㄥㄧ ㄉㄝ ㄍㄨㄧ ㄍㄧㄣ ㄉㄤ。

此句俗諺和「不知天高地厚」的涵義相似，但在台語另有解釋，就是形容人養尊處優，有米飯吃卻不知一斤米的價錢，當然更不知在外面工作所承受的壓力，所以用天地到底有幾斤重來形容。此外亦告誡為人父母者應教子女知道米價等世間事，更進一步教導子女養成珍惜物品、節儉美德。

8.一樣米飼（養）百樣佷（人）。

【chìt-iùñ-bí tsì-pá(h)-iùñ-lâŋ】

ㄐㄧㄊˇ ㄥㄧㄨˇ ㄅ˝ㄧˋ ㄑㄧˇ ㄅㄚˋ ㄥㄧㄨˇ ㄌㄤˊ。

雖然米的種類不只一種，但外表卻相似，俗稱「一樣白米養出形形色色的人」。

台語的「飼」【tsī ,ㄑㄧ一】就是「養」的意思，「飼」的原本正字是「字」，見說文解字對「字」的註釋：「乳也。」後來被轉注、假借為「名字」、「文字」，後人都不曉得它原本意思，但依「字」中的「子」，就可佐證其古意，台語的「字子」【tsì-kiáñ ，ㄑㄧˇ ㄍㄥㄧㄚˋ】就是養育兒子的意思。因「字」被借意，所以後來就造一個「飼」的形聲字來代替，北京話出現「飼養」字詞，台語則為「養飼」【iuñ -tsī ，ㄥㄧㄨ ㄑㄧㄧ】。

「字」的古意古音為【tsī ,ㄑㄧㄧ】，後來轉借為「名字」，「字」的讀音轉為【jī,ㄐ˝ㄧㄧ】（漳州音）、【lī ，ㄌㄧㄧ】（泉州音）。「字」在廣韻記為：「疾【chīt ，ㄐㄧㄊㄧ】、置【dī ，ㄉㄧˇ】切」，所以文讀音為【chī ，ㄐㄧㄧ】、口語音為【tsī ，ㄑㄧㄧ】；「飼」在廣韻記為：「祥【siôŋ ，ㄙㄧㄛㄥˊ】、吏【lī ，ㄌㄧㄧ】切」，所以文讀音為【sī ，ㄙㄧㄧ】、口語音為【tsī ，ㄑㄧㄧ】。

9.歪喙（嘴）雞想必嚼（吃）好米。

【uāi-tsúi-ke siùñ-be(h)-chiàh-ho-bí】
ㄨㄞㄧ ㄘㄨㄧˋ ㄍㄝ ㄙㄥㄧㄨˇ ㄅ˝ㄝ ㄐㄧㄚㄏˇ ㄏㄛ ㄅ˝ㄧˋ。

此句相當於北京話的「蛤蟆想吃天鵝肉」、「馬不知臉長，也不照照鏡子」。

在台語的原本意思是教訓孩子：「有米嚼（吃）就眞（很）好也（了）」，不要妄想吃更好的米、食物；進一層的意思：「勸人安分守己、勿做非分之想」。

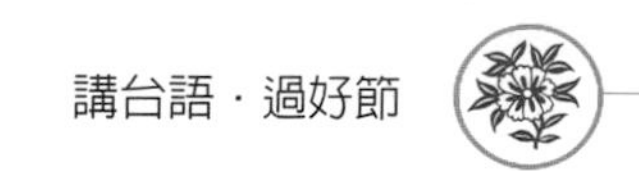

台語稱「嘴」爲「喙」【tsùi】，一般人不知正字，於是借用北京話的「嘴」來代替，「嘴」是上聲字，台語正音爲【chúi】，同「水」的口語音。

10.嚼（吃）緊挵（弄）破碗。

【chiàh-kín lɔ̄ŋ-phuá-uáñ】

ㄐㄧㄚㄏˇ ㄍㄧㄣˋ ㄌㄛㄥˋ ㄆㄨㄚˋ ㄥㄨㄚˋ。

此句相當於北京話的「欲速則不達」。台語的「緊」相當北京話「快」的意思，在台語的原意是「吃飯吃得快而碗沒抓緊，一不小心碗掉了而打破了碗」。

11.恬恬（靜靜）嚼（吃）三碗公半。

【diàm-diām chiàh-sāñ-uañ-kɔ̄ŋ-puàñ】

ㄉㄧㄚㄇˇ ㄉㄧㄚㄇ一 ㄐㄧㄚㄏˇ ㄙㄥㄚ一 ㄥㄨㄚ ㄍㄛㄥ一 ㄅㄥㄨㄚˇ。

台語的「恬恬」通北京話「靜靜地」的意思，「碗公」是「大碗」的意思，全句字面的意思是「靜靜、悶不吭聲地吃了三大碗半的飯」，此句形容「行事低調、在別人不知不覺中完成了一樁好事」。

12.嚼（吃）著甜，想著苦。

【chiàh-diòh-diñ，siùñ-diòh-khɔ̃】

ㄐㄧㄚㄏˇ ㄉㄧㄛㄏˇ ㄉㄥㄧ，ㄙㄥㄧㄨˇ ㄉㄧㄛㄏˇ ㄎㄛˋ。

「嚼著甜」是形容人生風光得意時當然嘗到甜頭好處，但是也要想到尙未風光時所遭遇到的苦境，台語稱爲「想著苦」；進一步更要想到未來如果遭遇不順時，可能又陷入困境。

此句就如同「居安思危」的涵義，人處於風光得意時，仍然得有積蓄、生活還是得謹言愼行以防萬一，方能永保平安。因此更勸人不可以如下句俗諺——「嚼飽睏，睏飽嚼」。

13.嚼飽睏，睏飽嚼（吃飽睡，睡飽吃）。

【chiàh-pa-khùn ， khún-pa- chiāh】

ㄐㄧㄚㄏˇ ㄅㄚ ㄎㄨㄣˇ，ㄎㄨㄣˋ ㄅㄚ ㄐㄧㄚㄏㄧ。

此句就是「飽食終日」的意思，告誡人們不可「整天只知吃、睡而不工作，變成懶惰鬼」。

14.魚靠流水，俍（人）[1]靠喙嘴（嘴巴）。

【hî khó-lāu-chúi，lâŋ khó-tsúi-chúi】

ㄏㄧˊ ㄎㄜˋ ㄌㄠ— ㄗㄨㄧˋ，

ㄌㄤˊ ㄎㄜˋ ㄘㄨㄧˋ ㄗㄨㄧˋ。

不知正字者以爲用「嘴水」對「流水」，似乎合乎對聯原則，其實不然，「嘴水」的「嘴」應該是「喙」才對，其次是台語的「喙水」是指口水，魚固然靠流水才能活，但是人怎能只靠口水而活呢？

正確來說，人是靠著喙嘴（嘴巴）才能維生，老師靠「喙嘴」講課教書、推銷員靠「喙嘴」說明商品、歌星更是靠「喙嘴」唱歌……許多行業的從業人員都是依賴「喙嘴」。台語稱「有喙嘴」，就是「有口才」的意思。

註釋

❶「人」在台語文讀發音【jîn，ㄐ˜ㄧㄣˊ】（漳州音）、【lîn，ㄌㄧㄣˊ】（泉州音），而當今一般人將【lâŋ，ㄌㄤˊ】作為「人」的口語音，其實【lâŋ，ㄌㄤˊ】是「俍」的口語音。「俍」的文讀音是【liɔ̂ŋ，ㄌㄧㄛㄥˊ】，相同韻母者，如「重」文讀音是【diɔ̄ŋ，ㄉㄧㄛㄥ—】（重要）、口語音【dāŋ，ㄉㄤ—】（重量）。「俍」的出處見《莊子庚桑楚》：「工乎天而俍乎人者。」「俍乎人者」就是「俍為人」的意思。

國家圖書館出版品預行編目資料

講台語．過好節——台灣古早節慶與傳統美食 / 王華南著；
—初版—臺北市：高談文化，2007〔民96〕
272面；16.5×21.5 公分（廣角智慧 02）
ISBN-13：978-986-7101-71-6（平裝）
1.台語—讀本　2.節日—台灣
3.飲食（風俗）—台灣

802.52328　96010317

講台語．過好節——台灣古早節慶與傳統美食

作　者：王華南
發行人：賴任辰
社長暨總編輯：許麗雯
主　編：劉綺文
執　編：吳玫瑩
美　編：謝孃瑩
插　畫：謝曉佩、謝孃瑩
行銷總監：黃莉貞
行銷企劃：林婉君
發　行：楊伯江
出　版：高談文化事業有限公司
地　址：台北市大安區忠孝東路四段341號11樓之3
電　話：（02）2740-3939
傳　真：（02）2777-1413
http://www.cultuspeak.com.tw
E-Mail：cultuspeak@cultuspeak.com.tw
郵撥帳號：19884182 高咏文化行銷事業有限公司
製版：菘展製版（02）2246-1372
印刷：松霖印刷（02）2240-5000
總經銷：知己圖書股份有限公司
（台北公司）台北市羅斯福路二段95號4樓之三
電話：（02）2367-2044　傳真：（02）2363-5741
（台中公司）台中市407工業30路1號
電話：（04）2359-5819　傳真：（04）2359-5493
行政院新聞局出版事業登記證局版臺省業字第890號

2007年7月初版一刷
定價：新台幣320元整